Hayakawa Mystery World

黒と赤の潮流

福田和代

早川書房

黒と赤の潮流

装幀／ハヤカワ・デザイン
写真／海沼武史

目次

登場人物

間嶋祐一……………………………………大学生、元超高校級スプリンター
ドゥアン・ウォラチャット
タオ
｝……………祐一の友人のタイ人青年
古賀俊夫……………………………………元刑事、田辺探偵事務所事務員
高見聡………………………………………(株)高見社長
京子…………………………………………古賀の妻。高見の元婚約者
真木良介……………………………………高見の投資コンサルタント
川西…………………………………………漁師
岡部…………………………………………真木の後輩
野崎健吾……………………………………楽祐会組長
岡田
高坂
｝……………………………………野崎の部下
陳国順《チエン・クオシユン》 ………………………………台湾の麻薬・拳銃ブローカー。日本での通名は山口正夫
後藤
松田
｝…………………………………………兵庫県警刑事

プロローグ

昭和五十年　十二月（1975・12）

どしゃ降りの雨が、甲板を叩いている。

まるでドラム缶の外から棍棒で殴られているような騒音だ。大粒の雨に打たれて、海面が波立つ。船尾灯の光を受けて、真っ暗な海面が輝く。

午後十一時四十分。あと二十分ほどで、日付が変わる。

「くそっ、急に降ってきやがったな」

クルーザーの舷側にしがみついて、双眼鏡を目に当てていた古賀俊夫《こがとしお》は、額を流れ落ちる雨粒を拭って怒鳴った。

声が雨の音にまぎれてしまいそうになる。今夜はほとんど暴風雨だ。潮風が甲板の上を吹き荒れている。潮の香りどころではない。

二十トン弱のクルーザーに、今夜の悪天候はきつかった。葉っぱの舟を、洗濯機に入れて回すようなものだ。船には慣れている古賀ですら、つかまっていないと足元が危ない。

「様子はどうだ」

背後から近づいてきた男の足音も、雨音にかき消されていた。古賀は、よろめきながら操舵室を出てきた高見聡《たかみさとし》を振り返った。高見の顔色が真っ白なのは、揺れに酔ったせいではないだろう。

「中に入ってろ、高見。お前に何かあったら、俺は京子ちゃんや親父さんに顔向けできない」

この雨音の中では、自然に怒鳴り声になる。足元をふらつかせながら、古賀のそばの舷側にしがみついた高見が、首を横に振った。いっけん優男のくせに、子どものころから強情な性格をしている。

「その船、本当に来るんだろうか」

「タレコミが正確ならな」

「古賀が刑事になるなんてな。想像もしてなかったよ」

余裕を見せようとするように、高見が青白い顔に微笑を浮かべた。古賀は雨と波しぶきに濡れた顔を拭った。波と嵐の音に消されないよう、高見の耳元で叫んだ。

「結婚式はいつだって」

高見の緊張を解いて、操舵室に戻さなければならない。事件とは無関係な一般市民を、危険な海上にひっぱり出したのは自分の責任だった。

「来年の春になりそうだ。招待状、送っていいか」

高見の尋ねかたはどこか遠慮がちだった。

「あたりまえだろ。薄情な奴だな」

古賀が背中をひとつ、どやしつけるように叩くと、ようやくわだかまりのない笑顔を見せた。

「いいか。お前は船の運転に神経を集中してくれ。何が起きても、運転席から顔を出すな。身の危険を感じたら、俺がどこにいようとかまわず船を港に向けて逃げるんだ。ここまで連れて来てくれただけで助かった」

高見は神経質そうに笑った。色白の端止な顔が、寒さと緊張で凍っている。

「脅かすなよ。お前がいたら大丈夫だ」

高見の肩をつかんで、キャビンの操舵席に押しこんだ。革張りの豪華な操舵室だった。高見の船には何度か乗せてもらったことがある。全長四十三フィート。定員十四名の純白のクルーザーだ。キャビンの内部には、居間、寝室、バーカウンターからキッチンにシャワールームまで備えており、数日間にわたるクルージングを楽しめるようになっている。古賀には値段の見当もつかないが、中古艇を手に入れたとしても、数千万円はするはずだった。もちろん学校を出たばかりの青年が、簡単に手に入れられる代物ではない。高見は、大学を卒業して父親の会社を手伝う条件で、買ってもらったのだろう。

「ほら。外に出ると身体が冷えるぞ。コーヒーでも飲んでいてくれと言いたいが、この揺れじゃ無理だな」

高見が肩をすくめた。

「心配いらない。これくらいの揺れには慣れてる」

古賀は肩のホルスターにずっしりと納まっているニューナンブに、レインコート越しに触れた。これが頼りだ。

待っているのは一隻の船だった。明石海峡を通って神戸港に近づいてくる。あるポイントで別の船と接触し、また引き返していくはずの船だ。ひとりの男が乗っているはずだった。日本での通名は山口正夫《やまぐちまさお》。台湾国籍を持ち、本名は陳国順《チエン・クオシュン》という。年齢は三十歳前後というから、古賀とそう変わらない。

数年前まで、陳は日本と台湾との間を月に一度の割合で行き来していた。経営している貿易商社の支社が、大阪にある。その視察のためというのが表向きの目的だ。だが、そのうち大阪府警がとんでもないネタをつかんだ。陳国順は台湾の麻薬ブローカーだった。関西系の有力な暴力組織と、深いつながりがあることも判明した。陳国順本人は、危険を察知したのか既に日本を離れていた。以来一度も、日本に足を踏み入れていない。

『山口正夫こと、陳国順が今夜、大阪湾に現れます』

古賀は、兵庫県警の組織犯罪対策局にある暴力団対策課に在職している。

刑事部屋に直接かかってきたその電話を若手の刑事が受けた時、最初はとんでもないいたずら電話だと思われた。マル暴の刑事部屋は、今日殺気立っている。県内にある広域暴力組織の組長が、いきつけのナイトクラブで銃撃を受けた。組長の命に別状はないが、銃撃犯の若い男が行方不明になっている。現場は三宮の繁華街で、事件が発生した時間帯には一帯はひどく混雑していた。犯人が逃げおおせたわけがない。既に捕まって殺された。そんな噂が飛んでいた。新たな抗争につながる可能性があり、一瞬たりとも気を許すことができなかった。

こんな夜よりによって陳国順が日本に来ているとは、マル暴を混乱させるための性質《たち》の悪いいたずら電話に違いない。

『陳国順は今夜、ブツを大阪湾で受け渡すつもりでした。ところが昨日の銃撃事件で、取引の相手がそれどころではなくなったことを知りません。受け渡しのポイントを教えます』

おかしな電話だった。合成音のようなよそよそしい声で、一方的にポイントを教えて切った。いたずらにしては、手がこんでいた。銃撃事件と無関係だとは考えられない。陳国順が関係していると見られていた組織は、銃撃犯が所属する団体の上部組織にあたる。組長側の反撃と見ることもできた。

「陳の件は、生活安全部に任せてしまったらどうだ。そうでなくともこちらは手が足りない」

対策課の中でも意見が割れた。

「しかし、銃撃の件と何か関係があるかもしれません」

水上警察に連絡をとったが、あいにく巡視艇はすべて出払っていた。鉄砲玉の若い男が、コンクリート詰めにされて神戸港の沖に沈められる。そんな情報が入って、神戸港の監視を二十四時間体制でやっているのだ。

その時思い出したのが、友人の高見のことだった。高見がクルーザーを持っていることは、何度か乗せてもらったこともあるので知っている。船だけ借りて、免許を持つ警官に運転させようと考えた。西宮マリーナに停めてある船を借りるため、四級免許を持つ警官をふたりつれて港に向かった。

「僕で良ければ、運転しようか」

高見の船は五トンを超えていた。四級免許で運転できない船だ。高見が同乗を申し出てくれなければ、諦めるしかなかった。当然舵も高見が握った。ふたりの警官はキャビンの外で監視を続けている。

陳国順の顔は、写真でしか知らない。血色の悪い、伏し目がちな男だった。常に薄い色のサングラスをかけている。そういう噂だ。

警官がキャビンの窓を叩いた。ずぶ濡れになったレインコートのフードから、雨滴が絶え間なく落ちている。

「来ました。船です」

高見が緊張するのがわかった。

「夜釣りの船かもな」

高見を安心させるため、軽口を叩く口調で言った。こんな嵐の夜に、釣り船のわけはない。

そのまま座っているように身ぶりで伝え、古賀はキャビンを出た。

雨風が冷たい刃物のようだ。寒さはあまり感じなかったが、頭の芯まで冷えきっていたが、腹の底が熱い。それればかりではない。身につけている防弾チョッキが、防寒具の役目も果たしているらしい。

近づいてくるのは漁船だった。船尾に書かれた登録番号を読みとり、警官のひとりが無線で照会するため操舵席に走った。マストの紅白全周灯を見つめながら、古賀は船を待っていた。双眼鏡で向こうの船を覗こうとした。降りしきる雨のせいで、ほとんど役に立たない。肉眼で見えるものが頼りだ。

あれが取引相手の船なら、何か合図があるはずだ。それはこちらからか。向こうからか。そこまでは電話の主も教えなかった。腹を決めて立ち上がった。懐中電灯を高く掲げ、左右に振った。

――出てこい、陳。こいつでお前のツラを拝んでやる。

船はそれ以上近づいてこなかった。どうやらこちらの船と乗組員の顔ぶれとが、予定と違うことに気がついたらしい。危険には近づかないつもりなのだろう。速度を落とさずにそのまま行きすぎていく。漁船には三人の男が乗っていた。ひとりが舵を握り、後のふたりは船べりに立っている。懐中電灯の光を避けるように、船べりの男がひとり片手を上げて顔を隠した。サングラスをかけている。古賀は思わず微笑した。この嵐の中、しかも真冬の夜にサングラスをかける男か。陳は神経が細いのかもしれない。それともよほどの有名人気取りなのか。とにかくこいつを見逃す手はない。

キャビンの高見に手を振った。もっと近づいてくれ、という合図はあらかじめ決めてあった。メガホンを手に持った。

「その船停まりなさい。兵庫県警だ」

船が近づいていく。男の姿が少しずつ近づいてくる。彼はゆっくり腕を下ろした。サングラスに隠れた無表情な顔が見えてきた。写真でしか見たことはなくとも、陳国順だと瞬間的に感じた。陳は貧相な体格の男だった。そのくせ黙っていても、どこかしら他の連中とは違う威圧感を備えていた。

舵をとっていた男が出てきた。手ぬぐいを額に巻いた中年男だ。服装を見るかぎりは漁師らしい。船の扱いにも慣れている。もうひとりの若い漁師が、漁網の乱れを直した。この嵐の中で、海に引き網を入れている。

「その船に、コカインが積んであるという情報が入ってる。今から船の中を確認させてもらう。全員両手を上げて、そこから動くなよ」

「コカイン？」

中年男が一瞬呆気にとられたような顔になり、それから笑った。

「令状あるんかいな、おまわりさん。からかうのもいいかげんにしてや、と言いたいところやが、まあええやろ。わしが船長や。やましいことは何もないから、調べてもらおか」

「そっちは指名手配中の陳国順だな。署まで同行してもらう」

船長が首を振った。

「冗談やない。この人は海釣りのお客さんや」

「親爺さん、この嵐の中で何が釣れるんだって？」

接舷して、まず古賀が、それから私服警官ふたりが漁船に乗り移った。船内をくまなく探しまわったが、どこにもそれらしい荷物はなかった。魚臭いただの漁船だ。偽装だと思ったのは間違いだったのか。

雨足はさらに激しくなっていた。

「何か見つかったか」

古賀は船長を睨んだ。静かに立っている陳を睨んだ。そんなはずはない。この男が、手ぶらでこの国に来るものか。

雨から顔をかばいながら、警官がひとり近づいてきた。

「この船ですが、明石の漁港に登録されている漁船でした。船名は〈あけぼの丸〉。所有者は川西弘明《かさいひろあき》となっています」

「川西はわしや」

船長がそら見たことかと言わんばかりに手を振った。

「今朝、明石漁港から出港したようです」

「今朝？　この時刻になるまで、いったいどこにいたんだ」

古賀は漁網に近づいた。網に触れていた男が、古賀から逃げるように離れて立った。その動作で気がついた。

しまった。これだったのか。

警官を呼んで網を引き上げさせた。軽い。何も入っていないからだ。もとは防水したトランクか、何かが入っていたのに違いない。さっきの男が、古賀の目を盗んで網の中身を海に捨てたのだ。

「陳さん。あんたには、向こうの船に乗ってもらう。こちらの船には警官がひとり同乗する。港に戻るんだ」

陳が肩をすくめた。口をきこうともしなかった。

背中を押して高見のクルーザーに乗り移らせた。高見がキャビンから出てきていた。じっと陳を見ていた。

「高見、心配ないからキャビンに戻っていてくれ。もう逮捕したから」

陳の背中に狼狽が感じ取れた。

突然、陳が高見に飛びかかった。予想外の行動に制止が間に合わなかった。

「陳！　よさないか、陳国順！」

慌てた。周囲みな警察官の中で、高見ひとりがしろうとだ。体格も華奢で、与《くみ》しやすそうに見えたのか。何かを叫びながら陳が高見の首を締め上げている。高見の顔が蒼白になり、陳の腕から逃れようともがいている。激しい波が来た。キャビンの壁に、ふたりの身体がもつれながら叩きつけられた。

「よせ！」

引き離そうと飛びかかる前に、ふたりが舷側から海に転げ落ちた。一瞬のことだった。陳が、すっと泳いで高見から離れた。

「高見！」

古賀の声に、ずぶ濡れになった高見が顔を上げた。髪が顔にへばりついている。水を飲んだらしい。ひどく咳きこんでいる。早く船に引き上げてやらなければ。

波が来て、クルーザーと〈あけぼの丸〉の接舷部が大きく軋んだ。

「高見、危ない！　船から離れろ」

高見はちょうど二隻の船の間に落ちこんでいた。波をかぶるたびに、船が離れ、また近寄る。陳の姿は暗い波間に見失った。まさか、ここから港まで泳いで帰るつもりではないだろう。十二月の深夜。気温は五度を割り、凍るような寒さだ。

古賀は必死で手を伸ばしたが、高見には届かない。救命用ロープを警官に取ってこさせた。端を高見に向かって投げた。

「早く応援を呼んでくれ。陳を逃がしてしまう」

指示を出し、高見がロープを身体に回すのを確認して、引き上げようとした。

不穏な波が来た。今度のは大きい。船が持ち上げられたかと思うと、波のトップから底までいっきに落ちた。あっと思う間もなく、接舷していた部分がぶつかってひどい音をたてた。

高見は二隻の船に身体を挟まれて呻いていた。

古賀はレインコートを脱ぎ捨てて海に飛び込んだ。凍りつくような海水が、首筋から袖から、どっと入りこんできたが、それどころではなかった。高見の身体を抱え、死に物狂いで〈あけぼの丸〉から遠ざかる。

もう陳どころではなくなった。私服警官に陳の姿を探させていたが、暗い波間のどこにも彼の姿は見当たらなかった。漁船の男たちは、船上でのんびりこちらの騒ぎを見つめていた。ブツは見つからず、陳は逃げた。陳さえ逃げおおせれば、自分たちの罪など証明できるはずがない。そう考えて、落ち着いているのにちがいない。

「高見、しっかりしろ！　高見！　目を開けてくれ」

激しい雨と、荒れる波が古賀の顔を洗う。高見の意識はなかった。

（俺のせいだ）

古賀は全身が震えるのを感じた。寒さのせいでも、冷たい水に浸っているせいでもない。高見にもしものことがあれば、古賀の責任だ。これほどの恐怖を感じたことは、生まれて初めてだった。腹の底から身体が震えて止まらなかった。

どうしてこんなことになったのか。

クルーザーの甲板から照らされるサーチライトの光で、蠟のように白い高見の顔が浮かび上がった。

――まるで死人のような。

古賀は身震いして高見の身体を抱き、ロープをしっかりと握り締めた。

第一部

平成七年（1995）　九月十六日（土）・一日目

1.

「復興作業中」という幕を掲げたトラックが、地響きたてて通りすぎた。

一月十七日に発生した『阪神・淡路大震災』以降、よく見かける光景だった。

国道二号線は、ほこりと排気ガスで煙っている。すぐそばが海だというのに、潮の香りよりも、排気ガスの匂いばかりだ。

間嶋祐一《まじまゆういち》は、顎からしたたり落ちる汗をシャツの肩で拭った。

九月の半ば。午後五時を過ぎているが、気温は高い。スクーターを押して歩く身には、二号線を走りすぎる車の熱気はこたえる。

ガソリンの残量を思案しつつ、舞子駅から東にとぼとぼ歩いてきた。国道二号線は、JR神戸線、山陽電鉄と、かわるがわる浜側になり山側になりしつつ走っている。舞子駅から塩屋駅までの間は、国道二号線が一番海に近い。海岸沿いに建っている住宅やマンションがなければ、祐一の右側はすぐ海だった。ときどき更地があるのは、一月の震災で被害を受けた家だ。

汗が流れて止まらなかった。

左足の痛みが、ひどくなっていた。祐一が失った左足だ。世間の人が左足と呼ぶものは存在はしていたが、祐一にとっては失ったのも同然だった。走れない足など、元スプリンターには足ではない。

これをなくしたのっていつだったかな、と何度も考えたことを再び考えた。神戸は復興中だが、間嶋祐一はまだ復興するに到っていない。交通事故に遭ってからもう二年になる。早いものだ。

祐一はひどく若かった。今年で二十歳になるが、十代後半で充分通る、幼い顔だちをしている。

どこまでも車の排煙でうんざりだった。思いついて、浜側にあるレストランとマンションにはさまれた細い路地を通り抜け、砂浜に向かってスクーターを押した。震災で倒壊した民家の再建現場を横目で見ながら、強くなる潮の香りを嗅いだ。

テトラポットと花崗岩を敷きつめた護岸の上を、スクーターを押して歩きつづける。少し、気分がいい。

海は穏やかだった。盆が過ぎたので海水浴客の姿はない。今日は釣り人の姿もない。夏も終わりだ。護岸のテトラポットのすきまから、燃え残った花火の柄がのぞいている。

砂浜に伏せたボートが並んでいる。シートでくるんでロープや鎖を巻きつけているところを見ると、しばらく使っていないのにちがいない。浜の東端には、波止を突き出した小さな漁港がある。漁船を係留してあるが、人の姿はない。

波打ち際に、古ぼけたボートが一艘投げ出されていた。

ボートの作る日陰に、男がひとり座りこんでいる。あまり静かなので、最初は気がつかなかった。カーキ色のみっともないショルダーバッグを、ボートの脇に放りだしている。男の手は、足の間に抱えこんだ大きな機械をブラシでこすっていた。ときおり手を休め、砂浜に転がっているウイスキーの小瓶の蓋を開け、じかに口をつけた。男の喉が鳴り、上下に動くのが見えるようだった。

少しためらい、この浜では男のいる位置を避けて通れないことに気がついた。男がブラシで削っているのはボートの船外機だった。ぼろぼろに錆びている。海に係留したまま、長期間放置されていたような激しい傷みようだ。ボートもたいそう古い。どこから掘り出してきたのだか知らないが、海に浮かべて動く代物だとは思えなかった。それにしては、男の表情は真剣で、必死と言ってもいいくらい熱心だった。

気がつくと、男のボートをしげしげと見つめていたらしい。男がウイスキーのボトルから口を離し、ちらりと祐一を見た。

「それ、何してんの」

好奇心に負けて尋ねた。スクーターはスタンドを立てておいた。

両手があくと、左の膝を手のひらで撫でた。

得体の知れない感情が男の目の中で動き出し、すぐにまた静まった。彼は祐一から目をそらすと、ウイスキーの蓋を閉めた。

「錆と水垢を取っている」

びっしりと顎を覆ったひげの中から、もぐもぐと男が言った。ひげのない部分はひどく日焼けしている。年齢は判断しにくい。四十代か、五十代。髪は真っ黒だが、日に灼けてばさばさしている。いくぶん奥目の、くぼみがちな目は祐一をそれ以上見ようとしない。もう、ブラシに熱中しているのだ。着ているものは白いカッターシャツに、グレーの麻のスラックス。ものはいいのかもしれないが、しばらくアイロンをあてたこともないようで、どちらも皺くちゃだった。

「取ってどうするの?」

祐一は思わず問い返し、馬鹿げた質問をしたことをすぐに後悔した。男はまたブラシの手を止めて、ウイスキーに手を伸ばした。

「乗るんだ」

小瓶が空になった。男は太い眉をひそめ、砂浜に転がした。砂のついた手で、頬に伝う汗を拭った。白い砂粒が頬に残った。舌打ちをし、スラックスのポケットに手を突っ込んだ。なんとなく祐一は逃げ腰になる。男が掴み出したのは、くしゃくしゃになった数枚の千円札だった。一枚を祐一に向かって突き出した。

「坊主」

不機嫌な声だった。祐一は腰を引いたまま、男と金を見比べた。

「頼む。買ってきてくれ」

「……何がいい」

あんまり自然に頼まれたので、断れなかった。金を受け取り、祐一は転がっているウイスキーの小瓶を見た。どこにでも売っている国産の安酒だった。

「ウイスキーなら、なんでもいいさ」

男が唸るように言った。

祐一は黙り、スクーターを押して二号線まで戻った。戻りながら自分でもおかしかった。何が坊主だ、自分で買いに行け、とつっぱねて千円札を返せばよかった。人が好すぎるのにもほどがある。

あのボートだ。薄汚れた、どう見ても廃船寸前のボートに、ちょっと興味を引かれたのだ。懸命に船外機の錆を落として、オンボロ船を再生させようとしている男に、惹かれたのかもしれない。

残り少ないガソリンを惜しみながら、塩屋の町に出て酒屋を探し回った。このあたりは昔からの別荘地だ。前は海、背後は鉢伏山やジェームス山。海と山にはさまれた景色の良い町だ。ジェームス山と呼ばれる山があるぐらい、外国人が多く住んでいたこともある。今でも洋風の古い建築物があちこちに残っている。コンビニを探すより、昔ながらの酒屋を探したほうが早いような町だった。

千円で買える小瓶を一本、酒屋のレジに持っていった。近くのガソリンスタンドでガソリンを補給し、また海岸に戻った。馬鹿なことをしていると思った。

ボートは先ほどと同じ場所にあった。

男もそこにいた。ただし、今度は仰向けに寝転び、目を閉じていた。男の顔のすぐ近くにウイスキーの袋と小銭を置いた。

「買って来たよ」

返事がない。そのまま立ち去ろうとした。眠っているらしい。夏とはいえ、こんなところで眠るとは。

男がぽかりと目を開いた。祐一は初めてまともに男の目を見ることができた。澄んだ目だ。夕映えの名残りが、男の瞳に赤くさしこんでいる。

ああ、と男は口を開いた。

「悪かった」

「いや」

祐一は背を向け、スクーターに戻った。浜辺を過ぎ、道路に戻る前に立ち止まってまた振りむいた。

もう影のようにしか見えない。

男は上半身を起こして浜に座り、海の向こうを見つめている。影がぐいとウイスキーをあおった。船外機の錆を取る作業は、今日はもう諦めたようだった。

祐一はスクーターにまたがり、二号線に戻った。明日になれば。あの男も、自分の酔狂な行動も、きっと笑って思い出せるだろう。面白おかしく友人相手に話しはじめるだろう。

車の流れを見すまし、軽乗用車の後ろに滑り込む。左膝が何かを訴えるように、しくしくと痛みはじめた。

痛みをこらえるために表情を消した。

このまま下宿のある六甲まで、スクーターに乗って走り続けるつもりだ。Tシャツに染みついた潮の香りが、鼻先に漂った。

2.

祐一の下宿は、JR六甲道の駅の近くにある古いアパートだ。六甲周辺も、一月の地震でずいぶんやられた。祐一が下宿しているアパートも、被害を受けたことを証明するかのように、北側の壁に大きな亀裂が残っている。数軒先のアパートは全壊した。祐一を含めて、誰が死んでいてもおかしくない状況だった。

帰りついたときには、七時近くになっていた。下宿の前にスクーターを駐車して、いつも持ち歩いている黒いショルダーバッグを肩にかけ、錆びた鉄の階段をゆっくり上がった。

部屋の前に男がふたり待っていた。祐一の知り合いに、スーツを着て下宿に現れる奴はいない。

「間嶋祐一さんですか」

年配の男が口元を緩めてこちらを振り向いた。口元は笑っていたが目が笑っていなかった。

「そうです」

年配の男は四十を過ぎているようだが、もうひとりは三十になるかどうかという年齢だ。この暑いのに、どちらも暗い色のビジネススーツを、一分の隙もなく着こんでいる。

「生田警察署の河合といいます」

年配の男が名乗って警察手帳を見せた。はあ、とうなずきながら、我ながら間の抜けた挨拶だと思ったがしかたがない。生田警察署と名乗ったのが不審だった。ずいぶん遠い警察署から来たものだ。

「この写真の人を知りませんか」

河合が差し出した数枚の写真を見た。ひとりの若い男性を正面と左右から撮影した胸像写真だった。何か妙な感じのする写真だったが、誰が写っているのかはひと目でわかった。

「ドゥアン」

「知り合いですか」

「友達です」

目の大きな、色の浅黒い青年が写っている。はつらつと生気に満ちた表情と、明るい笑い声が楽しい若者だった。この写真はあまり写りが良くない。ドゥアンのきれいな目が、まるで虚ろなガラス玉みたいに写っている。

ドゥアンというのは、タイの言葉で月のことだ。でかい目玉だといってからかうと、そういってむしろ大きな目を得意げにしていた。

「この人についてお話をうかがいたいんですが、ちょっと中に入れてもらえませんか」

笑っているが、河合の言い方は強引だった。

「ドゥアンがどうかしたんですか」

ふたりの刑事がちらりと顔を見合わせた。答えを譲りあうような、微妙な間があいた。

「この一月に亡くなったんです。刺されてね。身元がわからなくて、困っているんですよ」

もう一度写真を見直した。何度見てもドゥアン・ウォラチャットだった。祐一が走らせるボートに乗って、歓声を上げたタイ人の青年だった。殺されたと突然言われても、ドゥアンの死が、実感を伴って祐一の心に染みこむわけがない。しかも、半年以上も前に死んでいたなんて。

刑事の言葉が本当なら、この写真はドゥアンの死後の写真だということになる。そういえば、身元のわからない遺体の写真を、まるで生きているみたいに撮影することができると、聞いた覚えがある。

祐一は黙ってアパートの鍵を開け、ふたりを招き入れた。大学生のむさくるしい独り暮らしなど、どこでも同じだ。祐一の部屋はベッドを入れてあるから少しはましだが、その代わり床はすごい。散乱するレポート用紙、実験で使ったまま洗っていない、薬品の臭いが染みついた白衣。掃除をしたのは何週間前だったかな、と考えながら座布団を勧めた。ふたりに席を勧めると自分の居場所がなくなったので、しかたなくベッドの端に座った。目の位置がこちらのほうが高くなるが、かまうまい。若い男の独り暮らしが珍しいわけではないだろうが、河合ともうひとりの男はじろじろと部屋の中を見回し、興味深そうに本棚の中を検分した。

「今日も、学校に行ってたんですか」

「いいえ。舞子にある実家が売れたので、見に行ってたんです」

「実家は舞子ですか」

「ええ。両親が亡くなって、誰も住まないまま放っておいたので。学校に通うには少し遠いし、学資の足しにする必要がありましたから。残念ですが、売ることにしました」

「ご両親は――まさか、震災で？」

祐一は小さくうなずき、曖昧に言葉を濁した。見ず知らずの人間に、聞かせたい話ではない。

河合が口の中で何やら呟きながら、居ずまいを正した。

「この写真の彼のことなんですが」

祐一はもう一度写真を受け取って眺めた。見ているうちに別人の顔になっていることを期待した。だがそれは、何度見直しても、陽気な笑い声といたずらっぽい笑顔がない分、奇妙に緊張して見えるドゥアンの顔だった。

「ドゥアン・ウォラチャットです。間違いありません」

若い刑事がメモを取りはじめる。

「外国人ですか」

「タイから来たと言ってました。一月の地震以来、連絡が取れなくて心配していたんです。殺されたというのは、本当ですか」

河合がうなずいた。

「身元がわからなくてね。今月になってようやく、ヨットハーバーでこの人を見かけたことがある、という人が現れたんです。その時一緒にいた間嶋君を知っているというので、あなたのことがわかったんですがね」

「僕は小型船舶の四級免許を持っているので、時々西宮のマリーナでボートを借りて乗るんです。去年の春ごろかな。よくマリーナで船を見ている若い外国人がいて――声をかけてみたんです。十九歳だって言うから年齢も近くて、しゃべってるうちに意気投合して。それがドゥアンです。去年の夏には何度か一緒にモーターボートで遊びました」

「留学生だったんですか」

「学校に行っている様子はなかったな。日本語はかなり流暢でしたけどね。タイの人って顔立ちも日本人とそう変わらないから、歩いていても日本人と間違われるくらいで。学生というより、タイのお金持ちの子どもが海外で遊んでるんだと思ってました」

「お金に不自由していなかったわけですね」

「アルバイトをしている様子もなかったし」

「生前の写真はありませんか。一緒に撮ったものとか」

「写真はありません。僕らは写真を撮る趣味がなくて」

思い出して、机の引き出しを開けた。

「これは、ドゥアンにもらったものです。彼のとおそろいなんです」

珊瑚の仏像をアクリル樹脂で固めたペンダントを、指でつまみあげた。河合が身を乗り出して、熱心にペンダントを見つめた。

「死んだ青年が首にかけていたものと、同じようだ。どうやら間違いないですね。彼の住所や電話番号はわかりますか」

「わかりますが、彼が住んでいたアパートは、震災で全壊しました」

スケジュール手帳のおまけについてきた、薄っぺらいアドレス帳が引き出しの中に入っていた。祐一が住所や電話番号を書きとめている相手は、それほど多くない。学校でいつでも会える友人なら、わざわざ電話番号を知る必要もない。

「見てもいいですか」

「どうぞ」

河合はわずか数人分しか書きこまれていないアドレス帳を見て、興味を引かれたようだった。

「彼の住所、控えさせてもらいますよ」

「ええ。でも、震災で全壊した後は、その住所は空き地になっています。アパートの持ち主が亡くなったので」

河合は覚悟していたように、うなずいた。

いくら震災の大混乱の後とはいえ、半年以上も身元がわからないということは、彼を知る人間の多くが震災で亡くなった可能性が高いということだ。

「発見されたとき、彼はパスポートを身につけていませんでした。間嶋さんは、ドゥアン君のパスポートを見たことはありますか」

「いいえ——見たいと思ったこともありませんでしたし」

河合は、切り出しかねたように、短い沈黙を挟んだ。

「ドゥアン・ウォラチャットという名前が、彼の本名だという証拠を見たことは、ありますか」

祐一は素直に首をかしげて、さあと呟いた。

「覚えてません。疑ったこともなかったな」

「そうでしょうね」

河合がうなずいた。

「とにかく、名前がわかっただけでも助かります。これでタイ王国領事館の協力も得られる」

ふたりの刑事は収穫に満足した様子で帰っていった。

——そうか。死んでいたのか。

道理で連絡がないはずだ。震災の後、アパート跡のがれきの山は、何度も見に行った。古いアパートで、住人は学生が多かった。遺体が発見されるたびに、顔を見せてもらった。ドゥアンではなかった。生きているのなら、いつか連絡があるかもしれないと思って、隣のアパートの前にできた掲示板に、ドゥアンへのメッセージを書いて貼り付けておいた。

新聞の死亡者名欄は、何度も読んだ。カタカナの名前だから、万一のことがあればすぐに目につくと信じていた。身元不明で片付けられていたのなら、見つからなかったのも当然だった。夏になっても連絡がなかったので、故郷のタイに帰ったものだとばかり思っていた。今年の夏は、ボートに乗ってくつろぐドゥアンの姿が見られなかったのが寂しかった。

震災は、一瞬で祐一から両親と伯父の一家を奪い、ドゥアンを奪っていった。それ以外にも、祐一自身がまだ気がついていないほど、たくさんのものを。

だが祐一の周囲には、友人が多かった。人当たりがいいせいだろうか。学校の友人たちと忙しくつきあっているうちに、ドゥアンのことはいつのまにか忘れていた。無理に忘れようとしていたのかもしれない。

時計を見た。駅前の市立図書館が閉館するまで、少し時間がある。アパートの部屋に鍵をかけ、スクーターで駅前に走った。〈フォレスタ六甲〉という商業ビルの二階。買い物客をかき分けて階段を駆け上がり、閉館まぎわの図書館に駆けこむ。

「新聞。一月の」

八時の閉館まで残り十五分。息を切らしながらカウンターの女性に言うと、顔見知りの係員が笑みを浮かべてフォルダーに整理した一月の新聞を出してくれた。かび臭い古新聞の匂いがする。古紙の匂いだ。古びたものの匂いは嫌いではない。

一月十七日以降の新聞を、閉館時刻を気にしながら丹念に広げていった。

身元不明者については、地震の特集記事の中で何人か触れられていた。近所に住む人間のコメントなどを載せて、少しでも死者に関する情報を集め、身元の割り出しに役買おうということなのかもしれない。その中で、ひとつの記事が祐一の目を引いた。地震には直接関係のない三面記事だった。普通なら三面トップで扱われるような記事が、小さな囲み記事になっていた。

『神戸で身元不明の刺殺死体』

祐一は、思わず新聞の上に身を乗り出した。

『十七日午後三時ごろ、神戸市中央区加納町の倒壊したビルの下から、身元不明の男性が倒れているのが発見された。男性は既に死亡しており、当初は震災で倒壊したビルの下敷きになったものと見られたが、司法解剖の結果、腹部に鋭い刃物で刺された傷があることなどから、捜査一課は殺人事件とみて捜査本部を設置した。ビルの倒壊以前に何者かに殺害されたものとみている。男性は十代から二十代くらいで、身長百六十から百七十センチ。黒いパーカーに紺色のジーンズ、二十六・五センチのスニーカーを履いていた。衣服はすべて中国製とタイ製で、捜査本部は外国人の可能性も高いとみて調査を進めている』

ドゥアン。呟きながら指先で新聞記事を追った。ドゥアンには悪いが、怒りも悲しみも感じなかった。半年も前に死んでいたと聞かされても、実感がない。ただぼんやりと、ああ、そうか、お前、もう俺の船に乗ることはないのか。そんなことを考えただけだった。自分はどこかおかしいのだろうか。またひとりいなくなった。自分のまわりから。

一月の震災では、工学部の学生が何人か亡くなった。祐一の所属するゼミの先輩もひとり重傷を負って、まだ学生生活に復帰していない。小学校から高校時代にまで遡れば、死者の数はさらに増えていく。ドゥアンもその仲間に入ってしまっただけだった。

閉館時刻はとうに過ぎている。係の文句を聞きながら、頼みこんで記事のコピーを取ってもらった。

刑事に話さなかったことが、ひとつだけあった。

コピーを大事に折りたたんでショルダーバッグに入れた。駅前で公衆電話を見つけて、記憶している番号にかけた。学内にもそろそろ携帯電話を見せびらかす学生が現れたが、祐一はまだ持つ気にならない。確かに便利かもしれないが、四六時中、誰かから呼び出される可能性があるなんて、鬱陶しいにもほどがある。

(さっさと出ろよ、タオ!)

電話の相手は出なかった。十回まで呼び出し音を聞いて、受話器を置いた。どうせ居留守だという気がした。携帯電話のくせに、居留守を使うのだ。祐一よりずっと、世捨て人の匂いがする男だ。

時計を見た。まだ八時過ぎだ。電話よりもっと、いい手がある。

近くの弁当屋で、とんかつ弁当をふたり分買った。缶ビールは、近くに行ってから買えばいい。若い男のひとり住まいなら、どうせろくな食生活は送っていない。

六甲道から垂水まで、スクーターなら一時間もあれば行ける。つい先ほど帰ってきた道を、また戻ることになるが、それも悪くない。

ドゥアンが死んだことを、タオが知らなかったはずがない。あいつは知っていて、なぜだか祐一に黙っていたのだ。そう考えると、いても立ってもいられなくなった。

　今夜はこのまま眠れない。そんな気がした。

3.

訪ねた相手は、マンションにいなかった。

　祐一は遠慮なく合鍵で部屋に上がりこみ、たったひとつのテーブルに弁当とショルダーバッグを乗せた。

　狭いワンルームには、むっとするほどの熱気がこもっている。この部屋にはエアコンがない。窓が開いたままになっている。ちょっと近くまで用を足しに出た。そんな感じだった。相手が帰るまで、待つつもりだった。

　ルアンロート・マハサラノン。それがこの部屋の住人の名前だ。あだ名はタオ。正式な姓名は、舌を噛みそうでとても発音できないので、祐一はいつもタオと呼んでいる。

　食卓の椅子に腰を下ろし、祐一は室内を見るともなく見まわした。前に来た時とほとんど変わっていない。相変わらず、整然と片付いた部屋だった。

　食卓にも学習机にもなるテーブルと椅子が二脚。シングルのパイプベッド。作りつけの小さな水屋。腰までの高さの冷蔵庫。家具らしいものはそれだけだ。わずかな衣類は、ハンガーに掛けてフックから吊り下げている。留学生のはずなのに、本棚もない。入れておく本もない。タオは、震災で家財を失ったのだ。

水屋に、申し訳のように並んだ食器類を眺めた。祐一が百円均一の店で買ってきたものだ。あまり使った形跡はない。ごみ箱に目をやると、空っぽだった。生活の匂いがしない。タオはここで本当に生きているんだろうか。

いまタオが住んでいるのは、JR垂水駅の近くに建つワンルームの賃貸マンションだった。地震の後、神戸の賃貸物件が払底し、ビザの切れた外国人など、住む場所がない。そうタオが嘆くので、祐一の名義で借りている。賃貸料はタオが払っている。祐一のところにも、保証人になってくれた祐一の叔母のところにも、賃貸料の督促など来たことがないところをみると、滞りなく支払っているのだろう。

タオが帰宅する気配はなかった。

一緒に夕食をとろうと思っていたので、腹が減ってきた。手持ち無沙汰に室内を見ていると、部屋の隅に転がっているスナック菓子の段ボール箱に気がついた。それだけが、このシンプルな部屋の中で、祐一が初めて見るものらしかった。タオはスナック菓子を箱で買うタイプではないから、スーパーで空き箱をもらってきたのだろう。

席を立って、箱の蓋を開いてみた。何かの印刷物、ノート、紙の束。写真。タオの几帳面な性格を反映して、中身はきれいに整理されている。これを見た後で、タオが見ても気がつかないように元通りに整理する自信はなかった。

（まあいいか）

箱の前の床に、あぐらをかいて座りこんだ。気がつけば、文句のひとつも言わせてやろう。

Ａ４判の紙の束を、箱に入れたまま内容を確認しようとした。文章は英語で印刷されている。ぱらぱらめくるうちに、そのうち何枚かに写真が見えた。写真のところで手を止めて、中を確認した。

拳銃の写真が載っている。少し意外な気がした。タオの奴、こんなものに興味があったのか。若い男の趣味としては、特に珍しくはないが。

グレーの表紙の大学ノートを取り出した。ぱらぱらめくったが、タイの言葉で書いてあるらしく、まったく読めなかった。溜め息をついてノートを閉じる。

「人のものを勝手に覗く趣味があるのなら、合鍵を返してもらうからな」

突然声が降ってきた。さすがにぎくりとした。

ノートを隠す暇もない。すぐ後ろにタオが立っていた。いつのまに帰ってきたのか、足音を忍ばせた猫のような男だ。

タオは黒いシャツの上にグレーのウインドブレーカーを羽織っていた。相変わらず冴えない服装だ。金がないのかセンスがないのか、おしゃれにかける時間と意欲がないのか、そのどれかだ。もっとも鏡を見ると、大差ない服装をした自分が映っている。そう言えば、ドゥアンはぜいたくではなかったが、もう少し気のきいた服装をしていた。

スーパーの袋をテーブルに置き、祐一が買ってきた弁当屋の袋を見て眉を上げた。

「晩飯だよ。一緒に食べようと思って」

祐一が肩をすくめると、それについては何も言わずに、ノートを取り上げた。

「まあいい。お前がタイ語を読めないことは知ってるから。英語だってろくに読めないしな」

写真は見える、と言いかけて、やめた。今夜はもっと大事な話がある。

祐一はタオが買ってきたレジ袋を覗いた。カップラーメンと食パン、インスタントコーヒーくらいしか入っていない。本当にろくなものを食べていないらしい。

「今日、うちに刑事が来た」

弁当を出して、ぬるくなった缶ビールをタオにひとつ、自分には日本茶をつけながら言った。

タオはノートを段ボール箱の中に返し、そ知らぬ顔でテーブルについた。

「お前、知ってたんだろ」

「何を?」

タオは祐一の顔を見ない。弁当を開いて、当然のように食べはじめた。元々脂肪が身につかない男だったが、しばらく見ないうちに頬がこけ、なんだか凄みが出てきたようだった。

「ドゥアンが死んだことだ」

それも、今年の一月に。

本音を言えば、腹の中が煮えくりかえっていたのだが、そういう時こそポーカーフェイスでいるべきだということも、この二十年で学んだ。人当たりがいいと言われる由縁だ。

この男は、ドゥアンが死んだことを知っていたくせに、今まで自分に黙っていたのに違いない。

　タオは黙々と食事を続けている。

　ドゥアンや祐一と三人で遊んだ頃は、タオは年上の青年らしく若いふたりを慎重に引き止める役を演じていた。三人の役割分担はだいたい決まっていた。陽気で子供じみていて、好奇心が旺盛で、やりたいことを次々に考えだしてくるドゥアン。またドゥアンが馬鹿なことを言っていると、一応慎重論を唱えるのがタオ。やると決めたことを実行に移すために、こまごまとした実際的な計画を練るのが祐一。

　ドゥアンが姿を消してから、タオとふたりで会うことは少なくなっていた。タオと祐一では性格が似通いすぎていた。暴走するドゥアンがいなくなって、ふたりで会っても前のような楽しい時間は持てなかった。そればかりではない。タオという男がどこかしら変わったように感じられた。ドゥアンが死んだことを祐一に隠していたのだとすれば、変わるのも無理はないだろう。

「黙ってないで、説明してくれないかな。どうしてドゥアンが死んだことを、俺に黙っていたのか」

　祐一は弁当の蓋も開けずに、お茶だけひと口飲んだ。あれだけ空腹だったのに、タオの涼しい表情を見ていると、食欲が失せた。

「刑事は何て言ってた？」

　とりあえず腹を満たすと、タオが缶ビールを開けて飲んだ。

「なんだこれ。ぬるくなってる」

タオのしかめっ面は、無視することにした。

黙って新聞記事のコピーを突き出した。タオはしばらく無言で記事を読んでいた。留学するだけあって、日本語は会話でも読み書きでも達者なものだ。

「俺のところに来るまで、身元不明の扱いだった。やっと名前がわかったと刑事が言ってた」

つまり、タオは警察にも、ドゥアンの死について何も話さなかったということだ。

「どうして、俺が知っていたと思うんだ」

タオはコピーをテーブルの上に滑らせ、初めてまともに祐一と目を合わせた。陽気なドゥアンと、ひんやり暗い、日陰の匂いのするタオ。ふたりは対照的で、だからこそ息が合ったのだろう。

「ずっとおかしいと思っていたからさ。お前とドゥアンは、あのころずっと一緒につるんでいた。お前もアパートが倒壊して大変だったけど、行方の知れないドゥアンのことを、ちっとも捜そうとしなかった。だから、俺はずっと、ドゥアンは俺に黙ってタイに帰ったんだろうと思っていた」

「俺がユウイチを傷つけないように、黙ってたってことか?」

タオの声には、からかうような響きがあった。

「勘違いだったらしいけどな。どうして黙ってた? それより、ドゥアンが殺されたこと、どうして知っていたんだ?」

そちらのほうが問題だ。警察ですら、身元不明ですませていた事件のことを、タオが知っていたのなら――

「俺が殺したから？」

タオが鼻で笑うように呟いた。

祐一は無言で、思い切り右手をタオの頬に向けて払った。タオの身体が、大げさなほど後ろにのけぞった。片手でビールの缶を握ったままだった。

「冗談じゃないんだ！」

タオは上半身を椅子の背にのけぞらせたまま、くすくす笑っていた。ビールは一滴もこぼれていなかった。

「どうして警察に行かない？　お前、何か知ってるんだろ？」

タオはようやく笑うのをやめて起き直ると、ポケットからタバコを出した。百円ライターで火を点ける、慣れた仕草を見守った。

タオはいつからタバコを吸い始めたのだろう。ドゥアンと一緒にいる時に、吸っている姿を見た記憶がない。

「知らないほうがいいことも、世の中にはたくさんある」

「俺が知るべきでないかどうかは、お前が決めることじゃない。俺が決めることだ」

タオが肩をすくめた。

「だめなんだ。お前を巻きこむと、ドゥアンが嫌がる」

死んだ男が、何を嫌がるのというのか。

「いいかげんなことを言って、ごまかすなよ」

「いいから、もう帰れ」

長々と煙を吐き出す。いつのまにか、タオがずいぶん崩れた仕草を身につけたことに気がついた。たったふたつ年上の男が、ほんの半年で荒んだ空気に染まっていた。まともにこちらを見なくなっていた。

「帰ってくれ」

てこでも動かない。こういう時のタオは、そういう男だ。

祐一は立ち上がった。途方にくれていた。何かもっと言うべきことがあるような気がしたが、思いつかなかった。タオがドゥアンの死を知っていて、祐一に黙っていたことだけは確かだった。

「タオ。頼りないかもしれないけど、もし俺にできることがあれば――」

タオがちらりと横目でこちらを見た。缶ビールの上部をつまみ、振って見せた。

「旨かったよ。ありがとう」

それきり黙りこんだ肉の薄い背中を見つめて、祐一は長い溜め息をついた。

＊

去年の十二月。風の強い、寒い夜だった。

「ついて来なくてもいいんだぞ」

ドゥアンが振り向いて、念を押すように言った。暗褐色の分厚いタートルネックセーターに、ブラックジーンズ。その上に濃紺のウインドブレーカーを羽織っている。それでもまだ寒そうだった。雪など見たこともない南国で育ったのだ。

「行きたくないなんて、言ってない」

運転席から滑り降り、黒い革の手袋をはめながら祐一が言い返す。彼の服装もドゥアンと似たり寄ったりだ。車から出ると、耳がちぎれそうになるほど寒かった。ここまで来ても、ドゥアンがひとりで行く勇気など持ちあわせていないことぐらい知っていた。

「ほんとにいいのかよ。ワン・ツー・スリーで、俺たちは《向こう側》だ」

ドゥアンが、試すように挑戦的な目を祐一に向け、指で拳銃の形を作って撃つマネをした。

祐一も眉を上げる。

「いいんじゃない?」

助手席に座っていたタオが、黒い目だし帽を突きだした。

「なあタオ、これはいくらなんでも大げさなんじゃないか」

「いいから、かぶれよ。お前は一応有名人だったんだから」

有名人というわけではないし、タオの言うのはもう二年も前のことだ。国体で優勝して、新聞に大きく写真が載ったりした時のことだろう。そんな二年も前のことをいつまでも覚えている奴がいるものか。だが寒さしのぎにはちょうどいい。黙ってかぶることにした。

　ダイナマイトが欲しいと言い出したのはドゥアンだった。三人でタオのアパートに転がりこみ、缶ビールを開けていた時のことだ。

「ダイナマイトなんか、何に使うんだ」

「使わない。持っとくんだ。オマジナイさ」

　ドゥアンは『オマジナイ』と言いながら両手を拝むように合わせた。この若者が信心深い仏教徒の国から来たことは知っているが、ダイナマイトと信仰の取り合わせが不謹慎で、祐一の笑いを誘った。ドゥアンという青年は、時々こういう突飛な言動をすることがある。

　いたずら心が旺盛というのか、混雑する人ごみの中に連れ出してもすれば、大事だった。ドゥアンの目には、日本人がみな警戒心皆無のウサギのように見えるらしく、ポケットからはみ出した財布や、口の開いた鞄から覗く小物などを見つけては、いつのまにか掏り取っていた。祐一が慌てる暇もなく、にんまりと勝利の笑みを浮かべたかと思えば、今度は別人の鞄にそれを投げ込んでしまう。手癖が悪い。言ってしまえばそれまでだが、神業にも等しい手練だった。

　タオに言わせれば、ドゥアンには子どもの頃からそういう妙な才能があったのだそうだ。掏り取ったものを自分の懐に入れるわけではない。だから犯罪じゃない。ただのいたずらなのだ、というのがドゥアンの理屈だった。

「なあ。どこかに置いてないかなあ。ダイナマイト」

祐一はタオと顔を見合わせた。

「そういえば、いま菊水山のほうでトンネル工事をやってるな」

何を考えたのか、タオが煽るようなことを言う。

この夜はいつもと役割分担が逆転していて、普通ならドゥアンを制止するはずのタオが、奇妙なくらい乗り気だった。そうなると、祐一がタオの代わりに大人のふりをするしかない。

あまりドゥアンの奴を煽るなよ。そう言って祐一はビールを飲み続けた。どうもビールは好きになれない。舌を刺すような味がする。ドゥアンたちが美味しそうに飲んでいるので、子ども扱いされたくなくて、マネをしているだけだった。

タオとドゥアンはダイナマイト泥棒の話で盛り上がっていた。盗品が高価な宝石類などならまだわかるが、いったいダイナマイトにロマンはあるんだろうか。そんなことを考えながら聞いていた。話だけなら罪にもなるまい。

「電車の中から見たことがあるが、資材置き場は飯場と別になっていた。山の中にあるんだ」

「車が必要だな」

「アシなしでは話にならないな。借りるか、どこかで盗むかだ」

「だんだん物騒な話になるじゃないか」

水を差すつもりで、祐一が冗談混じりに言ってみたが、もうふたりは聞く耳を持たなかった。

「ちょっと待ってろ。地図があったはずだ」

タオが立ち上がってポケットマップを持ってきた。

「これだ。山陽新幹線と、山麓バイパスがすぐ近くを走っているんだ。本当の山の中だ。貯水池のほうから車で上がっていくんだな」

「とにかく地味で目立たない服装をしなきゃな」

ドゥアンが身軽に立ち上がり、祐一を驚かせた。

「おいよせよ、本気か」

「いいじゃないか、ユウイチ」

タオが着替えを探しながら声をかける。

「勢いだよ、勢い。やる気になった時にやらなきゃ、後で思い出して悔しい思いをするだけさ」

「ユウイチはどうする?」

冗談じゃない。俺は犯罪者になるのも、警察に捕まるのもごめんこうむる。そう答えるつもりだったのに、一瞬のためらいの後うなずいていた。

あちら側とこちら側。飛び越えるのがそれほど簡単だとは知らなかった。ドゥアンやタオと、妙に張り合う気分だったせいもある。

「後悔するなよ」

タオが生真面目な顔つきで言って、それから目尻を下げて吹き出した。ドゥアンと同じ浅黒い肌に、いつもはクールな表情の青年だった。

隣の部屋の学生に、深夜のドライブだと言って車を借りることにした。本当のことを話したら腰を抜かすだろうか、それとも俺も混ぜろと言うだろうか。馬鹿げた話だったが、祐一はにやにやしながら借りたキーを指の先で回しながら駐車場に降りた。

「目だし帽を、人数分用意するべきなんじゃないか」

タオとドゥアンが車の前でひそひそ相談していた。

「馬鹿言うな。そんな物を買って、現場で目撃されてみろ。最近目だし帽を買った三人組を、警察が真っ先に捜すことになる。一発でアウトだろ」

ドゥアンが感心したように口笛を吹く。

「ユウイチって、意外とこういう才能があるよなぁ」

「何の才能だよ、何の」

やろうとしているのはろくでもないことだが、三人が三人とも、何か浮かれているのがわかった。

考えてみればおかしな話だ。

祐一は工学部の二回生だった。タオはこの春まで祐一と同じ大学に留学していた。留学期間は終了したのだが、就学ビザが切れても居残っている。そのうち強制送還されるのではないかと思うが、それで自棄になっているわけでもない。一番得体が知れないのはドゥアンだった。日本に来て何をしているのか、よくわからない。留学生というわけでもないらしい。仕事をしているような様子もない。金持ちの道楽息子が、海外でぶらぶら遊んでいる。そんなところではないかと想像していたが、本人に尋ねてもまともな返事は返ってこない。タオとは幼馴染だと言っていた。

妙な三人組。妙な道行きだ。

「なあ、向こうに警備員がいたらどうする」

「迷ったことにして、展望台に向かう道でも尋ねたらいいさ」

「ダイナマイトが手に入ったら、海岸に出て試しに一本火を点けてみよう」

「おいおい、冬の花火じゃないんだからさあ」

運転席には祐一が座った。国道二号線を西に向かい、新開地から湊川公園に向かうバス道を北上する。住宅地の中を走っている間は良かったが、家並みがとぎれて山の中に入ると急に心細い道になった。暗い。どこを走っているのか確信が持てない。方向感覚が怪しくなり、勘だけが頼りだ。

一度は道を間違えて、平野の展望台に飛びこみかけた。助手席でタオがイライラしている。汗ばむらしく、しきりに手のひらをジーンズの膝にこすりつけていた。

「貯水池だ」

ドゥアンが月の明かりで輝く貯水池を見つけた。烏原貯水池。この貯水池の周囲に沿って走れば、もう間違いない。途中で道が二又に分かれるが、そこで右に向かえば後は一本道だ。

道を照らしているのは、眉のような細い月の明かりだった。

あれはいったいどういう夜だったのだろう。実際には祐一は乗用車の運転席に座り、ハンドルを切っていただけだったが、なぜだか羽でも生えたように身軽になった気がした。左足の白由が戻ってきたようだった。今なら、国体で高校新記録を出して百メートルを走り抜けた時のあのスピードで、また走れるのではないかと思った。おかしなことだが、助手席にいるタオと後部座席にいるドゥアンとの、言葉に出さない声が聞こえるような気がした。酔っていたのだろうか。

「女の爪の先みたいな月だな」

タオが助手席で腕組みして、呟いた。いつもは落ち着いて年上ぶっている彼までが、浮かれていた。

「ちぇっ、こっちが必死で運転してる時に、ずいぶん詩的じゃないか」

文句を言いながら、ちらりと見上げた空の月は、確かにマニキュアが似合いそうな女の爪を思わせるなまめかしさだった。祐一はぐいとアクセルを踏みこんだ。四百メートル走のゴールが見えてきた時の気分を思いだした。

「きれいだなあ」

ドゥアンが後部座席の窓から空を見上げ、溜め息をつくように言った。

「俺、本当にここに来て良かった」

ドゥアンの声が奇妙にしんみりして聞こえ、祐一はハンドルを握ったまま後部座席に向かって軽く頭を倒した。

「なんだよ、何かあった？」

「俺、ずっとこの国に来たかったんだ。もう何年も昔からさ」

「へえ？　なんで」

タオは黙って正面に顔を向けている。

「なんででも、さ」

ドゥアンは言葉を濁し、それからぽつりと呟いた。

「――どうしても、会いたい人がいるんだ」

何か答えようとして、祐一は鏡越しにバックミラーに映ったドゥアンの顔を見た。いつもは見せたことのない表情で、夜空を見上げていた。たぶん、祐一が見ていることに気づいたら、陽気な笑顔の下に隠してしまうのだろう。ほの暗い、繊細な表情だった。祐一は目をそらし、自分もハンドル越しに窓の外を見上げた。

凍りつくように美しい夜。今夜は《向こう側》に渡るやつらのための夜だ。こんなに美しい夜は、見たことがない――

「イヤン」とドゥアンが叫んだ。

「なんだ、それ」

発作的に祐一が笑う。発情した女じゃあるまいし。

「サイコーって言ってんだよ。タイ語でサイコー。イヤンって言うんだ」

タオが笑いながら解説した。頭のねじがはずれたみたいに笑い続けた。それから三人でイヤンを連呼しながら車を走らせ続けた。

二又の道を右に向かう。資材置き場が見えてきた。

「車はできるだけ近くに止めよう。あれを持ってきたら、すぐに積みこんで逃げられるようにするんだ」

警備員はいないようだった。こんな寂しい山の中に、たとえ仕事でもひとりで残る気にはなれないだろう。エンジンはかけたままにしておいた。祐一は渡された目出し帽をかぶった。三人とも車を降りて、ライトは消す。車内の明かりも消しておく。タオが懐中電灯を握って先に立った。

見張りをひとり残すかどうかタオが尋ねたが、祐一はいらないと答えた。山の中の一本道だ。警備の車がここまで来るようなことがあれば、見張りなど置いていなくともすぐに気がつく。またそうなれば、見張りを置いていたところで逃げられない。

逃げられないが――

祐一はタオとドゥアンを横目で見つめた。こいつらとなら、それも悪くない。

「これは警報装置のコードじゃないかな」

タオが丹念にドアの付近を調べる。

資材置き場は細長いコンクリートブロック造りの建物だった。ドアには厳重に鍵がかかっている。分厚い鉄の扉だ。警備員がいらない理由がよくわかった。

「警報装置が鳴ったって、警備員がここに来るまでどのくらい時間がかかると思う」

ドゥアンが自信たっぷりに言った。

「ここに来る道に飯場があった。あそこに警備員が寝泊まりしているとしたら、十分もあれば駆けつけて来れるだろうな」

「そんなものあったかな」

ドゥアンはのんきなものだ。

「問題は、この中に本当にダイナマイトがあるかどうかだ」

タオがコンクリートの壁を撫でた。外から見ただけでは、中に何が入っているのかわからない。

「近頃は発破をかけることが少なくなったそうだ。トンネルを掘るのに、トンネルボーリング機械とかいうのが発達してるんだろう。それに、発破をかけるのにも、ダイナマイトはもう時代後れで、いまはAN‐FO火薬が主流だって。何かで読んだぞ」

「AN‐FOでもいいさ。火薬なら」

ドゥアンが扉の前にしゃがみこんで目を輝かせた。軍手をはめた指で扉の縁を愛しげになぞる。

「梅かな。桐かな。それとも松ってことはないよな」

祐一がそっと呟く。

「何の話だ」

タオが目を細めた。

「ダイナマイトの種類さ。松というのは最高級品なんだ。トンネルの穴を掘るためだけに使うかなあ」

「開けてみりゃわかる」

「どうやって開ける？」

思った以上に手ごわそうな扉だった。鍵も扉も頑丈だ。

だんだん酔いと勢いが醒めてきた。ここにもし本当に爆発物が保管されているとすれば、壁はコンクリートブロック、扉は二重になり、万一の盗難と爆発に備えているはずだ。建物の周囲を観察してみたが、明かり取りの窓もなかった。

「地面を掘って、地下から中に入ったらどうだろう」

ドゥアンが諦めきれないらしくいった。

「朝までかかって掘ってろ」

「固くて重いものがあれば、コンクリートの壁を突き崩すことぐらいできるんじゃないか」

「今夜は無理だ。そんなもの持ってきていない」

出直しだ。タオが口に出さずに日で言った。祐一は黙って車に引き返した。タオがドゥアンを引きずって戻ってくるのが見えた。誰も口をきかなかった。

もと来た道を引き返す間も、どんな車にも会わなかった。よほど幸運だったのだろう。たどり着くまでは最高の夜だった。醒めたくなかった。夜はもう白みはじめている。

「また、狙うさ」

車を降りる時になって、タオが初めてドゥアンの背中を叩いて言った。ダイナマイトが欲しいなどとドゥアンが言ったのは、それが最初で最後だった。

ドゥアンがそれを何に使うつもりだったのかは、最後まで聞かなかった。
そうだ。あの頃はまだ、三人だった——

平成七年　九月十七日（日）・二日目

4.

どくん、どくんと力強く心臓が刻むリズムが聞こえる。静かすぎる周囲に、鼓動がドラムのように聞こえているのではないかと心配になるほどだ。

彼はスタートラインに両手をつき、スターターの合図を待っている。脇の下に冷たい汗が流れた。なかなか合図がない。飛び出せばよいことはわかっている。体が前に行きたがっている。筋肉の発達した腿とふくらはぎが、これから始まる充実の一瞬を予感して、今にも震えだしそうだ。

号砲と同時に、彼の足は地面を蹴り出していた。前へ前へ。前へ行くんだ。百メートルがなぜか長い。時間にすればおよそ十秒。それが長い。急激な酸素の消費にこたえるために、ヘモグロビンが活発に体内を駆けめぐる。心臓は全身に血液を供給するために、ここぞとばかりに動き出す。壊れる。もうだめだ。壊れる。何度彼はそう思ったことか。

だが彼の足は意志とは逆に前に走りつづける。まるで誰かに追われているようだ。追いつかれないためには前に出るしかない。それだけのことなのかもしれない。

百メートルの終点はなかった。テープがない。全速で走りつづける彼に、もういい、もう走らなくていいといってくれる人もいない。

苦しい。心臓が破れてしまいそうだ。止まりたい。なのに足が止まらない。ゴールさえ見えれば。そうしたら止まれるのに――

＊

目が覚めた。

祐一は荒い息をついて跳ね起きた。

心拍数が異常に上がっている。身体中の汗が、祐一にレース後の数瞬と錯覚を起こさせた。この興奮、神経の高ぶりは、レース中そのものだった。テープを切る瞬間の歓声。熱狂した観客の拍手と嬌声。まだ耳の中で聞こえるようだ。

おかしな夢ばかり見る夜だった。最初はタオとドゥアンが出てきた。二人で車に乗って、深夜の山道をおっかなびっくりで走ったことなど、もう忘れたつもりだったのに。昨日、ドゥアンが死んだことを知ったせいだろう。

ベッドの脇に置いたキャスター付きの小型テーブルに、タオルが乗っていた。このところひどく寝汗をかく。冷たい汗だ。祐一はタオルを取り上げ、ごしごしと顔を拭った。

汗を吸って重くなったランニングを脱ぎ、部屋の隅の脱衣籠に放り投げる。空気をはらんで広がったそれは、籠から三分の二ほど飛び出して床に垂れた。午前五時。なぜ決まってこの時刻に目を覚ますのか、わかっている。頭では、もう起きる必要がないと知っていても、身体が忘れてくれないのだ。二年ほど前までは、午前五時からの早朝ロードワークが祐一の日課のひとつだった。

事故で膝を痛め、二度と走る必要がなくなってからも、毎朝彼はこの時刻に目を覚ます。五百日を過ぎた今でさえ。

ベッドに座り、左膝を撫でながら、祐一は明るみはじめた部屋の片側をずらりと占拠している本棚を眺めた。棚には空白の部分が多い。もともと並んでいたのは、中学・高校時代の陸上大会や国体でもらった、トロフィーやメダルだった。何の感情も持たずに、それらを見ることがまだできなかったので、去年の冬に箱詰めにして大阪で暮らす叔母に送り、預かってもらっていた。おかげでそのトロフィーは、震災の後も傷ひとつなく残っている。

叔母の亮子《りょうこ》というのが変わった人で、トロフィーを捨てようとした祐一に向かって、

「あら、捨てるんならちょうだいよ」

とのたまった。

「あんたもおじいちゃんになって、孫に昔の自慢話をする時に、証拠がないと困るわよ」

苦笑とともに預けることにした。死んだ祐一の母親にだんだん似てくる外見とは裏腹に、いまだ独身で少々エキセントリックなところのある叔母だった。

空いた棚には、読みもせぬハイデッガーやキルケゴールを入れておいた。大学入学後に知りあってすぐに別れた女の子が哲学専攻で、読めといって渡してくれた。それからモリソンボイドの有機化学だの、バーローの物理化学だの触媒化学だのの教科書。授業にはほとんど出たことがないが、教科書だけとりあえず購入して勉強したような気になるための本だ。ハードカバーの、厚みも重みも充分にあるごつい本だった。

それがこの一月、頭の上に降ってきた。

一月十七日の午前五時四十六分、祐一はまだ珍しくベッドにいて、ショウペンハウエルやモリソンボイドの直撃弾を受けながら、読みもせぬ本を高いところに飾っておいた自分のあさはかさを悔やんだ。

そういうわけで、今それらの本は腰よりも高いところに置かないように、床の上に積み上げられている。空白だらけになった本棚は、かえって昔そこに飾られていたトロフィーだの、メダルだのの存在を主張しはじめていた。右上の棚、少し前まで化学の専門書をまつりあげておいたあたりには、もともと高校三年の秋、国体の百メートル少年の部で得た金メダルが飾られていた。棚の上の実物は隠せても、祐一自身の記憶まで消すことはできない。

時計を睨んだ。もう眠れそうにない。

今日は日曜日で、授業はない。学校に行けば、クラブやサークル活動で誰かいるかもしれないが、学校の友達に会いたい気分でもなかった。

時間を持てあます。

走らなくなってから、それが祐一の悪い癖だった。

昨日は舞子にあった実家を見に行った。亡くなった両親が、この一月まで住んでいた家だった。実家のあたりは被害も少なく、震災の後も家屋はきれいなまま残っている。両親が亡くなったのは、運が悪かったとしか言いようがない。

祐一の両親は、長田区の伯父の家に、法事で前夜から泊まり込んでいた。伯父はささやかながら靴の工場を経営していた。その日は伯父夫婦と祐一の両親と、東北からはるばる旅行してきた遠縁の夫婦と娘が泊まり込み、震災で生き残った者はひとりもいなかった。工場と自宅が全壊し、全員が生き埋めになったのだ。救出作業に丸二日かかった。六甲から駆けつけた祐一は、知らせを聞いて同じく大阪から自転車と徒歩で駆けつけた亮子叔母に肩を抱かれ、呆然と崩れた家や工場を見つめていた。

(ちょっと飲みすぎてな、今日は伯父さんの家に泊まることになったから)

前夜、祐一のアパートに電話があった。それが父親との最後の会話だった。

(お前、今夜はあの外人さんたちと遊びに行かずに、うちにいるんやな)

(いるよ)

(うん。今日は冷えるからな。薄着して、風邪ひくなよ)

父親はまだ何か言いたげだった。何をいつまでも子どものように。そう思って、適当にあしらって電話を切った。

祐一は遅くに生まれた子どもだった。父親は祐一が高校二年になった年に早期退職制度を利用してリタイアし、各地の陸上競技大会に出る息子について、日本全国を応援して回った。両親の最後の年は、おそらく最悪の年だったろう。将来はきっとオリンピックに出ると期待していたひとり息子が、陸上をやめてぐうたらした学生生活を送りはじめた。父親は、釣竿を片手にひぐらし海釣りにいそしむようになった。

祐一が、ボート遊びに凝り始め、ドゥアンやタオとつるんで盛り場をうろつくようになっても、父親も母親も何も非難がましいことは言わなかった。ただ、時おりひとり暮らしのアパートに電話をかけてきて、生活のこまごましたことを心配したり、何か困っていることはないかと尋ねたりしていた。何も言わなかったが、本心ではドゥアンたちとの付き合いを好ましく思っていなかったことは、確かだった。

その矢先の震災。両親が失われた街を見ずにすんだことは、むしろ良かったのかもしれない。連絡の取れないドゥアンを、祐一がとことんまでは探さずに放っておいたのも、父親との最後の会話が何となくわだかまりになっていたせいかもしれなかった。

一階の住人に気がねをして、音をたてぬように軽く屈伸運動をした。学生アパートの早朝五時は深夜だ。

事故の後遺症で、まだ時々膝が痛む。高校三年の秋、国体の後に交通事故に遭った。友人が運転する車の助手席に座っていて、玉突き事故に巻き込まれたのだ。潰れた軽自動車の前面に挟まれた左足が動かなかった。感覚がなかったのでまずいと思った。完全に潰れたり、切断したりする必要がなかっただけ、いくらかましだ。だが以前のように走るのは、無理だった。

もう走れない。医者にそう知らされても、祐一はただぼんやりうなずいただけだったような気がする。そうか、もう走らなくていいのか。そう思って、その後の二年間はただ怠惰に過ごしてきた。時間とは持てあますものだったのか、と初めて知った。

ふと、塩屋の海岸でボートのエンジンを磨いていたおかしな男のことを思い出した。どう見ても使い物にはならなさそうなボートだったが、あんなものを磨いていったいどうするつもりなのだろう。

だがまあ、ものが直っていくのを見るのはいい。少なくとも、壊れていくのを見るよりはずっと。

あの男の名前すら知らないが、不機嫌で気難しげな短い会話も、むっつりした表情も嫌いではなかった。とにかく、おかしな男だった。もう会うこともないだろう。

新しいシャツを出して着替え、ジーンズを穿いた。ジーンズに隠れる前に、膝の裂傷がどうしても目についた。歩く程度なら問題はない。満足に走ることはできない。百メートルのスプリンターだった自分の、瞬間に爆発する力はない。ドライブとリカバリーを繰り返す短距離走の、目の覚めるようなスピードは出せない。

歩く時にほんの少し足を引きずる癖がまだ抜けなかった。医者は、もう引きずらずに歩けるはずだと言っていた。引きずるのは祐一の膝に問題があるのではなく、心に問題があるのだという。

医者の言うことなどあてになるものか。

祐一は口を歪めてジーンズの上から左膝に手を当てた。俺はなくした膝を惜しんでいるのか？

だから未練を引きずるように、足を引きずって歩くのか？　馬鹿馬鹿しい。

カーテンを開けた。明け方の、柔らかい陽射しが窓越しに射しこむ。いい天気だった。

「うわ、暑そう」

呟くと、じわりと部屋の温度が一度くらい上がったような気がした。

船に乗ろう。

突然のその思いつきは、不愉快な夢の記憶を吹き飛ばしてくれた。しばらく船に乗っていない。夏休みの間、ひとりで何度か船を出したが、ドゥアンとタオの姿がないと、いつものように楽しく感じなかった。しかたがない。ドゥアンは死に、タオは人が変わってしまった。これからはひとりで船を出すしかない。

スクーターのキーをポケットに入れた。失った足の代わりだ。

西宮のマリーナに、いつも船を借りる店がある。本業はレストランで、ボートは店主の趣味だ。少し早いが、店主は祐一と同じで早起きだった。店がまだ開いていなければ、講義が始まるまで、そのへんをスクーターで走り回るのもいいかもしれない。

ショルダーバッグひとつ提げて部屋を出た。

5.

国道四十三号線に乗り、三十分も走れば西宮だ。

陽射しは既に強かったが、早朝六時の気温は、まだバイク乗りを弱らせるほどではなかった。南に下るほど、潮の香りが濃くなる。港に浮かぶ船を見ながら、西宮大橋を渡って西宮浜の人工島に入った。阪神間の浜は、ポートアイランドや六甲アイランドに限らず、小さな人工島が多い。やがて大阪湾は人工島に埋め尽くされるにちがいない。

西宮浜は高層マンションばかりの島だ。祐一がめざしているのも、マンションの一階にあるレストランだった。

レストラン〈シーウルフ〉に立ち寄り、カウ・ベルのついたドアを押すと、軽く開いた。ベルがちりちりという柔らかい音をたてた。朝の六時からさっそく調理にとりかかっているらしく、店内には炒め物を作る時の、油が跳ねる音と香ばしい匂いが満ちている。突然空腹を思い出すほどの、良い香りだった。

この店には営業時間があってないようなものだ。日曜日の早朝と言えば、普段は仕事で船に乗ることができない船のオーナーたちが、先を争うように駆けつけてきて、ささやかな航海に乗り出していく時間帯だ。船出の前に、〈シーウルフ〉で腹ごしらえをして出かけるオーナーは多い。

「よお」

フライパンの上でオムレツを返しながら、店主の溝渕が声をかけてよこした。

テーブルが五つ。たった二席のカウンターを含め、客席は二十八。西宮のマリーナに船を預けているオーナーが入れ替わり立ち寄るので、食事時には満席になる。椅子が足りなくなると、奥からパイプ椅子が出てくる気取らない店だった。

他に客の姿はない。オムレツは溝渕の朝食だろう。

「美味しそうだね」

溝渕は太い眉をおおげさに跳ね上げた。日焼けした顔に、きれいに手入れした口ひげが似合っている。

「特製オムレツを食う気があるなら、手を洗ってこい。焼きたてのクロワッサンをつけてやる」

「よだれが出そうだ」

素直に手を洗った。カウンター席によじ登った。オムレツはなぜか、二枚の皿にひとつずつ乗っていた。祐一の不思議そうな表情に目を留めて、溝渕がにやにや笑った。

「こんないい天気の日に、誰もボートを借りに来ないとは信じられなくてな。ふたり分、焼いておいた」

「もし誰も来なかったら？」

「俺が食う」

あたりまえのように答える溝渕は、常に美味しいものを食べ続けているので、三十代半ばにしては恰幅が良い。

「この前、ちょっと用があって警察に行った」

皿にプチトマトとクレソンを添えながら、溝渕が話し続けた。

「写真が貼ってあるのが目に留まってな。あの子だったんだ。ゆいっちゃんが、いつも一緒にボートに乗ってた外人」

溝渕は祐一のことを「ゆいっちゃん」と呼ぶ。

「地震の時に、遺体で発見された身元不明者として、ポスターになっていた。先にゆいっちゃんに知らせようかと思ったんだが、そのとき一緒にいたのがナスさんでな」

ナスさんは祐一と同じように、溝渕のボート仲間だった。四十過ぎで、祐一と違い、自分のボートを持っている。

「近くにいた警官を捕まえて、この子知ってるよって言い出すんだ。まいったよ」

ナスさんはお調子ものだ。そんなシチュエーション、お楽しみ以外の何ものでもない。

祐一はうなずいた。

「ゆいっちゃんのところにも、警察が行っただろう」

「びっくりした。ずっと探していたんだ。まさか——死んでたなんて」

溝渕はオムレツの皿を祐一の前に置き、しばらく黙ってコーヒーのサイフォンに意識を集中した。クロワッサンは籠に山盛りで、ひとつ取って齧ると焼きたてのパンの香りが鼻腔をくすぐった。オムレツも最高。溝渕が忙しくてボートに乗る暇がない理由もよくわかる。

「刺されたんだってな」

コーヒーを出し、自分のオムレツをフォークですくって口に運びながら、ぱつりと溝淵が呟いた。

「らしいね」

祐一は無関心を装った。溝淵は卵とミンチを咀嚼しながら、目を細めてこちらを見守っていた。

「ほら、もうひとり――いたじゃないか。あの子と一緒に、ゆいっちゃんとつるんでた外人が」

「タオ。もうひとりはタオっていうんだ」

「そう。ちょっと背の高い、痩せた奴だ。あっちは何ともなかったのか」

「あいつは元気だよ」

会ってないことにするかどうか、迷った。溝淵は慎重な男だ。嘘をつく意味も必要もない。

熱いコーヒーをすすり、ちぎったクロワッサンを大きな口に放りこんで、満足げにうなずきながら溝淵が何か考えている目つきになった。

「タオは刺してないと思う」

祐一が軽く牽制した。

「誰に刺されたか、知ってるのか？」

「知らないよ」

ふう、と溝淵がため息のような音をたてて、コーヒーの表面を吹いて冷ました。

「ゆいっちゃんに言ったほうがいいのかどうか、ずっと迷っていたんだが。あの子、一度俺のボートを直接借りようとしたことがあってな」

「ドゥアンが？　溝淵さんのボートを？」

「何に使うのか言わないし、ゆいっちゃんと同乗するわけでもなさそうだった。だいいちあいつ、免許持ってないしな。俺はゆいっちゃんだから貸すんだ。そう言って断った」

「それ、いつのこと？」

「去年の暮れ頃だったと思う。元旦にみんなで船を出して、初日の出を見に行く相談をしたことがあっただろう。あの時に、こっそり声をかけてきたんだ」

自分に知られないように。ドゥアンが溝淵から船を借りようとしていた。なんだか裏切られたような気分だった。

「ゆいっちゃんの友達を、悪く言いたくはないんだが」

溝淵が最後のクロワッサンのひとかけらを、口の中に放りこんだ。考え考え、祐一が気分を害さないように気づかいながら、何かを伝えようとしていた。

「あのふたりは、何か妙なことに首を突っこんでいるような気がしたな」

「妙なことって？」

尋ねる声が低くなって、これじゃまるで溝淵に絡んでいるようだ、と祐一は少し反省した。

「わからんよ。しかし、まともな学生さんが一緒になってやるようなことではなさそうだった」

溝淵はときどき祐一のことを学生さんと呼ぶ。お前さんは、まだほんのひよっこなんだと言われているようで、あまり気分が良くない。カウンターのスツールから滑り降りた。船乗りには大柄な男が多いのか、スツールは祐一には少し高すぎて、床に脚が届かない。たまに溝淵が座ると、背が高いのにどっしりと安定感があって、それも癪に障るのだった。

「今日、ボート借りていい？」

「ほら、鍵と桟橋のカードキーだ」

あうんの呼吸で、溝淵がカウンターの上を滑らせてよこした。祐一が店に入ってきた時から、わかっていたと言いたげな表情だった。

「どこまで行く？」

「決めてないけど、天気がいいからそのへんをぐるっと回ってこようかと思って」

「ちきしょう、俺も店を閉めて一緒に行きたい日和だな」

窓越しに見える青空に日を細めながら、溝淵が唇を曲げた。

「はい、いつものカンパ」

祐一は、一般の店でレンタルボートを借りる代金の、半額以下の紙幣をカウンターに乗せた。金を払えば、誰にでも船を貸すような相手ではない。ガソリンは満タンにして返すが、学生が支払うレンタル料金では、船の維持費程度にもならないだろう。マリーナの年間艇置料だって、ばか高いのだ。

「気をつけてな」

カウ・ベルが鳴り、ラフな服装をしたボート乗りが三人、店に入ってきた。ボート乗りは朝が早い。日が高くなる前に出航して、昼すぎには戻ってくる。彼らも溝淵の店で朝食を食べて出航というところか。お互いに顔は知っている。軽く挨拶して〈シーウルフ〉を出た。溝淵が注文を聞く声が背後に聞こえた。店はあいかわらず繁昌しているようだ。

溝淵は、祐一のボートの師匠だった。走れなくなると、祐一にはやることがなかった。元々海は好きで、ぼんやり波の音を聞いていると時間を忘れる性質だった。西宮のマリーナに通い、ベンチでぼうっと船を見つめているのが日課になった。奇妙に年寄りくさい高校生だっただろう。その頃祐一は、高校三年で人生を終えたような気分だったのだ。

毎日ボートと海を眺めているうちに、日焼けした大男が声をかけてきた。

(そんなに好きなら、乗せてやろうか)

溝淵だった。見るだけで、ボートを運転することなど想像もしていなかった祐一を、短時間とはいえ操舵席に座らせてくれた。祐一が足を引きずっているのを見ても、何も聞かず何も言わなかった。居心地の良い時間だった。

大学に入るとほぼ同時に船舶免許を取ったが、免許を取ればすぐさまボートに乗れるようになるわけではない。乗り慣れた経験豊富なボート乗りに、手取り足取り操船技術や船乗りのマナーを教わって、ようやく一人前になるのだ。

学生時代から、二十年近くもボートに乗っているという溝淵のような男に出会ったのは、祐一にとって最高の幸運だった。

バイクは〈シーウルフ〉の駐車場に停めたまま、歩いて新西宮ヨットハーバーのバースに向かった。溝渕はここの海上係留桟橋に、船を置いている。今の船は三年前に買い換えたというシーレイ社のスポーツボートで、名前は店名と同じ〈シーウルフ〉。若者が好きそうな、スピードの出る船だ。もう少し年齢が上がれば、クルーザータイプに乗り換えて落ち着くつもりなのだそうだ。

陽射しはさらにきつくなっていた。

カードキーを通してゲートをくぐり、〈シーウルフ〉がゆったり浮かんでいるバースに軽い足取りで近づいていく。午前六時と言えば第一陣は既に船出した後なのか、桟橋には人の姿が少ない。それでもちらほらと、ボートの手入れにいそしむ船乗りの姿が見えた。おはよう、とか、よう、とか、声をかけあいながら桟橋を歩いていく。もうここまでくれば、潮の香りを満喫できる。

〈シーウルフ〉の、白地に濃紺のラインが見えた。溝渕が忙しすぎて、乗る時間がないわりには、手入れが行き届いている。借りて乗る学生が何人かいて、毎週誰かがきれいに掃除していく。手抜きをする者はいない。そういう意味で、溝渕の目は確かだ。

勤めに出る自分の姿、というのはまだほとんど想像することもできなかったが、来年は大学三年になって、秋には就職活動を始めているはずだった。会社勤めをするようになって、一定の収入を得ることができれば、いつか金を貯めて自分の船を持ちたかった。最初は二馬力のF

RPボートだってかまわない。溝渕の〈シーウルフ〉のような、スポーツボートが手に入るならもっといい。値が張るのですぐには無理だが、居住空間のついたスポーツクルーザーもすばらしい。一日中、波間を漂っていたい。そんな誘惑にかられる船がいい。

〈シーウルフ〉の船体に手のひらを当てた。陽射しに焼かれて、温まっている。全長六メートルほど。定員は八人だが、めったに八人乗ることはない。

海面に反射する光で目を傷めないように、サングラスをしっかりかける。アイドリングでエンジンが暖まった頃合を見て、繋留索を解いた。いったん桟橋に降り、軽く蹴り出すように船を海に押し出す。

これはいつも、ドゥアンの仕事だった。

操舵席にいる祐一を手伝って、ドゥアンがくるくると繋留索を巻き取って船に投げ込むと、タイ語と日本語をチャンポンにした、何やら怪しげなセリフを叫んで桟橋を蹴り出し、身軽に船に飛び移ってくる。

(ピーターパンみたいだな)

何かの機会に、ドゥアンを見てそんな言葉が口をついて出た。ドゥアンの背中には羽が生えている。そんな気がした。その気になれば、どこまでも飛んで行けるはずだった。

ぼんやりしていると、船に置いていかれそうだ。祐一は慌てて船に乗り、操舵席に着いた。微速前進。海面に漂流物がないことを確かめながら、そろそろと船を出す。マリーナの中は、他の船に迷惑がかからないように、ゆっくり走る。微速で走ると船首が波の影響を受けやすいから、時々当て舵を切る。初心者の頃は、当て舵のタイミングがわからず苦労した。車と違って、舵が効いてくるタイミングがずっと遅い。何も考えずに感覚で舵を切れるようになるまで、数カ月かかった。

時間が経つ。自分は大人になる。もう走ることはないが、会社に勤めていつか船を持ち、もしかするといずれ家庭を持って、少しずつ大人になっていく。

ドゥアンはいつまでも、十九歳のままだ。

何かの痛みが、ちりりと胸の奥を刺した。操舵席にいる祐一の隣に座ったドゥアンが、首をかしげながら尋ねた言葉を鮮明に思い出した。記憶には鈍い痛みが伴った。

（ピーターパン？　なんだそれ）

（永遠に大人にならない男の子のことさ）

今から考えると、ドゥアンの最後を予期していたかのようで、随分残酷な会話だった。ドゥアンは大きな目をくるくると回して笑った。

（それはいいな。ぴったりだ）

（お前さ、ダイナマイトを盗んで、何に使うつもりだったんだ）

にやりと笑う。照れたような微笑。

（持っているだけで良かったんだ）

（オマジナイ）

（そうさ。いつでも何でも吹き飛ばせる。それっていいだろ。ユウイチ）

お前はいったい、何を吹き飛ばしたかったんだ、ドゥアン。

後悔は、こんな風に思いがけない速さでやってくる。あの時聞いておけば良かった。陽気なドゥアンが、密かに抱えた鬱屈について。

（これをやるよ、ユウイチ）

あれは何度目に会った夜だったのか。

祐一はドゥアンやタオと一緒に、三宮の繁華街を走って逃げていた。もちろん、スプリンターとしての自分を知る人間が見れば、走っているようには見えなかったかもしれないけれど、必死で追ってくる連中から逃げていた。

ドゥアンがいつもの癖で、気軽に男の尻ポケットから長い財布を掏ったのだ。気づかれた。振り向いた大柄な男は、頬に深い切り傷を残していて、どこから見てもカタギには見えなかった。

（やばいよ、逃げろ！）

祐一が慌ててドゥアンの背中を叩き、走りだした。ドゥアンは逃げ足も速かった。タオは要領よく離れたところから見守っていて、男が祐一に追いつきかけたところで、どこから引っ張りだしたのか長い柄の箒を投げて男の足を引っ掛けた。

口汚い言葉で罵りながら、男が派手に転ぶ音を祐一は背中で聞いた。

（やったな、タオ！）

ドゥアンが陽気に叫ぶ。

（いいから逃げよう）

（しばらく三宮は鬼門だな）

元町まで走り抜けて電車に飛び乗ると、へとへとになって息を切らしながら、笑いがこみ上げてきた。汗をかきながらドゥアンが幅の広い口でにやりと笑った。

（ユウイチとタオのおかげで助かった）

（本当だぞ。お前はだいたい――）

タオが始めた説教を、まあまあと受け流しながら、ドゥアンは首から提げた鎖を外した。

（これをやるよ、ユウイチ）

鎖の端に、珊瑚の仏像がついたペンダントだった。釣鐘の形をしたアクリル樹脂で固められていて、祐一は何度かドゥアンに見せられたことがあった。

（オマモリだ。タオも持っているし、俺ももうひとつ同じものを持っている。ひとつユウイナにやるよ）

（オマジナイ）

祐一が受け取り呟くと、ドゥアンが嬉しそうに笑顔を見せた。

（そうだ。俺たちのオマジナイだ）

マリーナの堤防から外に出た。視界が開ける。どこまでも続く海原。波だ。ようやく海らしくなってくる。リモコンレバーを前に倒した。〈シーウルフ〉がぐっとスピードに乗ってくる。

運転に集中する。その間は何も考えない。

何も考えないでいいように、船に乗るのかもしれない。
祐一はその考えを横に押しやった。海の上は風が出ている。

一時間ばかり船を走らせて、マリーナに戻った。潮風に吹きさらされると、身体の底によどんでいた澱が、跡形もなく飛んでいくような気がする。爽快な気分で桟橋に降り、船を繋留した。

背後で人の気配がした。

振り向こうとして、誰かに背後からぐいと腕を摑まれた。

「お前が間嶋祐一か」

低い声だった。面食らった。こんなところで、いきなり腕を摑んでくる失礼な男と知り合いになった記憶はない。バースに入るには船のオーナーが持つカードキーが必要だが、誰かがゲートを開いた直後に、くっついて入ってきたのかもしれなかった。

「大きな声を出すなよ」

男の声は落ち着いていた。後ろ手に腕を摑まれていても、危険にさらされているような気はあまりしなかった。腕はそれほど痛くはない。

声を出して、助けを呼ぶべきか。桟橋には、ボート乗りが何人か来ている。顔見知りもいる。

男の腕がぐいと喉を絞めつけた。

喉を絞められそうになった時には、顎を引いて腕が入らないようにするんだ、と誰かから聞いたような気がするが、ここまできれいに入ってしまった後で思い出しても手遅れだ。

「妙なことを考えるな」

どこかで聞き覚えのある声だと思った。男に促されるまま、〈シーウルフ〉の舷側を乗り越えて船に乗りこんだ。船がふたりの体重を乗せて、ゆさゆさと揺れた。栈橋に波が寄せるたび、涼しい水の音がして、フェンダーが船体と桟橋の間で軋む。

ようやく男の腕が首からはずれた。呼吸が楽になったら咳が止まらなくなった。船の床に座って咳き込んだ。

「悪かったな。こんなに子どもだとは思わなかった」

首を絞められて腕をひねられたあげく、子ども呼ばわりでは割に合わない。そう思って、さすがにむっとしながら見上げた。あいつだった。昨日、塩屋の浜辺でボートを磨いていた奴だ。服装も同じだった。白のカッターシャツに、麻のスラックス。スラックスは昨日よりさらにしわくちゃの度合いを増したようだ。きっと、着たきりなのだ。

祐一の顔を見た男の目にも、ちらりと感情が動いた。

「どこかで会ったな」

「なんだ。塩屋のオヤジか」

「そうか。昨日の坊主か」

豊かな灰色の顎ひげに埋もれた唇が、笑いだしそうに少し震え、またむっつりと閉じられた。

「あの酒、旨かった」

それが礼の代わりなんだろうと思った。

男がしゃがみ、祐一の顔を覗き込む。今朝はまだ酒が入っていないらしい。

「本当にお前が間嶋祐一なのか。国体に出たこともある陸上競技の選手だったと聞いたが」

一瞬ひるんだが、顔に出ないように気をつけた。

「そうだよ。あんた何」

男の唇がまた小さく震えた。笑いをこらえているような顔だった。

「お前に聞きたいことがあって尋ねて来たんだ。タオという男を知ってるな。タイから来た留学生だ」

祐一は自分が嘘をつけない男だと知っていた。とぼけるつもりなら、とにかく表情を消すに限る。だんまりを決めこんでいると、男が目を細めた。

「お前が知っていることは、もう調べがついてあるんだ。タオの下宿が潰れた後、お前は病院の連絡を受けて見舞いに行ってるな。タオが退院した後は、お前が身元を引き受けた」

「もう、出て行った」

慎重に言葉を選んで祐一は答えた。

「今の居場所を知ってるだろう」

「なんでタオの居場所なんか知りたいんだ」

男が眉をひそめた。

「あいつに聞きたいことがある」

「何を」

「先に答えてくれ。お前はタオの居場所を知ってるな」

「あいつがあんたに会う気があるなら教えるよ。だけど勝手に居所を教えるわけにはいかないだろう」

「それではタオに連絡してくれないか。俺がドゥアン・ウォフチャットのことで会いたいといっていると」

その名前があまりにも突然出て来たので、とりつくろう暇もなかった。一瞬の驚愕がはっきりと目に出てしまった。

「お前はドゥアンのことも知っているのか」

男がさらに目を細める。

「知っているというほどじゃない」

自分はドゥアンが何者で、いつどうやって何のために日本に来たのか、そんなことすら知らなかった。いつのまにか姿を消し、いつのまにか死んでいた。自分の知らないところで。祐一はショルダーバッグから、ドゥアンの死亡記事を取り出した。

「僕が知ってるのは、これだけだ」

陽射しの明るい船の上で、男は半年前の新聞記事を丹念に読んだ。短い文章を、噛みしめるように丁寧に、何度も何度も読み返しているのがわかった。顔を上げた時、一瞬男の目が光ったような気がしたが、祐一の気のせいだったのかもしれない。どちらかといえば、タフで強情そうな目をしていた。

「どうしてこれが、ドゥアンだとわかった」

「昨日うちに刑事が来た」

刑事から聞いた話を再現した。見せてくれた遺体の写真のことも話した。

「そうか。警察が動いているのか」

男がぽつりと呟いた。男がタオを探しているのは、ドゥアンが殺されたことに関係があるのだと思った。

「タオを探してどうするつもり?」

男が顔を上げ、迷うように祐一を見た。

「ドゥアンとは、友人だったのか」

「まあね。友人ですと、胸を張って言えるほどの仲でもなかったけど」

男が苦笑した。若い男のへそ曲がりが面白かったのだろう。

「すまなかった。お前がそういう愉快な男だとは思わなかった。脅したりして悪かったな」

愉快と言われるのは心外だった。

「どんな男だと思ってたって?」

「ドゥアンとタオは、日本に来て悪い仲間とつきあっているらしいと耳にしていた。お前もそういう仲間のひとりなんだろうと思った。少し手荒に扱って、タオの行方を聞き出すつもりだった」

悪い仲間というなら、間違いなく自分のことだ。タオやドゥアンと一緒になってやったことといえば、酒を飲むか学校をサボるか、ダイナマイトを盗みに行くかだ。

「あんた、タイの人？」

日本語だって流暢だし、どこから見ても日本人だ。男が日灼けした肌にくしゃっと笑みを浮かべた。

「二十年前に日本を出て、長くタイにいた」

おかしなオヤジだな、と呟いた。人にはあれこれ好き放題に尋ねるくせに、自分のことはあまりしゃべらない。口が重いというわけではないが、器用に自分のことから話をそらしてしまう。

「あのボート、直った？」

男が少し驚いたように目を瞠った。そんなことを聞かれるとは思ってもみなかったようだった。

「直らん」

「古そうだったもんな」

「元の持ち主の使い方が乱暴なんだ。船外機を海水につけっ放しにしてたらしい。道理で安いと思った」

笑いながら男が立ち上がる。その声も、立ち上がる時の動作も、意外に若々しい。祐一が考えているより、ずっと若い男なのかもしれなかった。

「タオに会うつもりなら、あいつに連絡だけしてみるよ。もしタオが会うといったら、どこへ知らせればいい」

「そうだな」

男はポケットを探り、黒い革の名刺入れを取り出した。年季の入った代物だった。

「ここに連絡してくれ」

古賀俊夫。神戸三宮の加納町の住所と共に、事務所の名前が印刷されている。田辺探偵事務所。住所から見当をつけるなら、三宮駅から徒歩五分の圏内にあるビルの五階らしい。それにしては、あまり流行っていそうな服装ではない。

「私立探偵？」

祐一は眉根を寄せた。

「本物なら、初めて見た」

免許の番号も印字されている。まるきり嘘でなければの話だ。古賀が肩をすくめた。

「あんた、どうしてタオを探しているのか、まだその質問に答えていないよ」

祐一の言葉に、ためらうように古賀が向こうを向いた。

ドゥアンは目のきれいな若者だったが、古賀の目も澄んでいた。塩屋の浜で見た時に、夕映えが澄んだ瞳のなかにさしこんで明るんでいたことを思い出した。

「ドゥアンは俺の息子だ。俺たちは俊明と呼んでいた」

そう言って、呆気にとられる祐一を残して船を降りた。

白いシャツの背中に、陽射しが反射して眩しいくらいだった。

6.

今日ばかりは、大急ぎで〈シーウルフ〉の掃除をすませた。溝淵に船のキーとカードキーを返すと、祐一はまっすぐ公衆電話に向かった。

タオは電話に出なかった。

タオのマンションまでは、バイクで一時間もあれば着く。マンションに押しかけて、古賀のことを面と向かって尋ねようと思った。

ついでに食べ物を差し入れるつもりだった。タオは、満足に食べていないふしがある。留学を終えた後も日本に居残るのはかまわないが、仕事もろくにしていないのなら、まともな収入はないはずだ。マンションの家賃を支払って、いったいどうやって生活しているのだろうか。

弁当と缶入りの日本茶を買い、二日連続で垂水に向かった。垂水からは淡路島の北端が、まるで手の届くような近さに見える。

マンションの呼び鈴を鳴らしたが、応答はない。合鍵を使って中に入りこんだ。タオの姿はなかった。午前十時。いったいどこに出かけたのだろう。

食料を冷蔵庫に入れたらすぐに帰るつもりだった。弁当の包み紙を一枚はぎとり、古賀俊夫と名乗る男が現れたこと、タオの連絡先を彼に教えていないこと、タオに会いたいと言っているので、ひとまず自分に電話してほしいことなどを書きつけた。古賀が探偵であることは伏せておいた。タオがその言葉だけで不信感を持つといけない。どうやら、自分の知らないところでタオは後ろ暗い部分を持っているようだ。微妙な話は、顔を見て話したほうがいい。

『一緒にメシでも食おうと思って買ってきたけど、いないようなので置いて帰る。良かったら食ってくれ』

帰り際にトイレを借用して、水を流す時に妙なことに気がついた。水の出が異様に少ない。水洗タンクの大きさから考えて、当然出るはずの水量が出てこない。

一度トイレから顔を出し、タオがまだ帰ってきていないことを確認した。そう言えば、昨日調べそこねた場所がある。トイレと風呂場だ。祐一の母親は水洗タンクの中にレンガを積んで、節水していた。タオがそこまで節約家だとは思えない。

タンクに乗った三角形の蓋を持ち上げた。ずっしり重い。中を覗くと、タンクの水底に沈んでいる黒いビニール袋が見えた。荷造り用の細いナイロンロープで蓋にくくりつけてあるのだが、ロープが長過ぎたらしく底まで届いてしまっている。サイズはレンガをふたつ合わせたくらいのものだ。排水口を塞いでいるので水の出が悪くなっていたらしい。

そろそろとロープをたぐり寄せて、水から引き上げた。ロープが指に食いこむほど、重量のあるものだった。タオが戻ってこないことを祈った。ロープを解き、ビニール袋を破らないようにそろそろ開いていった。厳重な包装だ。三重のビニール袋の中に、油紙でくるんだものが入っていて、水からしっかり守られている。紙の外側からそれを撫でた。固い中身の形が、撫でるとだいたいわかる。この場で開く勇気はなかった。

拳銃だ。二挺包まれている。

ただのモデルガンなら、これほど厳重にタオが隠すはずがない。本物だ。

なぜだかわからないが、直感でドゥアンがタオに預けたものだと思った。

いったい何をやってたんだ、お前。

(ダイナマイトが欲しいんだ)

そう言い出したドゥアンの顔をぼんやり思い出した。

ドゥアンも自分も優等生には程遠かったが、同時に銃だの密輸だのという、うさんくさい世界にも程遠いと信じていた。自分たちは二人とも、中途半端でいきがっていて、大人たちの嫌う悪いことをやるためだけに悪ぶっていた。そこには金や権力や、その他もろもろの鬱陶しいものが入りこむ余地はなかった。そう信じていた。

この包みを、このままここに置いてはいけないような気がした。

銃をそのままにして、部屋から缶入りの日本茶を取って戻った。油紙に包んだ拳銃の代わりに、日本茶の缶をビニール袋に入れ、丁寧に包み直した。銃と同じように見えるかどうか自信がなかったが、ロープに結び直してタンクに沈めると、水の揺らぎで最初と見分けがつかなかった。後はタオがこいつを毎日開けて、中身を確認していないことを祈るだけだ。

弁当を入れてきたビニール袋に、拳銃の包みを放りこんだ。マンションの階段を降りる間、重くて持ち手のところが破れるんじゃないかと思い、袋を丸めて脇に挟むことにした。背中に滲む汗が冷たかった。おかしな行動をして、職務質問でも受ければその場でアウトだ。言い逃れできる状況ではない。スクーターの物入れに放りこむと、やっとほっとした。

タオはこれをいつ手に入れたのだろう。どこに隠しておいたのか知らないが、タオの下宿は倒壊したから、自宅には置いていなかったのだろう。あの瓦礫の山の中から、こいつを掘り出してきたわけではないはずだ。

垂水から、六甲道まで帰る一時間弱、他人の視線が気になった。知人に会わないよう祈った。犯罪者が罪の意識に脅えるあまり、普段と違う行動をして見破られるというのがよくわかった。

下宿のどこに隠すかが問題だった。下手なところには置いておけない。学校の友人達が、ときおり酒を片手になだれこんでくる。乱痴気騒ぎが始まれば、理性も教養もあったものではない。迷ったあげく、ベッドマットの下に深く手を入れて埋めることにした。隠す前に、好奇心を押さえかねて、包み紙を開いて見た。水に沈めておくために、何重ものビニール袋や油紙で包装されていた。丹念に一枚ずつはがしていく。

現れたのはステンレスの本体に、黒っぽい握りの同じ銃が二挺だった。オートマティックだ。

祐一はこういうものに関心が薄い。銃身に刻印されたベレッタという文字を、かろうじて読み取った。再び丁寧に包み直してベッドの下に隠した。タオのためだ。こうしたほうがいいんだ。そう自分に言い聞かせた。

タオからは、何も言ってこなかった。拳銃がなくなったことに、まだ気づいていないのだろう。下手に触って暴発するのが怖かったので、銃弾が装着されているかどうかは確かめなかった。

（こんなもの、タオはどうするつもりなんだろう）

ベッドに横たわり、外から触って拳銃があることがわからないかどうか確認した。わからないが――そこに確かに存在する、鉄の塊。それはドゥアンが遺した形見のような気がした。タオの元に置いておくことがいけないと思ったわけじゃない。自分が欲しかったのだ。ドゥアンの最後につながる何か。彼の真実につながる何か。三人で盗みそこねたダイノマイトの代わりに、あの夜につながる熱い塊が欲しかったのじゃないか。

祐一は腹ばいになったまま、マットの下に拳銃があるあたりを撫でた。手のひらに、何かの熱が伝わってくる。

タオのぬくもり。あるいは、ドゥアンのぬくもりのような気がした。

このまま、タオを放っておくわけにはいかない。あの男は何か、良くない方向に転がり落ちようとしているように、祐一には思える。朝から部屋にいないことが、吉兆なのかどうか、知りたいと思った。

拳銃は隠した。後は、タオ本人の行動を探ってみることくらいしか、思いつかない。

起き上がった。スクーターの鍵を取った。また垂水に戻らなければならない。

学校の授業はさぼりまくって単位も危ないくせに、こういうことには熱心だ。

部屋を出ながら、祐一は思わずひとりでにやにやと笑った。授業を受けるより、大切なことはたくさんある。

7.

マンションの前にマクドナルドがあり、駐車場はマンションの入り口から見てちょうど死角になっていた。

バイクを駐車場に停め、公衆電話からタオの携帯にかけてみた。出ない。居留守かもしれない。

マンションを見上げる。タオの部屋の窓は閉まっている。あの部屋にはエアコンがない。この暑さで窓を閉めたままでは、五分といられるわけがない。タオはいない。それも、長時間にわたり留守にするつもりなのだ。昨日の夜は、近くのコンビニに買い物に行くために、窓を開けたまま外出していた。

日曜の昼飯時で、店は混雑している。マンションに出入りする人間にこちらの顔を見られず、こちらは出入りする人間の顔を見ることができる空席を探すのに苦労した。窓際の二人掛けのテーブルを確保して、チーズバーガーとストロベリーシェイクとポテトのセットを食べながら待った。ひょっとすると、タオは夜まで戻らないかもしれない。店内はエアコンが効いていて、快適だった。夜までいてもかまわない気分だ。

ショルダーバッグの中を漁ると、いつから入れっぱなしなのか記憶にない有機化学のノートが入っていた。ノートと筆記用具をテーブルに広げ、勉強しながら食事をするふりをして、客の数が減るまで待った。ポテトを一本ずつ、ゆっくり齧った。フライドポテトをこれほど貴重な食べもののように食べたのは、初めてだ。すっかり溶けてしまったシェイクを、舐めるようにちびちび飲んだのも初めてだった。

空席を探している女子高生らしいふたりに、マナーを知らない男だと言わんばかりに睨まれた。気がつかないふりをして、窓の外に見えるマンションから目を離さなかった。ノートを見るふりをしながら、窓の外に意識を集中するのは、なかなか難しい。

五階建て、フロアにワンルームタイプが二軒ずつで、わずか十世帯の住む小さなマンションだ。

祐一が監視を始めてから二時間あまりの間に、赤ん坊を抱いた若い母親がひとり玄関から出て、一時間ほどで戻ってきた。大きくふくらんだスーパーのレジ袋をひとつ提げていた。濃い色のスーツ姿の男がふたり、駅の方角から歩いてきて、マンションの階段を上がっていった。五分もたたずに、また降りてきた。ちょっと周辺を見回していたが、そのままふたりともどこかに行ってしまった。あまり人相の良くない連中だった。訪問先が留守だったのだろう。営業マンのようにも見えたが、それにしてはカバンひとつ提げていなかった。

出入りした人間はそれだけだった。主に学生と、若い夫婦が住んでいる。日中は、あまり人の出入りはないのだろう。

眠気を誘うほど、のどかな光景だった。

有機化学のノートには、複雑なベンゼン環の組み合わせの絵がいくつか書いてあった。教授が黒板に書いた有機ポリマーか何かの分子式を、わけもわからずそのまま写しとっただけの絵だ。ぼんやり二時間眺めているうちに、そらで書けるくらいに覚えてしまった。いま有機化学の試験を受ければ、「優」の評価をもらえたかもしれない。ただし、祐一が有機化学の講義を受講したのは昨年で、評価は「可」だった。

タオがせかせかした歩き方で、交差点を渡りマンションの玄関をくぐったのは、二時過ぎだった。半袖の白いTシャツを着て、下はジーンズにスニーカーだった。昨日も持っていた、黒いショルダーバッグを肩にかけている。重そうだな、と見た瞬間に感じた。人間の視覚は、見ただけで重さも感じとることができるから面白い。

数分後に、三階の窓がひとつ開いた。タオの部屋だった。十時前に出て、二時に帰宅。もういらない有機化学のノートに、日付とともに書きつける。

タオはもう外出しないのだろうか。

想像した。タオが部屋に入る。むっとする暑さ。まず窓を開ける。それからテーブルに置かれた弁当の包み紙に気がつく。朝はなかったものだ。合鍵を持っているのは祐一だけで、タオは留守中に祐一が来たことを知る。包み紙に残したメモを読む。古賀俊夫という名前に心当たりがあるだろうか。メモには、祐一に電話するように書いている。祐一は携帯電話を持っていないから、タオは祐一の六甲にあるアパートにかけるしかない。携帯電話を持っていれば、結果がすぐわかっただろう。たまには不便さを悔やむこともある。時計を見ると、もう二時間以上、長居している。

マンションの入り口に動きはなかった。

しばらくは、座って外を眺めていた。

公衆電話から、タオに電話してみるべきだろうか。ポテトは鳩にやるような屑まですっかり食べつくした。張りこみにも、勉強をしているふりにも飽きてきた。この仕事は、根気強い人間でなければ無理だ。

尻を浮かせかけたとき、玄関から出てくる人影が見えた。タオだった。祐一はとっさに顔を伏せた。通りの向こうにある店内に、タオが目を向けるとは思わなかったが、万が一ということもある。

タオの服装が、先ほど戻ってきた時と変わっていた。さっきはジーンズを穿いて、学生っぽい身なりだった。いまは黒っぽい半袖シャツの襟を立て、黒いスラックスという黒ずくめの服装だ。おまけにサングラスをかけて、革靴を履いていた。ショルダーバッグだけが、先ほどと同じだった。重そうだった。大人っぽいが、そんな身なりをしていると、なおさら荒んだ雰囲気を醸し出しているような気がした。

タオが通りの向こう側を駅の方角に向かって歩いて行くのを見送り、立ち上がった。慌しくトレイを返却してゴミを捨て、ノートをショルダーバッグに突っこんで店を出た。二時間もぐずぐず粘っていた男が、急に店を飛び出して行くのを、アルバイトらしい店員が不思議そうに見送っていた。

駐車場に停めたスクーターにまたがり、エンジンキーを回していると、例の濃い色のスーツを着たふたり組が、どこかからわいて出て、ゆっくり駅の方角に向かって歩いて行くのが見えた。サングラスをかけている、人相の悪いふたり。

（奴らもタオを追いかけてるのか？）

間違いない。連中、タオの家を訪問して、留守だったのでどこかで待っていたのだ。祐一はゆっくりスクーターを道路に出した。タオが駅に向かっているので、ちょっと困ったことになったと思った。スクーターを駅前にでも置き去りにするしかない。

タオを尾行するのは、それほど難しくなかった。タオの後にふたりの男が続き、祐一はふたり組を追うだけでいい。うっかりタオを追い越さない用心か、ふたりはことさらにぶらぶら歩いている。言葉を交わす様子がないのが、不気味だった。

午後三時。太陽は西に傾きかけているが、じりじりと照りつける陽射しは変わりがない。スクーターに乗っていると、どれだけ巧妙なテクニックを使ってゆっくり走ろうとしても、あっというまにふたり組を追い越しそうになるので、降りて押すことにした。汗が吹きだしてくる。

一度だけ、ひとりが祐一のスクーターを肩越しに見たような気がした。

案の定、タオはＪＲの改札をくぐった。ふたり組も後に続いた。スクーターを駅前に乗り捨て、祐一も急いで切符を一駅分購入した。どこに行くつもりなのかわからないが、東に向かえば三宮などの繁華街がある。

タオを見失うことを恐れたが、日曜午後三時のＪＲ垂水駅は、それほど混んではいなかった。むしろタオに見つかることを恐れて、祐一はできるだけホームの離れた位置で待つことにした。ふたり組もタオから少し離れた場所で、スポーツ新聞を広げて顔を隠している。露骨だ。タオが気づかないのがおかしいくらいだった。

上りの列車が停まり、タオが乗った。祐一も隣の車両に乗りこんだ。ふたり組はタオと同じ車両に、離れて乗った。席は空いていたが、座ったのはタオだけだった。車両のガラス越しに、祐一はタオの様子をちらちら観察した。

神戸を過ぎ、元町を過ぎ、三宮駅ではタオが立ち上がることを警戒して注意を払っていたが、タオが動く気配はいっこうになかった。嫌な予感がした。

六甲道に電車が停まり、タオが降りた。例のふたりも続いた。

祐一のアパートは六甲道の駅から徒歩数分のところにある。腹立たしい気分だった。タオは、後ろに変なふたり組をくっつけたまま、自分のアパートに向かっているのだ。さっさと気づかなかった自分も自分だ。

タオは祐一が拳銃を持ち去ったことに気づいたのだろうか。それとも伝言メモを読んで、古賀俊夫について聞く気になったのだろうか。

乗り越し運賃の精算に少し時間を取られたが、焦ることはなかった。タオが向かう場所はわかっている。

しかし、ふたり組に自分の部屋を知られるのは、まずいような気がした。拳銃を隠している今は特に。素性はわからないが、ただの会社員などではなさそうだ。はっきり言ってしまえば、刑事かやくざだと思った。

タオが部屋にたどり着く前に声をかければ、部屋を知られることはない。そのかわり、自分の姿を見られることになる。たぶん、自分がタオとふたり組をずっと尾行していたことにも気づくだろう。この後、タオがあんな服装をしてどこに行くつもりなのかも、知ることができなくなる。

すばやく天秤にかけて、どちらかひとつを選ぶなら部屋を捨てることにした。部屋は、ただの部屋だ。モノは、ただのモノにすぎない。ある日突然の災害で、失われるかもしれない代物だ。

もしかすると連中は拳銃を探しているのかもしれない。彼らが警察官だった場合には、少々やっかいなことになる。できれば両方を選び取りたい。

駅前にある公衆電話のボックスが目に入った。

飛びこんだ。ボックスの中は、九月のしぶとい太陽に焼かれて、乾燥したサウナのようだ。

タオは駅を出て、ターミナルを横切り、祐一のアパートに向かっている。もう二ブロックも進んで角を曲がれば、アパートが見えてくる。

カードを突っこんで、タオの携帯の番号をプッシュした。

(早く出ろよ、タオ!)

呼び出し音が鳴っている。タオの背中に、逡巡している様子が見えた。立ち止まった。電話に出るつもりだ。尾行しているふたり組は、困惑したように立ち止まり、交差点で信号待ちをしている様子を装っていた。何をやっているのかわかって見ていると、なかなか愉快な見世物だった。

「タオ？」

『ユウイチ？』

「いま学校にいるんだ。例のメモ、読んでくれたかと思って」

『読んだよ』

「古賀という人は、お前が会うかどうか、早く答えを知りたがっていた。だから、電話してみたんだ」

『会わない』

即座に返事が返ってきた。

「えらく簡単だな。古賀が誰かも聞かないなんて」

信号が青に変わった。ふたり組は動けない。ますます困惑している。横断歩道を渡る人々が、時々不思議そうにふたりをちらっと見ていく。ふたりはスポーツ新聞を丸め、明日の競馬について立ち話でもするような風情に、態勢を変更した。なかなか愉快なパントマイムだ。

『古賀って誰だ』

タオが鸚鵡返しに尋ねた。

ちょっとためらった。

「ドゥアンの親父だと言ってたよ」

『親父？』

タオの声がとまどうように曇った。公衆電話のボックスから見ていると、首をかしげていた。

「嘘か本当か知らないけど、そのおっさんはそう言うのさ。ドゥアンの日本名は古賀俊明というそうだ」

『その男は日本に住んでるのか』

「三宮の事務所に勤めているって」

話しながら、タオはまだ何かを知っていて隠しているという気がした。ドゥアンが死んだことさえ、知っていたのに半年も黙っていた男だ。祐一には、地震の前に出ていってそれから連絡がないと嘘をついていた。そんな嘘をつく理由がどこにあったのだろう。

「タオ。ドゥアンの父親が日本人だってこと、お前は知っていたんだろう？」

タオは答えなかった。

長い沈黙があった。公衆電話に入れたテレフォン・カードの残額が少なくなってきた。

「今夜、どこかで話さないか」

『お前のうちに行こうとしていたところだ』

「夜には帰るけど、三宮あたりでメシでも食わないか」

『メシばっかり食っているな』

タオが苦笑する気配があった。このところ、祐一が頻繁に差し入れをすることを言っているのだろう。

「タオが、ろくに食べてなさそうだからな」

『いいよ。でも、ユウイチの奢りだ』

「安いラーメンなら手を打つよ」

『ビールとチャーハンつきだ。午後八時に、JR三宮駅の中央改札口で』

通話を切った。

受話器を握ったまま、様子を見ていた。タオがこちらに引き返してくる。祐一がアパートにいないことがわかったので、行っても無駄だと思ったのだろう。ふたり組は信号が黄色の横断歩道を、向こう側に渡って逃げた。よほど慌てたのに違いない。

タオが公衆電話ボックスのそばを通った。顔を見られないように横を向いていた。気づかなかったはずだ。そのまま通り過ぎて切符を買いに行った。ふたり組が戻ってくるまでボックスを出るわけにいかなかった。赤信号に引っかかって、じりじり焦っているのが見えた。車の通行量が多い通りだ。

信号が変わり、ふたり組が走って戻ってきた。祐一は受話器に向かってしゃべるふりをし、顔を隠した。ひとりが、サングラス越しにこちらを見たような気がした。とにかく何とか、アパートの位置を知られずにすんだようだ。

ボックスを出て、尾行を再開した。

ふと駅前の店のショーウィンドウに映った自分の姿を見た。洗いざらしのジーンズに、もっさりしたベージュのTシャツ一枚。目立たない服装だし、どこにでもいるような若い男だ。満足した。どこにでもいる男であることに満足感を覚えるのは、これが初めてだと思った。

タオは下りのホームにいた。ふたり組はホームの端から、タオを監視していた。また奇妙な追いかけっこの始まりだった。

半時間後、祐一はタオが三宮駅山側の賑やかな通りをゆっくり歩き、横丁にそれて〈R〉という喫茶店に入って行くのを見届けた。

目立たない、垢抜けない感じの小さな店だった。震災の被害はあまり受けていないビルのようで、それでも新しいコンクリートで埋めた亀裂がいくつか残っている。

祐一は離れた自動販売機でジュースを買って飲むふりをして、タオを尾行しているふたりの様子をうかがった。タオが店に消えてすぐ、ひとりがサングラスで顔を隠しながら店の扉をくぐって入って行った。もうひとりは店の向かいにある花屋の店先で、観葉植物を選ぶふりをしている。

タオが出てきた。

店に入る前と、何か感じが違うと思った。ショルダーバッグだ。軽くなっている。店に入る前には、重そうにタオの肩が下がっていたが、今は楽々と肩に掛けているのが見ただけでもわかる。

(店の中にいる誰かに、何かを渡したんだ)

若い男が重いと感じるほどの、重量を持つ何かを。それはもしかすると、祐一がタオのマンションで見つけたものと同じものかもしれない。

タオの後から、例の男が出てきた。タオは駅に向かって歩いて行った。男はタオに興味を失ったように、花屋で待っていた相棒に近づいた。小さく首を縦に振り、うなずくのが見えた。ふたりとも、それ以上タオを追いかけようとはしないのを見届け、祐一はその場を離れた。

8.

「こっちだ」

三宮駅の中央改札口前で手を振ったタオは、軽くなったショルダーバッグを提げていた。

タオがそこに立っていることは、ずっと尾行していたので数分前から知っていたのだが、今初めて気がついたような表情を作って祐一は手を上げた。知っているのに知らないようなふりをするのは、なかなか骨が折れる。

「何だよ。ギャングみたいな格好だな」

いつもの自分が言いそうなことを言った。今夜は、間嶋祐一という存在を、トレースしてその真似をしているようだと思った。

タオがにやっと笑った。

「お前が俺の部屋から持ち出したものを持てば、もっとそれらしくなる」

いきなりのストレート。

祐一はとぼける暇もなく肩をすくめた。いずれ、話さなければならないことだ。今日、自分が何をしたのかも含めて。

「ラーメンでいいよな」

「ビールとチャーハンつきなら」

「こだわるやつだ」

山側に向かって歩き出した。生田神社の近くに気に入ったラーメン屋がある。

震災のつめ跡は半年以上経過した今でも、街並みのそこかしこに目に見える形で残っている。三宮駅を南北に貫くフラワーロードは、震災直後にはピサの斜塔のように傾いたまま残ったビルがあり、何度もテレビで全国に放映された。崩れたまま放置された民家。更地になったまま、テナントが入らない土地。急ごしらえのプレハブで、営業を続ける店舗も多い。たった半年では、あれだけの大震災から完全に復興するのは難しかった。

ラーメン屋の暖簾《のれん》をくぐるまで、ふたりとも無口になった。まだ三宮は震災前の賑わいを取り戻せていない。元に戻るまで何年かかるだろう、と溜め息をつきたい気分だった。

「ここは、とんこつが旨いんだ」

「ユウイチに任せた」

隅の席に座り、とんこつラーメンと、チャーハンを二つずつ頼んだ。それから生ビール。二十代の男ふたり。食欲は旺盛だ。

しばらくものも言わず、ラーメンとチャーハンに挑みつづけた。タオはビールのジョッキをあっというまに空け、次を頼んだ。以前に比べ、酒量が増えているようだ。

二十時間煮こんだというとんこつスープを、器を抱えて飲み干すと、あれこれ考えずにあっさり聞くのが一番いいような気がしてきた。

「お前、ドゥアンの父親が日本人だってこと、どうして俺に言わなかった」

タオが目を細めてこちらを向いた。

「言う必要があったか？　ドゥアンは確かに、日本にいれば父親に会えるかもしれないと言っていた。あいつが日本に来たのは、ひとつには本当の父親に会いたかったからだと思う。だけど、ユウイチに関係あるか？」

関係あるのかとはとんだ言いぐさだと思ったが、僻《ひが》んでいるようにも取られそうなので、黙っていることにした。

「ドゥアン・ウォラチャットのウォラチャットというのは、母親の名前なのか？」

「ドゥアンは、生まれて問もなくウォラチャットの養子になった。本当の両親は、クルンテープのスラム街に住んでいた日本人夫婦だったそうだ」

タイの首都バンコクのことを、現地ではクルンテープと呼ぶそうだ。天使の都という意味がある。

ドゥアンの両親が日本人だった、とは初耳だった。祐一の逡巡に、タオが苦く笑った。

「ユウイチが考えたことはわかってる。日本人の父親と、タイの女性との間にできた息子だと思っていたんだろう」

図星をさされて、祐一は困惑した表情を隠すためにビールを呷《あお》った。タオに面と向かって、売春婦だろうと考えていたとは口に出せなかった。タオの年齢と性格で、自分の国の女性が他国の男性に売笑することを、許せるはずがない。

「何でも母親の体が弱くて、子どもを育てる金もないというのでウォラチャチャットが引き取ったそうだ。ウォラチャチャットは裕福なタイ華僑で、養子を探していたんだ」

「ドゥアンは知ってたのか？　自分の両親のこと」

「もちろん。子どもの頃、ウォラチャチャットに教えられたそうだ。それに、いつかおかしなことを言ってた」

タオは箸の先を見つめ、思慮深げな表情で俯《うつむ》いた。

「たぶん本当の母親だったんだろうな。ウォラチャチャットの目を盗んで、市場できれいな女が自分に話しかけてきたそうだ。あなたの本当の父親は日本にいる。そう教えて涙ぐんでいたって」

それでドゥアンはバンコクを飛び出して日本に来る気になったのか。そう言えば、どうしても会いたい人がいるんだと言っていた。そのために日本に来たのか。

「パスポート、持っていたのかな？」

「密入国だよ。偽造したパスポートは持っていたけど」

うすうす予想はついていたが、あまり平然としたタオのセリフに、祐一は慌てて周囲を見まわした。

二十席ほどの店内はほとんど満席だった。賑わう客席で、若者ふたりの会話に注意を払う人間は、幸いなことにいないようだ。

「タオ、それは本当なのか？」

「寝ぼけるなよ、ユウイチ。いま日本には、人もモノも雪崩《なだれ》を打つように流れこんできているんだ。もちろん非合法な入り方をする奴らもいる。ドゥアンもそのひとりだった。それだけのことじゃないか」

震災後、大阪にあるタイ王国の総領事館は、タイ人の中に死亡者や行方不明者はいないというコメントを発表していたはずだ。ただし、密入国者はその数には含まれていない。

陽気なドゥアンのことを思い出した。どう考えても、密入国の暗いイメージとはそぐわない男だった。

「日本ではどうだか知らないが、中国の漁村なんかに行くと、外国に行くのにパスポートが必要だってことすら、知らない奴もいるんだぜ」

「両親に会うために日本に来たのか。密入国までして」

タオが肩をすくめた。

「それだけじゃない。商売だよ。あいつはタイにいた時から、あまり感心できない商売に手を出していた。そのために密入国して日本に来たんだ」

「ドゥアンの商売って、何なんだよ。まさか――」

タオの部屋で見つけた拳銃。

ドゥアンが密輸入しようとしていたのは、拳銃なのか。

信じられなかった。タオがそんな祐一の気持ちを見抜いて、皮肉に笑うのが見えた。

「気持ちはわかる。信じたくないんだろう。俺も初めは信じられなかったからな」

そう言えば、思い当たることがある。ドゥアンと初めて会ったのは、西宮のマリーナだった。

去年の八月、いつものように溝淵にボートを借りて、係留ロープをほどきかけたところにドゥアンが声をかけてきた。

（それ、キミのフネ？）

そうとう怪しい日本語の発音だった。まだ日本に来たばかりの頃で、慣れていなかったのだろう。何度か話すうちに、目を輝かせて船を見ているドゥアンを乗せて走るのも楽しいだろうという気になった。

ドゥアンはモーターボートの操縦に、強い興味を示していた。いまから思えば、あれは商売に利用できると考えていたからではないか。

ドゥアンは、直接溝淵から船を借りようとしたこともあったというのだから、祐一の想像もあながち的外れではないだろう。

「ユウイチ。ただ、ドゥアンのために言っておくが、俺たち三人が一緒に遊ぶようになってからは、ドゥアンはお前を商売に利用するつもりはなくなっていた。あいつが最期に俺に言ったのは、『ユウイチに知らせるな。あいつを巻きこむな』という言葉だった」

タオが真剣な表情になり、身を乗り出した。

「だから俺は、ドゥアンが殺されたことをお前に話さなかった。偶然、ドゥアンが死んだ日にあの地震が起きた。本当なら、ドゥアンが殺されたことは新聞に大きく載って、お前もすぐに気がつくはずだった。俺はそうなることを願っていた。俺の口からは言えないから。ところが──」

「地震が起きて、俺がドゥアンの死に気づくのが、半年も遅れた」

タオがうなずく。茶色い、沈んだ色の瞳が悲しげだった。一月からずっと、祐一に知らせることもできず、ドゥアンの死の秘密をひとりで抱えこんできたのだ。

「俺は、俺たち三人は仲間だと思ってた」

祐一の言葉に、タオが目を細める。

「ドゥアンが、なぜ俺に知らせるなと言ったのか、わからない。どうして知らせてくれなかったのか」

「お前が普通の学生だからだ。この国の人間で、将来がある」

「タオだって留学生じゃないか」

「俺はドゥアンと同じ国の人間だ。子どもの頃から互いに知っている」

お前は仲間じゃなかったと、言われたはうがマシだった。

「最期の言葉と言ったよな」

タオがビールを呷る。

「タオは、ドゥアンが刺された時、現場にいたのか？」

ジョッキを置き、じっと目を祐一に据えた。こけた頰のせいで、実際の年齢よりも十歳ほど年上に見えた。黒ずくめの服装のせいもある。

「いた」

「誰がドゥアンを刺したのか、見たんだな」

「見た」

「知ってる奴か」

目を光らせて黙った。

「ドゥアンはなぜ刺されたんだ」

口を歪めて、肩をすくめる。崩れた様子が、妙に様になっている。

「今日俺は、お前の後をつけた」

意味がわからなかったらしく、タオが無言で目をしばたたいた。

「お前は朝十時前にはマンションにいなかった。昼の二時過ぎに戻って来た。着替えてマンションを出て、六甲の俺のアパートに向かった。重そうなショルダーバッグを持っていた」

「見ていたのか？」

「マンションを出るところからずっと、お前の後に黒っぽいスーツ姿の男がふたりいた。俺はそいつらの後から追いかけた」

スーツ姿のふたりと聞いて、タオが眉根を寄せた。

「ふたりの男に、俺の住所を知られたくなかった。例のものが置いてあるから。お前の携帯電話に電話して、アパートに向かわないようにした」

「正解だったな」

溜め息をつくように、タオが言った。

「お前は三宮に引き返し、北長狭町の喫茶店〈R〉に入った。十五分くらいいて、出て来た時には、ショルダーバッグが軽くなっていた」

「軽く？」

「見てわかったよ。店に入る前は、重そうに左肩が下がっていた。出て来る時は、肩が下がっていなかった」

苦笑した。観察が細かいと言いたいのだろう。

「そのふたりは、まだついてきているのか？　ユウイチは、喫茶店の後もずっと尾行していたんだろう」

祐一はうなずいた。

「ひとりは、喫茶店に入っていった。おそらく、お前が会った人物を探すためだと思う。あとのひとりは、お前が喫茶店を出た後で、どこかに消えた。今はもう、誰もついてきていないよ」

何といっても、連中はタオのマンションを知っているのだ。今日のところは、タオが何かを渡した相手を知りたかったのだろう。タオがマンションに戻るところまで、尾行する必要はない。

「垂水のマンションに帰るのは、危険だな」

「うちに来ればいい」

何かを検討するように首をかしげ、微笑した。

「ユウイチには、やっぱり妙な才能がある。ドゥアンが言ったとおりだ」

ダイナマイトを盗みに、車を走らせた夜のことを思い出した。タオも同じ夜に思いを馳せているのだろう。女の爪のような、あだっぽい月が夜道を照らしていた、あの夜のことだ。ドゥアンが教えてくれた、《向こう側》に渡るやつらのための夜。

「イヤン」

祐一がぽつりと呟くと、タオが懐かしそうに笑った。

「ここでは何もかも話せない。お前のうちに一度行こう。それから例のものを持って、行くところがある」

「どこへ」

「山だ。お前が本気で、俺たちの仲間になると言うのなら、見せたいものがある」

スクーターを垂水の駅前に乗り捨ててきたことを思い出した。

「足がない」

「アシ？」

タオがいかにもガイジンのようなふりをして、テーブルの下を覗き込んだ。もちろん冗談だ。

「車を借りてくれ。いつかの車でいい」

うなずいた。勘定を支払い、店を出た。クーラーの効いた店から出ると、むっとする熱気がアスファルトから立ち上った。

「ドゥアンは、新しい拳銃の密輸ルートを開拓しようとしていた。そのために組織が日本に送りこんだんだ」

隣の学生に借りた車を祐一が走らせる間、タオはもう一瞬でも黙っていられなくなったかのように、話し続けていた。タオの中のダムが、決壊したみたいな話し方だった。半年以上も、黙り続けていたのだ。

「組織？」

「詳しいことは知らない。ドゥアンがそう言っていたのを聞いただけだ」

タオは助手席に座り、祐一が持ち出した二挺の拳銃を、紙に包んだまま大切そうに膝に乗せていた。

「海外から船で密輸品を運び、GPSで位置を特定し海中に商品を沈める。日本側はそれをダイバーを使って海中から引き上げる。GPSの精度が上がってきているので、ドゥアンはできると踏んでいた。それに、ドゥアンも俺も国ではずっと海に潜っていた」

車は、六甲道から神戸大学のあるあたりを抜け、表六甲ドライブウェイを六甲山の奥に向かっている。ドライブウェイは恋人たちのメッカで、車とバイク好きがしのぎを削る場としても有名だった。

　ドライブウェイを少しそれると、明かりすらない暗闇の中に入ってしまう。それほど高くはないが、冬場には遭難する登山者が出るのも無理のない山だ。

「一月に、テストとして十挺の銃が、四国沖の海中に投げこまれた。ドゥアンと俺は、それを海から引き上げ、日本側にいる組織の担当者に渡すことになっていた。その担当者というのが、おそらくユウイチが今日見かけたふたりだ」

　なるほど人相が悪かったわけだ。

「あいつら、何者なんだ?」

「俺は知らない。船と乗組員は彼らが用意した。ドゥアンと俺は海に潜った。拳銃の包みを探したが、何時間探しても見つからなかった。陸に戻り、なかったと報告した。話がこじれて、ドゥアンが刺された」

「あいつらに」

　タオがうなずく。

「俺はただの協力者で、連中の名前も知らない。解放された。ドゥアンの遺体は、そのまま残しておくように言われた。見せしめだからってな。俺は電車がないから家にも帰れず、寒さに震えながらアパートに向かって歩いた。ところが――」

「翌朝、五時四十六分。震災が起きた」

「そうだ。何もかもが、めちゃくちゃになった」

タオとドゥアンが当時住んでいたアパートは、震災で全壊した。住人の半数は、木材と土砂の中から、遺体で掘り出された。もしもふたりが、あの夜アパートで眠っていたら、ふたりとも全壊したアパートの下敷きになっていたかもしれない。不思議なめぐりあわせだ。

「俺はあの後、何度かひとりで船を出して、見つからなかった銃を探した」

「そして見つけた」

「十挺のうち、八挺は売って生活費に充てた。アメリカでは一挺七百ドルほどで買える銃だが、日本では三十万円出す奴らがいる。組織が売れば、もっと高く売るのかもしれない。これは残った二挺だ。これは売らない」

愛しそうに、包みを撫でる。

「今日、喫茶店で会った相手にも、拳銃を売ったのか？」

タオの話が本当なら、八挺の実銃が、タオの手で街に出回ったことになる。おかしな人間の手に渡れば、とんでもない事件になりかねない。

「売った。心配するな。相手は医者で、銃のマニアだ。トイガンに飽きて、実銃を持ちたかった。そういう連中が、この国にもいる。ただし、売ったのは銃だけで、弾薬は売っていない」

「八挺とも？」

「そうだ。弾は俺が必要だから」

「どういうこと」

「これからわかる。そろそろいいだろう。そこの脇道に入ってくれ」

タオに指示されるままに、脇道に入ってしばらく走り、車を停めた。

午後十一時。昼間は賑やかだったアブラゼミも、この時刻になると寝静まっている。風のない夜で、車の外に出ると青くさい草いきれでむっとする。

タオは道のない山の中にどんどん分け入っていく。慣れた様子だった。祐一も後を追った。石ころや草の根につまずきそうになる。

「このへんでいい」

暗いが、月明かりはあった。何とかお互いの表情は見える。目が慣れてくると、離れた木々の形もわかる程度には明るい。地形と木々のせいで、街の明かりは見えない。ドライブウェイからも、ずいぶん離れたようだ。

「イヤープロテクタはないから、耳栓をつけて」

言われるままに、耳栓を両方の耳に押しこんだ。

タオが油紙の包みをほどき、一挺を祐一に渡した。見た目よりも、ずっしりと重い。ショルダーバッグを地面に置き、箱を取り出す。

「弾だ。お前が拳銃を持ち出したことがわかったから、部屋に置かず持ち歩いていたんだ」

説明しながら、自分の銃に弾を込めていく。耳栓のせいで、水中で聞くような声だ。

「ベレッタ92FS。イノックス——つまり、ステンレス製。グリップはプラスティックでできている。マガジンは二種類あるんだが、こいつは十五発、弾を込めることができる」

離れた木の幹に狙いをつけ、撃った。予想したより、軽い音だった。薬莢が排出され、タオの肩越しに背後に落ちた。思わず、誰かに今の発射音を聞かれたのではないかと周囲を見回した。

「大丈夫。何度か撃ちに来てる。ここなら下の道路まで聞こえない」

続けて十五発、狙いを定めて撃ち続けた。撃ち終わると、はっとしたように肩の力を抜いて振り向いた。火薬の匂いが、今でははっきりわかるほどになっている。

「弾を込めるから、ユウイチも試しに撃ってみろよ」

「俺も？」

「この二挺は、俺がちゃんと調整しているから、よく当たるぜ」

マガジンに弾を込め、返してよこした。さらに重みが増した。タオは持ち慣れない祐一に、ひとつひとつ丁寧にコーチするつもりらしかった。

「右手で握り、左手で下から支えるといい。ここがリアサイトとフロントサイト。目標に向けて狙いをつける。狙いがつけば、引き金はそっと引くだけでいい。力はいらない。あの大きな二又の枝を狙ってみろ」

「二又のどっち？」

「右だ」

撃った。大きく外れた。大きな反動を予想していたが、銀色の銃は手のひらの中にすっぽりとおさまり、安定感がある。

「片目を閉じて、狙ってみろよ」

言われたとおりにした。二発目はみごとに命中した。

「続けて」

タオが言うように、引き金をそっと引いた。指先に、ハンマーの落ちる軽い衝撃が伝わる気がする。ぞくりとした。

「どうだ？」

十五発続けて撃つと、腕が持ち重りするのか、照準が定まらなくなってくるのがわかった。

タオが手を伸ばしたので、拳銃を返した。緊張していたのか、腕が震えた。喉が無性に渇いた。

「いいだろう？」

見透かすように、タオが呟いた。

「ああ。いいな」

かろうじて声が出た。嘘は言えなかった。銃器になど、今まで全く関心はなかった。ただ目標を狙って、当てるだけのことなのに、なぜこれほど気分が高揚するのか。不思議なくらいだ。

「これ、どうするつもりだ」

二挺売れば六十万になると、今タオが言ったばかりだ。売らずに手元に残すからには、それなりの理由があるはずだった。

「オマモリだ」

タオが唇だけで微笑んだ。

「ドゥアンはこの銃のために殺された。密輪には、多くの連中が関係している。俺は、ドゥアンをこの道に誘いこみ、死なせた奴を探したいんだ」

「探してどうするんだ」

「見つけたら決める」

取り付く島がなかった。

「クオシュン」

タオが呟いた。

「何だ、それは」

「ドゥアンを死なせた元凶の名前さ。そう呼ばれていた。それしかわからない。その男がドゥアンを日本に呼んだんだ」

祐一は口の中でそっとその名前を呼んでみた。不思議な響きを持つ名前だった。

タオの手のひらにある、二挺の銃を見た。

「タオ。どうして、二挺売らずに残した？」

タオは両手の銃に目を落とし、顔を上げて、はにかむように微笑んだ。タオは答えなかったが、答えは祐一にもわかっていた。

この一挺は、祐一のために用意されたのだ。

9.

下宿に帰るまで、ふたりとも無言だった。

タオは助手席で、拳銃の入ったショルダーバッグを足元に置いて座っている。さっきまで、言葉が口から溢れるようにしゃべり続けていたくせに、祐一に全て話し尽くしてしまって落ち着いたのか、目を閉じて眠っているようだ。

祐一は祐一で、考えることがたくさんあった。

タオは、ドゥアンを密輸事件に関わらせた人間を探すつもりだと言った。クオシュンと呼ばれた男。おそらくそれは、密輸組織の中枢に関わる人間だろう。タオはそいつを見つけて、撃つつもりかもしれない。

ドゥアンの仇を討ちたい気持ちは理解できる。ただし、理解できるのと実行するのとは別の話だ。密輸組織だなんて、自分たちの手に負える相手ではない。それに、拳銃を撃って高揚するのと、人間を撃つのも全く別の話だった。

(警察に任せるべきだ)

タオは、ドゥアンを殺した犯人を目撃している。警察で事情を話せば、犯人は捕まる。

問題は、ドゥアンが刺され、今までタオが警察にも行かずに口をつぐんでいた事情だった。

ドゥアンが殺された事情を説明するためには、ドゥアンが拳銃密輸に関わり、タオが拳銃を売り捌《さば》いたことを話さなければならないだろう。ドゥアンを殺したふたりは捕まるかもしれないが、タオ自身も刑務所行きだ。

あのふたりに罪を償わせ、タオが無事に故国に帰れるようにするためには、何か方法があるはずだ。

「月がきれいだ」

眠っているのかと思っていたタオが、急に呟いた。行き交う車を眺めているようだった。日付が変わる時刻になっても、このあたりはまだ時おり車が通る。

アパートの階段の下で、タオを降ろした。祐一に何もかも話して緊張がほぐれたのか、眠そうに目をこすっている。急に疲労を感じたようで、ショルダーバッグを重そうに抱いていた。

見かねて祐一が取り上げた。

「ほら、俺が持って行くよ。先に上がっていろよ。車を置いてくるから」

タオがぼんやりうなずき、先にアパートの階段を上がっていった。

下宿の近くにある駐車場に、借りた車を停めた。さんざん乗り回したので、明日キーを返す時には、ガソリン代くらい支払っておかないとまずいだろう。

タオのバッグを持って車を降りた。

ガラスが割れるような音がした。最初、誰かがビール瓶でも落としたのかと思った。

アパートの二階を見た。手すりの向こうで、人影が三つ動いている。ひとつはタオだ。低く争うような声。

あのふたりだ。昼間、タオを尾行していた奴ら。どうやったのか知らないが、祐一のアパートをつきとめたらしい。

自分が拳銃を持っていることは、全く思い浮かばなかった。ショルダーバッグを抱えたまま、祐一はいったんアパートに駆け寄ろうとした。

「逃げろ！」

タオが叫んだ。祐一が近づいてくるのに気づいたらしい。

ふたりのうちひとりが、階段を駆け降りはじめた。タオはもうひとりと争っている。

「逃げろユウイチ！」

アパートの両隣の窓は、明かりが消えている。この時刻に寝ているはずがないから、出かけているのだ。誰かいてくれたら。祐一は左右を見回した。車のライトが見える。運転席に向けて手を振った。無関係な人間を巻きこんでやれば、連中も諦めるんじゃないかと思った。運転手は、祐一をちらりと見ただけで、スピードを落とさずに走り去った。こんな夜中に、妙な奴と係わり合いになりたくないのだろう。当然だ。

スーツの男が、大きな音をたてて鉄の階段を走り降りた。サングラスを外している。形相が見える距離まで近づいていた。

一瞬、何が起きたのかよくわからなかった。

手すりの上で、もみ合っていたタオが、二階から落ちた。手すりを飛び越えたようにも見えた。二階に残された男が、何か喚《わめ》いた。

祐一は息を呑んで、落ちたタオを見つめた。階段を駆け降りた男も、驚愕したのか足を止めてタオを見ていた。

タオが立ち上がった。ふらふらしながら車道に出た。頭を打ったのかもしれない。

「タオ！」

ふたりの男のことを忘れて、駆け寄ろうとした。タイヤが軋《きし》む、耳を塞《ふさ》ぎたくなるような音が聞こえた。ゴムが焼ける、胸の悪くなる臭気。光が、タオの姿をスポットライトのように浮かび上がらせた。眩しそうに腕を上げるタオが見えた。

どん、という鈍い音が響いた。おもちゃの人形のように、タオの身体が車のフロントに乗り上げて転がり落ちた。

タオを撥ねた車は、しばらく走って停まった。あちこちの家の窓が開く音が聞こえた。明かりが灯《とも》り始める。もうじき誰かが様子を見ようと出てくるだろう。警察が来る。救急車が呼ばれる。

例のふたりは、慌てて階段を駆け降り、逃げ出した。

「タオ！」

タオの身体は、妙な具合に四肢が捩《よじ》れていた。高いところから落として壊れた人形のようだった。そばに寄ってしゃがむと、ぼんやり開いた目に、もう生気がなかった。まだ温かいタオの手を握った。唇がわずかに開き、震えるように息を押し出した。

「アカシ、アケボノマル」

かすかに、タオがそうささやいた。

ささやくだけで、残った力を使い果たしたように、動かなくなった。祐一の目にも、タオがどこか遠いところに行ってしまったのがわかった。祐一にも、あのふたりにも、手が届かない場所に。ドゥアンと一緒に。

三人がふたりになり、今またひとりになった。

「大丈夫ですか！」

車を運転していた男性が、真っ青になって走ってきた。いくら相手が車道にふらふら飛び出したのだとしても、人間ひとりを轢いたのだから当然だ。

タオの状態を見て、すぐに状況を悟ったらしく、大変だと呟いて携帯電話のフラップを開いた。救急車を呼ぶのだろう。

ふと、祐一は自分が何を持っているのか思い出した。じきに警察が来る。事故の模様について、事情を聞かれるだろう。タオがなぜ車道に飛び出したのか。なぜふたりがタオを追いつめたのか。祐一がなぜ拳銃を持っているのか。

駄目だ。

さっきまで、警察に何もかも話して、連中を捕まえてもらうつもりだった。ネックになるのは、タオが罪に問われるということだった。タオが死んだ今、障害は何もない。

そして、事件は祐一の手を離れ、タオとドゥアンを殺した奴らは警察に任せることになる。

――そんなことは、我慢できない。

タオが警察に行かずにドゥアンの仇《かたき》をとろうとしていた理由が、わかるような気がした。どうしても、自分の手で何とかしなければ。

祐一はショルダーバッグを肩に掛け、立ち上がり、歩き出した。

（どこに行こう）

行くあてはない。ただ、ここにはいられない。警察が来るし、連中に住所を知られてしまった。

溝淵の顔が浮かんだ。彼に迷惑をかけるわけにはいかない。

ふと、財布に入れたままになっている、一枚の名刺のことを思い浮かべた。古賀俊夫。ドゥアンの父親だと名乗った、自称私立探偵だ。事務所の住所は、三宮だった。タクシーを捕まえてもいいし、歩いてでも行けないことはない。タオが死んだことを、古賀に伝えなければいけないだろう。

タオを轢いた運転手が、何か後ろで叫んでいた。聞こえないふりをして、歩き続けた。

タオが死んで、何もかも変わった。ドゥアンの仇を取ってくれる人間はいない。

もう逃げられない。たったひとりでも。

インターバル（1992・1）　バンコク

「何やってるんだ、帰ろう！」

ドゥアンは、年上の幼友達が必死の表情で腕を摑むのを、くりくりした大きな目で見上げた。いっぱしの大人ぶって、タバコを唇の端に咥えているのが、愛嬌にすらなる少年だった。

「お前が来るところじゃない。早く帰ろう」

ドゥアンが微苦笑した。その幼いくせに皮肉な表情は、幼馴染のタオはいい奴だが、ちょっと頭が固いと言っているように見える。ドゥアンの両親に、くれぐれもドゥアンをよろしくと頼まれているタオは、たった三つほどしか歳が変わらないのに、すっかり年長の保護者気取りでドゥアンの面倒を見るつもりでいるのだ。

タバコを覚えたのだって、生真面目なタオより、やんちゃなドゥアンのほうが二年も早かった。それがドゥアンのひそかな自慢だった。

ドゥアンは歩きながら、バザールの喧騒に見とれている間抜けな観光客の鞄から、はみ出た小銭入れやちょっとしたみやげ物の類をひょいと抜き取ると、目にも止まらぬ速さで別の観光客の鞄に投げ込んだ。

もちろん、誰も気がつかない。彼の両親が見れば卒倒するかもしれないが、手癖の悪さはガキ大将の頃から評判だった。手癖が悪いというより、悪ガキどもの間では神業だとも言われている。

「教育さ、教育。慈善活動だよ。ぼんやりしていると、次は命を取られるかもしれない。そうだろう」

子どもの頃から見慣れているとは言え、呆れてものも言えない様子のタオにウインクすると、混雑する通りを誰にもぶつからずに魚のようにスマートにすり抜けていく。どれだけ混みあう通りでも、巧みに通り抜けることができる。それがドゥアン・ウォラチャットという少年だった。

バッポンストリートは今夜も人出が多く、混雑している。観光客を呼び止めようと必死に声を嗄らしている土産物屋、香辛料の匂いをぷんぷんさせて客を待つ屋台の親爺、価格交渉を楽しむ観光客に、地元の客引き。

すぐ近くに日本人用のクラブが密集しているタニアがあり、ルンピニー公園ではナイトバザールをやっている。喧騒を楽しむように、ドゥアンは両腕を高く上げて深呼吸し、バッポンの猥雑な空気を思い切り吸い込んだ。タオが気づくよりずっと前から、こっそりバッポンに出入りしていたのだ。

「よう、ドゥアン」

真っ黒に日焼けした屋台の親爺が、魚を焼きながら声をかけてきた。白い布をバンダナのように額に巻いている。ハチマキと呼ぶのだそうだ。

「トシ小父《おじ》さん」

ドゥアンは顔見知りの親爺に手を振った。トシと呼ばれているその屋台の親爺は愉快な男だった。早朝から昼にかけては小船で漁をして、夕方から夜になると屋台を引いて焼いた魚を観光客に売る。どうやら訳有りでバンコクに流れついた日本人らしいが、外国人であることなどそぶりにも見せずにこの街に溶け込んでいるし、腕っぷしが強いので周辺の屋台で働く連中にも頼りにされているようだ。ドゥアンも、掏りをしそこねて危ない目に遭いかけたときに、何度か助けられた。

「また、何か悪さをしてないだろうな」

汗を拭きながらトシ小父さんが血のつながった叔父か何かのように言った。本当の名前はトシオと言うはずだ。バッポンを十五、六歳の少年がうろうろしているのが気にかかるのか、いつもドゥアンを静かに見守り、気遣っているように見えた。おなかをすかせトシの屋台に行けば、美味しい魚料理を食べさせてくれるので、ドゥアンはちょくちょく利用している。

「してないよ」

「お母さんたちを泣かせるなよ」

「わかってる」

にやにやと笑い返しながら、ドゥアンは手を振り行き過ぎる。タオが困惑した表情で、それでも後をついてくる。

「お前、バッポンの屋台にまで知り合いがいるなんて――」

「俺、ここで人と会う約束があるんだ。タオは先に帰っててくれよ」

ドゥアンがひらひらと指先を振ると、タオは困りきった表情でショルダーバッグを肩に揺すり上げた。

バッポンストリートで人と会うとドゥアンが言ったので、妙な女に引っかかっているのではないかと勘ぐったのだろう。バッポンは有名な歓楽街だが、観光客目当ての店も多い。ぼんやりしていると危険な通りだとは言っても、女性や家族連れの姿も多かった。

ドゥアンは溜め息をつき、タオに背を向けて目的の店に歩き出した。タオがおずおずと後をついていく。

「僕だって、行きたいところに行くだけだ」

タオはさほど裕福な家庭に生まれたわけではないが、子どもの頃から勉強がよくできる優等生で、学校でも教師の受けがいい。もうじき、奨学金を受けて日本に留学することになっている。コウベという港町の大学だった。そのタオが、深夜のバッポンをうろついているところを見つかれば、ちょっとやっかいなことになるかもしれない。

ドゥアンは大げさな溜め息をつき、タオの横に並んで肩を組んだ。歩きながら脇腹を小突く。

タオがくすぐったがって身をよじる。

「強情っぱりめ」

「馬鹿、人のことを言える立場か」

目当ての建物は路地裏にあった。間口の狭い二階建てのコンクリート造りで、一階は食堂の看板が出ている。ドゥアンはタバコを捨てて靴の先で火を消し、陽の射さない漆喰の階段をぶらぶら上がる。タオも不安そうな表情でついていく。

「来たよ、ドゥアンだ」

「入りな」

ドアを叩くと、愛想のいい男の声が聞こえた。タオに目配せして、ドアを開く。中に入ると、外から見るより随分室内が広い。奥行きがあるようだ。

ドゥアンがここに来るのは二度目だが、会社の事務室のように殺風景な室内は変わらなかった。木彫りの大きな机と、申し訳程度の応接セット。小ぶりなチェスト。香辛料の匂いがするのはこの界隈なら当然だが、この部屋にはタバコの匂いもこもっている。

木彫りの大きな机に向かっているのは、マー小父さんと界隈で呼ばれている男だった。たっぷりと口ひげをたくわえた精力的な顔は、四十歳ぐらいにしか見えないが、とうに六十歳を超えているのだそうだ。マーはタイ語で馬を指すが、小父さんは馬とは似ても似つかない丸い顔をしている。華人の血を引いているので、同じ華僑のドゥアンには親切にしてくれるのだ。

マー小父さんの机から少し離れて、応接セットに腰掛けている男がいることにドゥアンは気づき、そちらをじっと見つめた。初めて見る男だった。

「なんだね、その子は」

マー小父さんがタオに視線をやって目を細めた。常に笑顔を絶やさず、愛想のいい小父さんだが、そうやって表情を消すと厳しい男に見える。

「問題ないよ。幼馴染なんだ。どうしてもついてくると言ってきかない」

「関係ない人を連れてくるのは、ルール違反ではなかったかな」

「兄弟みたいなものなんだ。関係ない奴じゃない」

「兄弟ね」

マー小父さんは品定めをするようにタオをじっくりと眺め、タオが居心地悪そうに後じさりすると微笑を浮かべた。

「まあいいよ。真面目そうな子だ。ここで見ること、聞くことを、外で絶対に誰にも言わないと約束するね」

タオが不安げにうなずく。大丈夫、とドゥアンが目配せしたのも、気がついていないようだった。

「誰かに話すと、ドゥアンが困ったことになるよ」

「誰にも言いません」

すぐさまタオが答える。部屋の雰囲気から、ここがどんな店なのか読み取ったのだろう。

「例のものはできている。見るかね」

マー小父さんが茶色い封筒を取り出し、机に置いた。ドゥアンが待ちきれない様子で手の汗をシャツの前で拭う。

「見る」

机の上で軽く振った封筒から、深い紫色の表紙の小冊子が落ちた。金色で箔押しした紋章が、一瞬目に焼きつくように見えた。タイのパスポートだ。

「こいつが、君が欲しがっていたものだろう、ドゥアン」

マー小父さんの声を聞きながら、ドゥアンはうなずいた。

「すばらしい出来栄えだろう。おめでとう、これで君はどこにでも行ける」

ドゥアンはおずおずとパスポートを取り上げた。彼自身の写真が貼られている。名前はドゥアン・ウォラチャット。二年前に米国に行った記録が残っている。確かにすばらしい出来栄えだった。

「本物のパスポートをベースに、君の写真を使って加工したんだよ。百パーセント、誰にも見分けはつかない。このマーが保証する」

表紙の紋章を指先で撫でた。

パスポートを偽造する職人は世界中にいるが、タイの職人ほど精巧な仕事をする者はなかなかいない。タイでは日本、台湾、中国のほか、各国のパスポートが売られているが、タイのパスポートは自国のものだけに見破られる確率も高く、あまり作成されない。日本に入国するなら日本以外の国のパスポートにすると安全だ。出入国の記録がたくさん残っているほど、入管の係員が安心するのでスタンプが多いものが好まれる――

そんな知識を、ドゥアンはこのマー小父さんから仕入れた。バッポンのカフェでのんびりお茶を飲みながら、マー小父さんはあれこれ聞きたがる身なりの良い華人の子どもに、嫌な顔もせずに答えてくれたものだ。

もっとも、マー小父さんはとっくにドゥアンの身の上を承知しているし、万が一ドゥアンがタイ警察にマー小父さんの〝商売〟について話したりすれば、ウォラチャットの一族がどんな目に遭うかもわかっている。

ドゥアンがパスポートを手に入れるのに支払った莫大な米ドルは、ひとり息子に甘いウォラチャットの両親が与えてくれる潤沢な小遣いを、こつこつと貯めたものだった。

「そいつを使って、どこに行くつもりかね」

マー小父さんが、水差しの水を注ぎながら尋ねる。

「日本」

「ほう。どうしてまた日本なんだね」

「本当の父親が日本に住んでいるから」

マー小父さんは、口元に持って行きかけたグラスを止めて、ソファにゆったり腰掛けて黙っている男に目をやった。ドゥアンもつられたようにそちらに視線を移す。

男は生成りのスーツを着ていた。よく見ると、映画か何かから抜け出てきたような、洒落た身なりの男だった。サングラスの奥から観察しているような視線に気づいたのか、ドゥアンは男をじっと見据えた。年齢はよくわからないが、五十には届かないだろう。

「クオシュン、この子はあんたが探している人間にぴったりじゃないかね」

マー小父さんが、まるで売りつける商品か何かのようにドゥアンを指差した。男がゆっくりうなずき、サングラスを外した。

「どうも、そのようです。マー小父さん」

低く、男のドゥアンが聞いても艶のある声だった。彼の名は、陳国順《チェン・クオシュン》と言った。

陳国順は翌日ワット・アルンを案内してもらえないかとドゥアンに頼み、ホテルを教えて立ち去った。どうやらタオがいないところで話したかったようだった。

翌朝バンヤンツリーのロビーに迎えに行くと、きっと来ると思っていたと言いたげに微笑を浮かべた。明るい場所で見ても、胸のポケットから深紅のハンカチをのぞかせた麻のスーツは粋だったし、サングラスをかけた顔は男性的な色気を発散させていた。

もしかするとそれは、潤沢な金の匂いだったのかもしれない。

ドゥアンは、バンヤンツリーのような全室スイートの高級ホテルに足を踏み入れたことは初めてだった。

「このホテルが気に入ったんですか」

ドゥアンが訊くと、陳は謎めいた微笑を浮かべた。

「いや。一番値段が高かったからだ」

ドゥアンがいぶかしげな表情をしたので、陳が高らかに笑い声を上げた。

「本当の父親は、日本のコウベという街に住んでいるらしいです」

ワット・アルン——暁の寺という意味の寺院を案内するというのは、無論口実に過ぎず、タクシーでワット・アルンに到着した後は、石造りのベンチに腰を下ろし話し続けた。

陳は、何かの角か骨を削り出したような、白い握りのステッキをついていた。脚が悪いわけではなく、ファッションの一部らしい。ベンチに腰掛け、ステッキに両手のひらを軽く乗せて、たまに質問を挟む以外は黙って遠くを眺める表情をしていた。

あるいはそれは、遠く黄色い雲のように咲き乱れている、ゴールデン・シャワーの花の群れを眺めていたのかもしれない。

「俺の両親は、日本から流れてきたバッグパッカーのようなものだったのじゃないかと思うんです。僕の想像ですけど、あんまり貧しかったので、産まれたばかりの俺を華僑のウォラチャット家に引き取ってもらったんでしょうね。母親はタイにいたようだけど、父親は日本に帰ったんじゃないかな。あるとき、母親らしい女性に市場で声をかけられて、本当の父親は日本にいると教えられました」

「信じられるのか？　見たこともない女だったんだろう。気のおかしい女だったかもしれない」

「ええ。でも、俺が養子だってことは前から聞いていたんです。日本人の子どもだってことも。子どもにはわからないと思って、俺がいる前で平気であれこれ喋る大人がいるから。それに、その女の人は身なりもまともで、話し方も変じゃなかった」

「どうして密入国してまで、本当の父親に会いたいんだ？　ウォラチャットというご両親に、何か不満でも？」

「まさか」

ドゥアンは首を横に振った。

「そうじゃないんです。ウォラチャットの両親には、自分の子どもでもないのに大事に育ててもらって、感謝しているんです。でも――」

「でも？」

「よくわからないけど、言葉にできない何かが俺の中にあって――。どうしても日本に行きたいと思うんです」

陳が遠い目をしたまま、歌うように呟いた。

「言葉にできない、何か」

「はい。口にしてしまうと、何だか嘘っぽくなってしまうような」

それが、ドゥアンの心を日本へと駆り立てる。

それは、まだ見ない祖国への憧れかもしれないし、もし自分が日本で生まれ日本人として育てられていたらという、好奇心から生まれたものかもしれない。アジアの、東の果てに位置するにも関わらず、まるでアジアの中心のように振舞っているあの日本という国で育っていたら。

光溢れる暁の寺の庭に立っていても、ドゥアンの心の底には渺々《びょうびょう》と吹き付ける風が吹いている。チャオプラヤー川の泥の色をした流れを見つめていても。バッポンの色とりどりのネオンに照らされていても、いつも。

「誰かに似ているな」

陳がふとドゥアンを見つめ、呟いた。

「君はいくつになった」

ドゥアンは一瞬、年齢を聞かれたのだとわからなかったように目を瞬いた。

「いくつ――十七歳です」

ひそやかな陳の吐息。

「私は台湾の生まれだが、父親は日本人らしい」

陳がささやくように言った。

「私も十七の時に家を出た。君の気持ちはわかるような気がする」

ドゥアンはまじまじと陳の横顔を見上げた。相変わらず遠くを見つめる視線を、ワット・ノルンの美麗な仏塔の向こうに投げかけていた。明け方にチャオプラヤー川越しに見る高さ七十五メートルの仏塔は、燦然と輝く光の塔さながらになる。陶器の破片で周囲を飾りたてたワット・アルンは、世界中から観光客を集めてやまず、その美しさを讃える人々が絶えないが、陳の目だけは暁の寺を通り越して遠くを見つめているようだった。

「日本で私の仕事を手伝ってくれる若者を探していた」

陳は淡々と言葉を続けた。

「君さえ良ければ、君が適任だと私は思う」

ドゥアンはどう答えるべきか迷うように黙っていた。陳の仕事の内容も知らない。陳がどんな男なのかもよく知らない。それでも、このアプローチに奇妙に彼が心を動かされたことは確かだった。

「答えはすぐでなくてもいい」

陳が立ち上がった。

どこからともなく白い開襟シャツを来た男がふたり現れ、陳の左右を守るように立った。タクシーに乗ったのでドゥアンも気づかなかったが、ホテルからずっと陳の身辺を警護するために、つき従ってきたらしい。ふたりの男は陳と同じようにサングラスで目を隠し、無表情にワット・アルンの庭に立っていた。隠しきれない暴力の匂いがした。

――蛇頭。

ドゥアンが相手に聞こえない程度の小声で呟いた。

中国から、海外に出稼ぎに行く農民や漁民が後を絶たない。彼らは高額の手数料を支払って偽造パスポートや偽造のビザを手に入れ、いつ海のもくずと消えてもおかしくない漁船の底に押し込められて、シンガポールや日本へと漕ぎ出していく。その全てを取り仕切っているのが、蛇頭――スネークヘッドと呼ばれる組織だ。

陳とその部下らしいふたりの男には、人間を人間とも思わないような、冴え渡る冷たさがあった。陳とマー小父さんとが知り合いなのも当然だ。蛇頭は密入国者のために偽造パスポートを手に入れる。

ゴムボートに押し込んだ密入国者たちを、夜の闇にまぎれて異国の浜に上陸させる時でも、おそらく今と同じように無表情を崩さないのだろう。

「私のことと仕事の内容はマー小父さんに聞くといい。何でも答えてくれるように取り計らっておく。気が向いたら、マー小父さんを通じて答えをくれ」

陳が右手を差し出した。ドゥアンはおずおずと握り返した。熱く、力のこもった握手だった。ちらりと陳がドゥアンの肩越しに視線を投げた。石造りの塀に隠れるように、タオの姿があった。心配で、ドゥアンが家を出るところからずっと、後をつけて来たのだろう。

軽くドゥアンにうなずきかけると、陳はふたりの男たちを従えて歩み去った。タオの横を通り過ぎる時には、軽く会釈すら見せたようだった。

「ドゥアン！」

遠ざかる陳たちを見送ると、タオが走り寄ってきた。何か言いかけて、ドゥアンの表情を目に留めて息を呑んだ。

「お前——」

所詮、隠せない。子どもの頃から、一緒に育ったタオには、何も。

「タオ。俺も近く、日本に行くことになりそうだ」

タオが苦い表情になり、陳が立ち去った方角を睨むように見つめた。

「あの人のせいじゃない。どうしても、俺自身が行きたかったから行くんだ」

「でも、どうして」

「行けば、きっと何かが見つかるような気がするから」

恵まれた生活を送り、家族にも周囲の人々にも大切にされ、良い友達を得ても、どうしても完全には満たされなかった思い。吹きすさぶ風の音。

「ドゥアン。みんなが悲しむ。家の人も、学校のみんなも」

タオは今にも泣き出しそうだった。三つも年上のくせに。ドゥアンは微笑した。

「タオ。コウベで会おう」

バンコクは今、ゴールデン・シャワーが花盛りだった。

第二部

平成七年　九月十八日（月）・三日目

1.

　桟橋にレインコートを着た若い男が立ち、〈あけぼの丸〉の着岸を見守っている。

　知った顔だった。真木良介《まきりようすけ》は、座ったまま片腕を上げ、ゆっくりと大きく左右に振った。若い男が手を振り返してくる。

　運転席の川西《かさい》はリモコンレバーを中立に入れ、惰性で桟橋までの距離を縮めようとしている。真木は川西の動きを見守った。たまに川西の船に同乗することがある。腕は良いと聞いている。

　天気は良かった。多少風があるのは愛敬だ。

　波が予想以上に激しい。行き足が強すぎて、このままでは桟橋に激突する。川西の軽い舌打ちが聞こえた。後進にレバーを入れ、行き足を落とす。

　島の施設を設計したのが誰であれ、船のことをまるで知らずに設計したのは確かだった。桟橋付近は波の影響をもろにかぶる。ボートの着岸や発進時の都合など考えていないのだ。

　この島に桟橋を作るなら、東側の入り江にするべきだった。ちょうど両腕を丸めた形にさしのべられた岩礁が伸びて、波と風をさえぎっている。だが聞いた話では、島の主人の趣味で、東側にクレーの射撃場を作る必要があったので、桟橋は二の次にされたそうだ。

川西が徐々に近づいてくる桟橋との距離を目測し、同乗している真木にちらりと視線を投げかけた。やれやれ、口数の少ない若者だ。だが言いたいことはわかっている。四つほど年上の自分に対して、まだ少し遠慮があることも知っている。

真木はフックを握って立ち上がり、ボートの左舷海中に緩衝材代わりの古タイヤを投げこんで接岸に備えた。

踏み出した足が、固いものを踏みつけた。円筒形で、危うく足を滑らせるところだった。拾い上げると、空の薬莢だった。

船に、薬莢。

川西はこちらを見ていない。真木はそれだけ確認すると、何食わぬ顔でハンカチにくるみ、ポケットに放りこんだ。

〈あけぼの丸〉はモーターボートに毛のはえた程度の小型漁船である。昭和五十二年製造。一十年近くも水揚げしたタコやタイやいかなごを乗せて走ってきた船底には、潮の香りと共にぬめった魚の匂いが染み付いている。川西の船だった。

川西はようやく三十歳を超えたばかりの青年だ。日に灼けた顔には小さな皺がいくつも刻まれ、左のこめかみには、白い傷痕が残っている。数年前の暴風雨の夜に港で船を守っていて、転覆した漁船から放り出された時のものだ。そのせいか、実際の年齢よりは五つ六つ、老けて見える。おかげで、三十六歳の真木と同い年くらいのように見えた。無口だが、口を開くと声が大きい。長年海で暮らすと、声が大きくなるものらしい。

「社長は」

フックを操ってボートを桟橋に着け、真木が陸に飛び移る。

「射撃場です」

レインコートの男が、波しぶきを避けながら声を張り上げた。

「よく飽きないいな」

川西がもやい綱を片手に桟橋に立ち、杭に巻きつけはじめた。この島はたいていの地図には載っていない。海図にも何かの間違いで載らなかったことがある。そういう小さな島に、GPSを頼りにボートでたどり着くのは大変だろう。川西が、瀬戸内海を自分の庭だと豪語する土地の漁師だからできることで、よそ者なら暗礁に乗り上げたり潮流に巻きこまれたりで、たちまちおだぶつだ。

桟橋には、真木が初めて見るクルーザーが停泊していた。白い制服の上にライフジャケットを着た乗組員がふたり、船の上でのんびり過ごしている。大きな船で、個人が所有するには金がかかりすぎるような代物だった。どこかの会社の持ち船に違いない。

真木はレインコートの男に続いて、桟橋から続く緩やかな坂道を上った。

時おり、パン、という破裂音がここまで聞こえる。散弾銃の発射音だ。

島の直径は約二百メートル。東の入り江にクレーの射撃場。西には船着き場を配置し、中央の高台に屋敷がそびえる。庭にはヘリポートもある。緊急の場合にはヘリを使うが、免許を持った人間が常駐しているわけではなく、大阪にある会社からヘリを呼んでいる。

この屋敷には、他の建築物ではめったに見られない、大きな特徴があった。階段がないのだ。段差もない。どこへ行くにも、横幅二メートル近い広々としたスロープをたどることができる。そのために、普通の建築よりずっと金がかかっている。

船着き場から射撃場に行くには、一度屋敷の庭を通り抜ける。庭の東屋に、食事の準備が整っているのが見えた。

「なんだ。客か」

「はい。今、射撃場に」

栈橋にいたクルーザーに乗ってきた奴だろう。法人の船だと思った真木の勘は、たぶん正しい。

レインコートを着た男は、それ以上射撃場に近づこうとはしなかった。真木は射撃場の周囲にめぐらされた茂みに遠慮なく近寄った。

「ほう、クレーというのはこんなに小さなものですか」

「ええ。規格があります。外径が十一センチ、高さは二センチ八ミリ以下。その円盤が、あの二つの箱から発射されるわけです」

射撃場から穏やかな低い声が聞こえてきた。高見の声だった。真木は茂みから中を覗いた。こちらから向こうは枝越しに見えるが、向こうからこちらは見えない。

仕立ての良いスーツの後ろ姿と、車椅子に座り銃を抱いた高見社長が見えた。寒さに弱い高見は、九月の半ばだというのにもう薄手のセーターを身に着けて、足には膝掛けを巻いている。もっとも膝掛けのほうは、寒さをしのぐためというより、動かない下肢を隠すためなのかもしれない。

「もう一度お見せしましょう。耳を痛めないように、イヤープロテクターを着けてください」

イヤープロテクターを装着するために男が顔を俯けたので、真木の視野にも飛びこんできた。新聞や雑誌で見覚えのある顔だった。どこかの建築会社のオーナー社長だ。あまり興味をそそらないツラだったので、真木は鼻の上に皺を寄せて、細巻きのメンソール煙草を一本くわえた。火は点けない。高見が煙草の匂いを嫌う。しかも敏感で、五十メートル先で吸ったと言って責めるのだ。

直径二十メートルほどの半円が、高見聡の宇宙だった。

スキート射撃におけるクレーは、その半円の、直線部分の両端から発射される。百葉箱か、国境の監視員でも入っていそうな箱が両側に立っている。向かって左の、背の高いほうがプールハウス、右の背の低いほうがマークハウス。円の中心に向いて穴が開いていて、白いクレーが飛び出すのを、真木もよく見せられた。

射手の立つ射台は、半円と直線部の上に全部で八つある。多くの場合、射手はこの上に立ち、プーラーにかけ声をかける。高見は足が悪いので、車椅子のまま射台に上がる。かけ声からわずかな時間をおいて、プールからクレーが飛び出した。高見はすばやく銃を肩づけしながら、目と銃口でクレーの飛行線の先を追った。引き金を引く。クレーが小気味良い音と共に四散した。派手な当たりだ。いつもこういうわけにはいかないが、固唾《かたず》をのんで見守っている今日の客には、いい見せ物になっただろう。

盛んに拍手する客のところに、高見が電動の車椅子でゆっくり戻ってくる。なかなか終わりそうにないな、と真木は考えて、煙草に火を点けることにした。高見社長もそろそろ解放されたいはずだ。

案の定、煙に気づいたらしく、高見がさりげなく車椅子の中で首をめぐらせた。茂みの中から覗いている真木の、粋なネクタイを見つけたらしい。しかたのない奴だ、と言いたげな苦笑が浮かんだ。

「すばらしい腕前ですな。高見さん」

「四番射台は撃ちやすいのですよ」

高見が熱のない声で言う。

「私もやってみたくなりましたよ」

「ええ、ぜひ。ただし御存じの通り、免許が必要です。警察に行ってね」

「そうか。それは手間がかかるな」

「社長はお忙しい人だから」

高見が適当にあしらって、男を東屋《あずまや》に追いやるまで、真木はじっくりと煙草の香りを楽しんだ。

「——真木か」

そら、おいでなすった。

真木は靴の下に煙草を踏みにじり、何食わぬ顔で射撃場に入っていった。

高見は再びプーラーに声をかけた。マークから飛び出すクレー。撃ったが、後ろを削って小さい破片を振りまいただけだった。当たりは当たりだ。肉眼で見える大きさの破片だった。

「四番射台は撃ちにくいと聞いていますがね」

高見が無言でうなずいた。素人には撃ちやすいような錯覚を起こさせるが、慣れた射手にはかえって撃ちにくい。それが四番射台だと聞いている。皮肉な表情を浮かべた真木の顔を、高見は銃を降ろして涼しげに見やった。

ずいぶん、若く見える。

高見はそろそろ五十路にさしかかるはずだ。ところが三十六歳の真木と並んでも、どちらが若いかと問われれば、たいていの人間は高見のほうが若いと答えるに違いない。俺は煙草を吸わないからだと高見は言うのだが、真木に言わせれば色白の美男は若く見えて得だということになる。

とても、建築関係の荒っぽい連中を、顎でこき使える人間には見えない。

「何の用だ。投機の話なら結果だけ教えてくれればいい。途中経過は報告しなくていい」

さっきは少し引き止まった。待機姿勢から頬づけまでを何度か繰り返す高見の外見からは、彼が射撃に熱中していることしか感じられない。

真木は頭を掻いた。

「客がみんな社長のようにさばけた人なら、俺も楽なんですがね」

高見が鼻の先に薄い笑みを漂わせる。追従は微笑して聞き流すタイプの男だ。

真木が高見の金を預かって株をやるようになって十年以上になる。その間ジョージ・ソロスとまでは行かないまでも、少なくとも雇い主に損をさせることはなかった。関西にゴルフ場を三つ持ち、神戸市内にオフィスビルを何棟も持つ高見の会社から預かる金は、莫大な資金量だった。その金を使い、真木は仕手株を買う。仕手グループの動きを探り、便乗して儲けることを〝提灯をつける〟という。

真木はこの仕事が楽しかった。結果もさることながら、途中経過に心が躍る。だから高見が結果しか報告しなくていいというのを聞くと、意外な気がした。

まあいい。自分のような半端やくざに、ぽんと大金を預けて運用を任せてくれる人間は、めったにいるものではない。それがわかっているから、真木は高見の飼い犬に喜んで甘んじているのだ。高見からは、資金運用とは何の関係もない、一流企業の社長が何の目的でと首をかしげるような依頼もたまにある。若い頃の複雑な事情のおかげで、真木の交友範囲が広いことを便利に利用されているような気もするが、それはお互いさまというものだ。

高見聡は、下半身が不自由だというハンディキャップを跳ね返すほど、アクティブな男だった。会社の業績は、数年前に彼の代になってから、ずっと上を向いている。車椅子に乗って、平気で海外に出かけていく。端正な横顔で、誰より見事にクレーを撃つ。こんな男はめったにいない。

「県警の後藤から、伝言を預かりましたよ」

やっとここまで来た理由を思い出した。兵庫県警の、刑事というより外見はやくざに近い角刈りの中年刑事を思い浮かべる。

次はダブルだった。高見のかけ声の後、プールとマークの両方からクレーが放出される。

「一月の積み荷が出回っている。古賀が帰ってきていて調査に動いているらしいと。大事な用だからじかに伝えてくれといわれましてね」

高見は三発目を失中した。四発目のマークを当てたのは、実力というよりまぐれのようだった。高見が完全にはずすのを見たのは久しぶりだった。

「――古賀というのは、誰のことですか」

真木は高見の失中を舌の上に乗せてじっくり味わった。これだ。この反応を見るために、電話一本ですむ用事を、わざわざ時間をかけて船に乗り、高見の島まで押しかけてきたのだ。

古賀が帰ってきている。県警の刑事がわざわざそんな伝言を頼むなど、どう考えても奇妙なことだった。話があるなら、回りくどいことをせずに、高見に電話一本かければいい。高見の下で働くようになって十年以上になるが、古賀という名前は聞いたこともなかった。

高見は答えず、相変わらず表情のない白い顔で銃の肩づけを繰り返した。

ちらりと真木を見た。

「伝言は聞いた」

下々に聞かせることではないということか。ふんと真木は鼻先で笑った。そう隠されると、かえって知りたくなるものだ。

それに、この空の薬莢。真木はハンカチにくるんだ薬莢を、ポケットの上からそっと押さえた。こんなものが、なぜ川西の船に転がっているのか。あれは自分と同じ、高見社長の飼い犬だ。

数年前、神戸空港建設の候補地として、明石の沖合、播磨灘が挙がったことがある。結局その時には、播磨灘はいまだ好漁場であり、空港建設は望ましくないという結論に落ち着いて候補からはずれた。候補に挙げられた時点で、撤回を求めて陳情を重ねた漁民代表のひとりが川西だった。誰に紹介されたのか、川西は高見の会社にも陳情に現れた。播磨灘が候補からはずれたのがその直後だったので、以来川西は高見を崇拝している。まるで従僕のように仕えているのもそのためだ。

川西の父親も、高見の父親の下で働いていたことがあるそうだ。

「社長。川西は今、どんな仕事をやっているんです」

「今度は川西か」

高見が微笑する。

「私も知らん。漁に出ているんだろう。時々今日のように、私や真木に使われる以外は」

明石の鯛に九ミリ弾をぶちこむわけでもないだろうに。

そう思ったが高見には黙っていた。

調べてみる必要があるかもしれない。高見は真木にとって飯の種であることはもちろんだが、それ以上に奇妙に心を惹かれる存在だ。高見の不利益になる事態が発生しているのなら、黙って見過ごすわけにはいかない。

次ははずさない、と高見が呟いた。

プールのクレー。マークのクレー。立て続けにかけ声をかけ、砕いていく。クレーの発射台にぽっかりと開いた黒い射出口は、得体の知れない深い闇だった。その闇から、突然飛び出してくる白い円盤。そんなものに、高見は心を奪われている。

三度目はダブルだった。プールとマーク、青空を背景に、二つのクレーがほぼ同時に飛び出す。

高見の指先にはためらいがなかった。涼しげにマークのクレーを撃ち、続けてプールのクレーにも当てた。ちょうど中央を見事に捕らえた当たりだった。

真木が見守っていることも忘れたように高見は黙り、銃の薬室を開いて、その危険なおもちゃを抱いた。まるで祈るようだった。

2.

人間ひとり通るのがやっとの、コンクリートの階段を駆け上がる。

午前九時半。

急ぐ用があるわけではない。俯いてとぼとぼ階段を上がると、自分がひどく老けたような気がする。それが嫌なだけだ。

ほぼ二十年ぶりの日本。湿気が高く、蒸し暑い。帰国して半年になるが、この気候になかなか慣れない。

古賀俊夫は一気に最上階の五階にたどり着き、もう少しで踊場に投げ出された足につまずくところだった。ジーンズにスニーカーの足。誰かが自分の事務所の前で、ドアに背をもたれさせて目を閉じている。ぎょっとして見直すと、見知った顔だった。呼吸につれて、わずかに胸が動いている。眠っているらしい。呆れた奴だ。

たしか、間嶋祐一と言った。

起きている間は、ずいぶん生意気な口を叩く坊主だったが、寝ていると無邪気な表情をしている。二十歳になるか、ならないか。ドゥアンとそんなに変わらない年齢だ。ほんの子どもなのだ。

「おい」

それでも完全に警戒を解いたわけではなく、革靴のつま先でスニーカーを軽く蹴った。

九月の半ば。寝苦しい夜だった。不自然な姿勢で眠ったせいか、まだ寝たりない様子で祐一が顔をしかめた。寝ている間もしっかりと抱くように、黒いショルダーバッグを抱えている。

「起きろ。中に入れない」

祐一が目を開き、何度か瞬きを繰り返した。目が充血している。まぶたが腫れぼったい。あたりを見回して、自分がどこにいるのかようやく思い出したらしく、階段を上りきったばかりの古賀を見上げた。

「来ないかと思った。暇そうだから」

声が嗄れている。暑い夜とは言え、夜になると屋外は思ったより冷えこむはずだ。風邪でもひいたのかもしれない。

古賀は肩をすくめた。ひと目で暇そうな事務所だと見抜いたのなら、祐一の目もたいしたものだと言ってやりたいが、誰が見ても繁昌していないことがわかる古ぼけたビルの一室だ。

説明を一切省略し、祐一が立ち上がるのを待った。相変わらずしっかりとショルダーバッグを抱えている。

「俺に用なのか」

祐一がうなずく。思いつめたような色が表情に出ている。面白い若者だと思った。会うたびに、違う面を見せてくれる。

事務所の鍵を開け、先に立って祐一を招き入れた。むっとする湿気と熱気。窓を通して、既に室内は蒸し暑くなっている。スチール枠の窓を開け、ぼんやり立ち尽くしている祐一を振り返った。エアコンなどという、気の利いたものはない。何しろ震災を生き延びたのが不思議なほどの古色蒼然たるオフィスビルで、部屋のあちこちには一月以来ひび割れがいくつも走っている。一階のレストランは、ひび割れを怖がって三月にビルを移って行った。古賀は賃料の安いこのビルが気に入っている。出る気はない。何しろ、この事務所は古賀の自宅でもあるのだ。

「田辺さんは来ないのか？」

祐一が不思議そうに室内を見回した。事務所の名前が〈田辺探偵事務所〉だからだろう。

「田辺の親父さんは、ここには出てこない。自宅から指揮を執ることになっている」

田辺は半年前に引退するつもりだったのだが、古賀が頼んで事務所を又借りしているのだ。

ちなみに古賀の名刺には、「調査員」とは書かれていない。古賀がまだ免許を取得していないからだ。公式には、ただの事務員だ。

「座ったらどうだ」

ソファに向けて手を振った。

古賀の使うスチールの事務机がひとつ。キャスターのついた灰色の椅子が一脚。たまに依頼人が座ることもあるふたり掛けの黒いソファが、事務机に面して置かれていて、事務所の備品はそれでほとんど全部だった。

とにかく、金をかけていないことは確かだ。それでも、トイレはちゃんとついているし、仕事中にコーヒーでも飲むだろうという配慮なのか、パーティションの向こうには小さな流しもある。古賀はそこに、小型の冷蔵庫を置いている。中身はビールと缶コーヒー。充分、住める部屋だ。細かいことを気にしなければ。

間嶋祐一は、ソファをちらりと見ただけで、座ろうとしなかった。たまに依頼人が座ることもあるが、たいがいの日は古賀がベッド代わりに使っている。昨日のように、小金が入ったのでたまには風呂に入ろうと、サウナ付きのカプセルホテルに泊まるような日は別だ。古賀の体臭が染み付いているかもしれないが、祐一が座ろうとしないのは別な理由があるようだと思った。たぶん、いつでも逃げ出せるように用意しているのだ。少し臆病そうにも見えるが、この若さにして慎重なのだ。悪いことではない。

事務机の上に、昨夜事務所を出る時そのままにしておいた書類が、散らかっていた。たいした書類ではないが、あまり優秀な探偵の事務机には見えない。椅子に腰かけ、軽く整理を始める。

「タオが死んだ」

投げ出すように、祐一が言った。

古賀は一瞬手を止め、それから祐一に視線を戻した。

「いつ」

「昨日の夜」

祐一の目が充血している理由が、ようやくわかった。

「殺されたのか？」

祐一は一瞬だけ目を光らせ、それから首を横に振った。

「違う。でも、似たようなものだ」

祐一の話を聞いた。昨日の昼間から、タオが亡くなるまでの話だ。話の筋は通っている。ふたりの男が何者で、何の目的で、どうやって祐一のアパートを突き止めたのかは別だった。

「バッグの中に何を持っている？」

ナイロン製の、どこででも売っている安物のショルダーだ。それにしては、足元に降ろしもせず、ずっと肩にかけて身体のそばに引きつけている祐一の用心深さに違和感を覚えた。

祐一は強情な感じで唇を閉じ、目をそらした。悪くない。自分が彼の立場でも、こんな状況で気心の知れない相手に、べらべらと何でもしゃべるはずがない。

「ベレッタ。たぶん92ＦＳ」

古賀の言葉に、祐一がぎょっとしたようにこちらを見た。当然だった。祐一は、古賀がどれだけ深くこの事件に足を突っこんでいるか、知るよしもない。

「そいつは、いい銃だ」

デスクを離れて、冷蔵庫に近づいた。

「何か飲むか。ビールと缶コーヒーしかないが」

困ったように首をかしげた。朝の九時半に、こんな質問をされた経験がないのかもしれない。

「コーヒーがいい」

祐一にコーヒーをひとつ投げ、古賀は缶ビールを開けた。どのみち、客が現れる気遣いはない。奇跡的に現れれば、今日は休みだと言って出直してもらうだけだ。その結果、少し先の大手探偵事務所に客を取られることになったとしても。

「それでお前は、警察には黙ったまま、ドゥアンとタオの仇を討つつもりなのか」

ビールを一息に半分飲み干し、ほっと息をついて尋ねると、プルタブを引いた缶コーヒーを見つめながら、祐一が生真面目に首をかしげた。

「どうすればいいのかがわからない」

本人にも、今後の行動がよくわからないらしい。

「クオシュン」

ぽつりと祐一が呟いた名前に、今度は古賀がどきりとした。

「タオはドゥアンを密輪に引きずりこんで殺した奴を探して、仇を討つつもりだった。そいつがクオシュンという名前だったそうだ」

「今度はお前が代わりにやるつもりなのか？」

「ドゥアンとタオが望むなら」

今初めて決意を固めたような顔で、冷たいコーヒーをひと口飲んだ。意志の強そうな、強情そうな顔をしている。

「どうして」

祐一はためらうように顎を引いた。

「死んだ人間との約束は、生きている人間との約束よりも重い」

こんな若造の口から出る言葉とは思えなかった。黙って口をすぼめて見せると、肩をすくめた。

「死んだ父さんの口癖だった」

「ほう」

間嶋祐一は、興味深い青年だった。西宮のマリーナで再会したとき、なんだ塩屋のオヤジか、と言った時の口調は生意気だったが、年齢よりも若く見える外見のせいでそうなったんじゃないかと思った。生意気でない若い男などいない。もしいたらそいつは若くないか、男じゃないかだ。

最初に浜で見た時には、膝を痛めているんじゃないかと思った。昨日見た時にも、左足を引きずるように歩いていた。敏捷そうな体つきで、感受性の強そうな澄んだ目をしていた。しかも、男にしては珍しく愛敬がある。

ドゥアンに少し似ているかもしれない。そんなことを考えるのは、自分の感傷にすぎないのだろうか。

「聞いてもいいか。ドゥアンはお前にとって、どんな友達だったんだ」

祐一が戸惑うように自分の手元に視線を落とした。頑なに口を閉ざした表情は、何だか怒っているようでもあった。そんな質問に、軽々しく答えられるものかと全身で拒否しているようにも見えた。古賀は質問の方向を変えた。

「これからどうするつもりだ」

祐一はしばらく答えずに、缶を手のひらで玩んでいた。落ち着くまでここに泊めてくれないかとか、そういう言葉を期待していた。そう頼まれたときに、どうするかも古賀は心の中で決めていた。ベッドもない部屋だが、この季節なら床に転がって男が数人寝たところで、死ぬ心配はない。

「明石の〈あけぼの丸〉」

祐一がそっと呟いた。

「タオが死ぬ間際に、そう言い残したんだ。船の名前だ。おそらく、タオとドゥアンが海中から銃を引き揚げるために使った船だと思う。探してみようと思う」

古賀は絶句した。

〈あけぼの丸〉。その船の名前は、一気に二十年近く前の記憶をたぐり寄せる。おそらく死ぬまで忘れることのできない、嵐の夜の記憶だ。古賀は口を開いた。

「神戸界隈で、ベレッタ92FSのイノックス——ステンレス製の銃が、ここ半年ほどの間に数挺出回っているらしい。販売ルートを一網打尽にするために、警察が内偵を進めているところだ」

祐一が、睨むような目で古賀を見つめていた。素性の知れない相手に、余計なことを知らせてしまったかもしれない。そんな絶望と焦りが見えた。

「二十年前、俺は刑事だった」

古賀はビールを最後まで飲み干した。喉の渇きはビールで癒すことができる。別な渇きは、決して癒されることはない。

「ある事件があって、しばらく日本にいられなくなった。昔の仲間の何人かは、今でも俺のことを悪徳刑事と呼んでいる」

「あんたが？」

祐一がじろじろと古賀の頭からつま先まで眺め回した。あんたのどこが悪徳刑事なんだと言いたげな表情だった。悪いと禁じられるものに心惹かれる年頃もある。

「その銃を密輸している張本人」

古賀は、祐一のショルダーバッグを缶ビールの底で指した。

「そいつを、二十年前からずっと追いかけている」

祐一の手が、無意識のうちにバッグの上から銃を撫でている。古賀は灰色の椅子に腰を下ろした。古いキャスターが、ぎしりと錆付いた音をたてる。

「お前はしばらく、アパートに帰らないほうがいい。寝泊りする場所が必要だし、鞄の中のものをいつも持ち歩くわけにもいかないだろう」

考えている。古賀を信用していいのかどうか。

「スクーターはどうした？」

初めて塩屋の漁港で会った時、祐一はスクーターを押していたはずだ。

「垂水の駅前に置いてきた」

なぜ置いてくるはめになったのか、聞き出した。タオを尾行していたふたり組が、スクーターに気づいていたのなら、祐一の住所はスクーターのナンバーから割り出したのかもしれない。

「後で一緒に取りに行こう。周囲に見張りがいないかどうか、確認してやる」

驚いたように祐一がこちらを見た。今だけだ。もう少しすれば、いちいち驚いていられなくなる。

「俺に手を貸せ。俺にもお前にも、仲間が必要だ」

古賀は窓の外を見た。雲ひとつない青空。祐一が戸惑い、やがてゆっくり頷くのが、気配でわかった。

今日も暑くなりそうだ。


JR垂水駅前で、祐一がスクーターに乗ってロータリーから出るのを、少し離れて見守った。

——いた。

見分けるのは、そう難しくない。祐一がスクーターに近づき、ヘルメットを取り出してかぶると、ロータリーの反対側に停車していた軽自動車が、エンジンをかけてそっと準備を始めるのがわかった。若草色の丸みをおびた車体だ。色と形に騙されそうだ、と古賀は苦笑する。乗っているのは、ウェイトトレーニングで鍛えた経験のありそうな、頑健な若者ひとりだった。今どき珍しいほど、髪を短く刈っている。古賀は軽自動車のナンバーを控えた。後で調べれば、相手の素性が知れる。蛇の道は蛇だ。手は色々ある。

祐一がちらりと古賀に視線を送った。古賀は両腕を上に伸ばし、一度だけぐっと伸びをした。見張りがいる。ひとりだけ。

何食わぬ顔で、祐一がスクーターにまたがる。古賀は若草色の軽自動車に近づいていく。もう少しで、走り出す直前だった。

「ちょっと」

運転席の窓ガラスを叩いた。黒い革の警察手帳に似たものを、ぱっと開きまた閉じた。一瞬なら、おもちゃを見せられても普通の人間には見分けがつかない。身分詐称の罪に問われるか、ばれなければ問題ない。

祐一のスクーターが走り出す。短髪の男が舌打ちするのがわかった。慌てて窓を下げ、睨むような目で古賀を見返した。

「何ですか、急いでいるんですが」

「急いでいる？」

古賀はことさらのんびり肩をすくめて周囲を見回した。祐一のスクーターはロータリーを出た。

「だってもう何時間もここに停車していたじゃないか」

苛立ちが目に浮かび、疑うような表情にとってかわった。

「何の用ですか、刑事さん」

「氏名と住所、電話番号を聞いておこうか」

威圧的にならないように、古賀は微笑した。できるだけ本物らしく、ポケットから手帳を出してボールペンを握る。二十年前までは本物だったので、お手の物だ。

「職務質問？　いいかげんにしてください。本当に僕、急いでいるんです」

「近所の商店から、変な車が長い間ここに停まっていると署に苦情が入った。車のナンバーを調べると、盗難車の疑いがあることがわかった」

「まさか、そんなはずありませんよ」

信号が青になり、引っかかっていた祐一のスクーターが、車の流れと共に角を曲がって見えなくなった。男はがっかりした表情を浮かべ、腹立たしそうに古賀を見た。住所氏名と電話番号を聞きだす。どうせ偽名だろう。

時間稼ぎのため、ゆっくり手帳にメモを取った。

「署に照会するので、しばらく待っていてくれ」

無線を持っていないことがばれないように、少し離れた場所に停めてある車に歩いて行った。その隙に相手が逃げ出すことを願っていた。期待通り、若草色の軽自動車は、古賀が駆け戻れないくらい離れるのを待って、猛スピードで走り出した。周辺の歩道にいた人々が、呆れたように見送った。

これでいい。祐一はとっくに逃げた後だ。

今から走り回って追いかけても、見つかることはないだろう。あの間嶋祐一という青年は、ずぶの素人のくせに、なかなかすばしこい。

古賀には行くところがあった。

三宮の市立図書館には、学生よりも買い物途中に立ち寄った主婦や会社員が多かった。JR三宮駅前のすぐ近くという、立地条件のせいだろう。勤労会館の中にある、小さな図書館だ。

古賀が開架式の書棚から引きずり出したのは、神戸商工会議所の会員名簿だった。誰もこの中年男に注意を払う者はいない。昨日は、久しぶりにちゃんと風呂に入った。しばらくひげを剃っていないので見た目が良くないが、そろそろすっきりさせる頃合かもしれない。二十年前とは自分の人相も変わっている。ひげを剃ったところで、ひと目で古賀俊夫だと気がつく奴はいないだろう。

立ったまま名簿のページを繰った。日本に戻ってから半年間、見るのが怖くてずっと避けていた名簿だった。捜すべき人物は一人だけだ。このごろ少し、小さい文字が見えにくくなっている。名簿を目からできるだけ遠ざけながら、一人一人の名前を指でなぞって読んだ。

（――高見聡）

株式会社高見、取締役社長。あった。

あることはわかっていたのだが、その名前を実際に目にすると、古賀はなんとなく放心して立ち尽くした。想像したような興奮も感動も、訪れなかった。今朝、出し抜けに祐一が〈あけぼの丸〉という名前を口に出した時のほうが、衝撃が大きかった。

（そうか。結局親父の後を継いだのか）

二十年前の嵐の夜が、鮮やかによみがえる。古賀に促され、漁船から高見のクルーザーに乗り込む陳国順。陳が高見に体当たりし、もつれるように海に落ちたふたり――

ようやく我に返って閲覧室の机に名簿を持っていき、手帳に高見聡の自宅の住所と電話番号、会社の住所と電話番号などを正確に控えた。「高見」の業務内容は、二十年前とずいぶん変わっていた。昔はゴルフ場の開発など手がけていなかったはずだ。

調べにきたのはそれだけだったが、ふと思いついて古い新聞を探した。国体というと、何月に行われるのだったか。陸上競技なら、秋季国体のはずだ。そんなことを漠然と考えながら二年前の新聞を開いていった。見たいのは少年の部、百メートルの記事だ。間嶋祐一が出ていたという短距離走の結果が知りたかった。

ドゥアンとタオの行方を追っていたとき、間嶋祐一という名前が何度か挙がった。西宮のマリーナでは、元スプリンターの陽気で健康的な少年として、好意的に話す人間が多かった。特に、二年前の百メートルは、伝説のように語られていた。交通事故にさえ遭わなければと言って、惜しむ声を何度も聞いた。ドゥアンたちは日本に来て良くない仲間とつきあっていると聞いていたので、不思議な気がした。

探し物は、すぐに見つかった。ゴールインの瞬間が、スポーツ欄のトップに躍り出ていた。高校新記録で日本新の記録を出して優勝した高校生は、まぎれもなく二年前の祐一だった。思わず口元がほころんだ。十八歳の祐一が、テープを切るためにむきになって胸を突き出し、大きく目を見開いて自分の優勝の瞬間を見逃すまいとしているようだった。振り上げた腕は痩せているが、今の華奢な祐一からは想像もつかないような筋肉でみっちりと覆われている。若いということは、その分真剣だということだ。写真に写っているのは、虚飾のないすがすがしい若さだった。

気がすむまで眺めてから、新聞を閉じた。

写真を眺め、記事を読んだ。間嶋祐一というスプリンターがどれほど才能に恵まれていたか、どんなに周囲の期待を集めていたかよくわかった。十年に一度、いや二十年に一度の逸材だと持ち上げられていた。若いうちにちやほやされた人間は、スポイルされることがままあるものだが、祐一にはそういうところが全くない。周囲の人間が良かったのだろう。

祐一がもう走れないということは確かに惜しいことだが、彼の中にあるもっと大事なものは、その頃からおそらく全く変わっていない。そのことに祐一自身が気づく日は、いつか来るだろうか。

図書館を出て、駅前で公衆電話に向かった。十円玉が使えないタイプだった。どうせこれから嫌でも使うだろう。そう考えて、残り少ない千円札の中から一枚抜き、テレホンカードを買った。

最初にかけたのは、顔馴染の自宅の電話番号だった。留守番電話に短いメッセージと、祐一のスクーターを見張っていた若草色の軽自動車のナンバーを残した。軽自動車の持ち主は、すぐに割れるはずだ。事務所に連絡が入るはずだった。事務所の電話は、常に留守番電話にしている。声を聞いてから、受話器を上げるようにしているのだ。

株式会社高見の代表番号にもかけてみた。

「高見社長につないでいただけますか」

そう言いながら、どうせ高見は出ないと思っている自分もいる。だから安心して電話をかけられる。

『失礼ですが、どちらさまでしょう』

古賀は弁護士事務所の看板をちらりと見上げて、投資コンサルタントの名前をでっちあげた。

「近々神戸で法人経営者を対象にした投資フォーラムを開催する予定です。つきましては今週の高見社長のスケジュールを教えていただけませんか。ぜひご出席いただきたいので、社長のご都合のいい日に開催しようと思っています」

二度と使えない手だが、うまくいけば高見を電話に誘い出すことができるかもしれない。

受付嬢は電話を社長秘書に回すと言った。秘書にも同じ話を繰り返さなければならなかった。

『申し訳ございませんが、高見はめったに外部のフォーラムなどには出席しませんので』

「社長は、そちらにおられるんですか」

『いいえ。本日は出社しておりません』

「いつでしたら、会社のほうに来られるんでしょう」

『誠に申し訳ございませんが、すぐにはお答えできかねますので、そちら様のお電話番号を頂戴できませんでしょうか。折り返しかけ直しますので』

二部に上場したばかりの企業だが、守りが堅い。古賀の電話が胡散臭すぎるのかもしれない。あるいは、高見の会社に後ろ暗いところがあるのか。

「いや、こちらからかけ直します。それじゃ、高見社長は今日ご自宅のほうにおられるんですね」

『はい、そう思います』

今度は嫌にあっさり答えた。理由はわかっている。自宅にもいないのだ。あるいは、受話器を置いたとたんに、専用回線か何かで、今こんな電話があったと社長に緊急連絡が飛ぶのか。

どちらにしても、高見を電話に誘い出すのは無理のようだった。本名を名乗ったところで、ますます高見は出て来ないだろう。

「わかりました。ありがとう」

受話器を置いて、戻って来たテレホンカードの穴を見つめた。今のでずいぶん減ったが、まだ高見の自宅にかけるだけの余裕はある。期待せずにかけてみた。留守番電話のテープが流れていた。なるほど、こういう仕組みか。この番号は高見の公式の電話番号なのだろう。本当に使っているプライベートな番号は別に持っているのに違いない。古賀は黙って受話器を置いた。メッセージは残さなかった。誰が聞くかわからないような留守番電話のテープに、大事な伝言を残すつもりはない。

カードを握ったまま途方に暮れた。高見に連絡を取って、自分が何をしようとしているのか、それすらわからない。ただ、高見に伝えたいことがあり、尋ねたいことがある。

時おり、腹の中に熱い蟲を飼っている、と思うことがある。そうでなくては説明のつかぬような、この胎内の熱さ。それが不用意に吹きこぼれてくることのないように、古賀はいつも分厚い殻を身に引き寄せていた。だがそれにも近ごろ、ひびが入りはじめているようだ。

ドゥアンの死には、陳国順が関わっている。祐一もそう言っていた。古賀の推測通りだった。問題は〈あけぼの丸〉だ。ドゥアンの死と二十年前の事件とは、陳国順《チエン・クオンユン》だけでなく、〈あけぼの丸〉という接点を持っているらしい。

——やはり、どうしても高見と話をしなければならない。

高見の会社のビルを張って、高見聡が現れるのを待つか。だが、高見の父親もそうだったように、指示は自宅から下すばかりで、実際に出社するのは月に一度か二度ではないだろうか。それよりも、自宅に押しかけるほうが早い。だが、この自宅というのが――古賀は溜め息をつきながら手帳の住所を眺めた。

（高見の島）

それは、播磨灘の家島諸島に属する小さな島だった。高見の父親が、莫大な金を払って買い取った島である。個人所有の島だから、もちろん定期航路などないし、高見は自分の船やヘリで本土と島の間を往復しているはずだった。やはり、船が必要だ。それも足の速い船が。

歩き回って喉が乾いた。事務所に帰るにしても、まともな酒がない。通りすがりに見かけた酒屋に飛びこんだ。二十年前、まだ刑事をしていた頃に愛飲していた国産ウイスキーは、どの店に行っても売っていなかった。しかたなく、安い舶来ウイスキーを買った。驚いたことに、二十年前は高くて手が届かなかった舶来品のほうが、今では国産ウイスキーよりも安く手に入る。

二十年。こいつは長い。何しろ、祐一が生まれてから今までの時間だ。

二十年の間に、何もかも変わってしまった。好きなウイスキーは街角から消え、高見は島に閉じこもり、古賀は薄汚い事務所に腰を据える自称探偵になった。

ぶらぶらと事務所に戻り、まず冷蔵庫を開けた。祐一から預かった拳銃と銃弾の包みが、間違いなく入っていることを確認する。拳銃は二挺だ。祐一の目の前で包みを開いて確認したが、古賀の期待通り、ベレッタだった。

しばらく使っていなかったグラスを出して、さっと水洗いし、ウイスキーを注いだ。氷や水で割らない。濃い液体を舐めながら、二十年前の嵐の夜を思い返した。あの時、自分がきちんと決着をつけなかったばかりに、ドゥアンやタオが死んだ。そんな思いが脳裏を離れない。あの夜を境に、何もかも思いがけない方向に走りだした。

いったいあの事件は、何だったのか。

古賀の思いが帰りつくのは、いつも二十年前の十二月。冬の嵐にみまわれた神戸港だ。

(陳国順が、今夜大阪湾に現れます)

今でも忘れられない、密告の電話。内部事情に通じた誰かが、陳国順を売ったのだ。

古賀は陳国順を逮捕しようとして、取り逃がしたばかりか高見聡に大けがをさせた。

陳は結局見つからなかった。あの寒さだ。港まで帰りつけずに死んだのではないか。そう考えられていた。大阪湾を、さんざん浚った。遺体は見つからなかった。湾の外に流れたのかもしれない。探しようがない。〈あけぼの丸〉という漁船のふたりは、陳だと知らずに海釣りの客に船を貸しただけだと主張して、罪には問われなかった。

事故の後、京子が突然古賀のアパートを訪れた。津川京子。学生時代、古賀と高見が競いあって歓心を買おうとしたあげく、高見と婚約した女性だった。

(私、聡と別れて海外に行くことにしたの)

(何だ。どうしてだ)

高見の事故でショックを受けているのかと思った。意識は戻ったが、高見の父親が激怒していて、古賀は病室に入れなかった。まさか京子まで部屋に入れないわけではないだろうが、昏睡状態だった高見を見て衝撃を受けたのかも知れない。

(京子ちゃん、今度の事故は俺の責任だ。高見をあんなところまで連れて行くべきじゃなかった)

(いいのよ。あなたのせいじゃないのよ)

そんな慰めの言葉はいくつも聞いたが、京子は何か別のことを考えているようだった。

(これだけ言っておきたかったの。古賀くんは、今度の事件に責任を感じる必要はないわ。聡が悪いわけでもないけど、とにかく私はあのうちにはいられない)

(どうして。今までうまくいってたんだろう)

面食らった。京子は、高見が金持ちの長男だからという理由で、結婚を決めるような女ではなかった。

(聡は下半身不随になるそうよ)

頭を殴られたような気がした。薄々気づいていたくせに、なるべく知りたくない現実から目をそむけていた自分に、誰かが鉄槌を食らわせたような気分だった。

医者は高見が生きていたのが不思議だと言った。二度と歩けない身体になるかもしれないとも言っていた。京子の両親は、奈良で造り酒屋を営む厳格な旧家だった。結婚する前で良かった。そう両親が胸をなでおろし、結婚に反対しているのだとしても、おかしくはない。

(私、そんなに立派な人間じゃないの。聡を支えて、これからずっとなんて生きられない)

京子が低い声で囁き、白い爪を噛んだ。それは、京子が罪のない嘘をつくときの仕草でもあった。

(海外って、どこに行くつもりなんだ)

(決めてない)

古賀が仰天するようなことをさらりと言い放ち、京子は細い鎖のついたショルダーバッグを肩に掛け直した。

(京子ちゃん、考え直さないか。何も海外に行かなくても——)

(何度も考えたの。でもこうするしかないと思う。これから聡には、身体を回復するために莫大な資金が必要だし)

唇を噛んだ。

京子は何か知っていた。刑事の直感で、古賀はそう気づいた。京子は高見の秘密を知って、古賀にもそれを隠したまま、逃げて行くつもりなのだ。おそらく、古賀が刑事だから。

二十年前の事件には、不審な点がいくつもあった。京子の行動もそうだ。誰が何の目的で陳国順を売ったのかも、結局よくわからないままだった。

刑事を辞め、京子を追うように日本を飛び出し、タイに住み着くようになっても、何かにつけて陳の動向には耳と目を集中させてきた。今陳は香港にいる。悪行三昧ゆえに故郷の台湾にはいられなくなり、各地を点々としたあげく、名前を変えて香港に住んでいる。

陳国順を追っているうちに、日本での古賀自身に関する風評も聞こえてきた。いつの間にか、古賀は陳国順と内通して手入れの情報を流した悪徳刑事にされていた。それで古賀自身も日本に帰れなくなった。

(ドゥアンとタオの事件には、〈あけぼの丸〉が関係している)

二十年前の夜、陳国順が乗っていた漁船も〈あけぼの丸〉という名前だった。船長は明石の漁師で、川西という名前だったはずだ。

同じ名前の船が、偶然ふたつの事件に関係しているとは思えない。

(祐一はタオから「クオシュン」という名前を聞いていた。ドゥアンに拳銃の密輸を指示したのが、陳国順だとすれば)

古賀はグラスにまた新しい酒を注いだ。伸びたひげをざらりと撫でた。

(陳は必ずまた、俺たちの前に姿を見せる)

その時が、あの男の最後だ。

3.

JR明石駅に降り立ったのは、午後一時ごろだった。

ポケットには、契約したばかりの携帯電話が入っている。値段が張ったが、銀色のフラップを閉じられる型のものにした。そちらなら、ポケットに完全に収まる。携帯電話は持たない主義だったが、事情が変わった。古賀といつでも連絡を取れる状況にしておきたい。

相変わらず左足を軽く引きずりながら、祐一は明石駅前のバスロータリーを横切り、駅から港に向かってまっすぐ南下する道を歩き続ける。九月の陽射しは肌を炙るようだ。

明石の商業地は、駅前と国道二号線沿いに張り付いている。駅前にはデパートやスーパー、銀行のビルが立ち並び人通りも多い。ところが駅前から港に向かう〝明石銀座〟を、交差する二号線を渡り、わずか五百メートルばかり南下するだけで、見えてくるのはもう明石港だった。

スクーターに乗ってくれば良かったと思ったが、垂水の駅前で見張っていた奴がいた以上、同じスクーターを乗り回しているのは危険だった。ガレージのある家に住んでいる友人に頼んで、しばらく預かってもらうことにした。事件が片付くまでの間だ。いつまでになるかは、祐一にもわからない。

膝が痛みはじめていた。今では信じられないが、この足が黄金の足だった時代もあったのだ。世界に通用する、十年に一度の逸材だと騒がれた。超高校生級といわれ、高校新記録を出し続けた。まあ、そんな夢みたいなことが長続きしないことは確かだろう。

昼の漁港は眠っているようだった。風が強いせいかもしれない。関東地方を直撃する恐れがあると報道された大型の台風十二号は、昨日進路が反れ今朝海上で消滅したそうだ。それでもまだ風は吹き続けている。時間が遅いせいか、港に残っている船は多い。気をつけて見ると、船の中で麦わら帽をかぶった漁師が網を巻いている。空になった発泡スチロールのケースやビール瓶のケースを片づけている。だが静かだった。渺々と吹きつける風以外は。

しばらく港の船を見下ろしながら、風の音を聞いていた。風が体の中の空洞を、通り抜けていくのに任せて立っていた。この音が自分の耳に馴染むようになったのは、いつからだろう。

明石港は中央に人工島がせり出しているので、まるで二つの港が隣接しているようだ。島には高層マンションが建ち、フェリーの乗り場がある。そのために、島の内側の港はほとんど入り海のようだった。外海は、古い石造りの灯台のある、港の狭い入り口を通してしか見えない。だがそのおかげでこの強風でも、内側の港は水面が荒れていなかった。水鳥の群れが水面に浮かび、淡路島行きの連絡汽船が港に出入りするたびに、一斉に飛び立ってまた戻ってくる。

漁船は内側の港だけでも、ゆうに二百隻は並んでいた。〈明石丸〉が多いようだ。とうに競りの終わった卸売市場の水産物分場を通りすぎ、港に沿って歩いていく。この船を一隻ずつ調べる根気はなかった。漁具やロランなどの装置を扱う店を見つけて、漁業協同組合の場所を尋ねた。

「もっと西や、西」

店主が親切に外まで出て、道を教えてくれたがそれはまだずっと西だった。思わず膝に手が行く。

どうせ時間だけは余るほどある。学生の特権だ。そろそろ腹がすいていたが、漁協を出るまで昼食はお預けだった。自分は妙なことに首を突っ込んでいる。痛む膝を引きずり、腹をすかせて〈あけぼの丸〉を探している。

〈普通なら、真っ先に警察に駆けこむな〉

だが自分はそうしない。それが、いつかドゥアンやタオに誘われるままにダイナマイトを盗みに行った、あの時の自分につながるのに違いない。

たどり着いた漁協では、こんな若いのが何しに来たんだろうという怪訝そうな眼差しが迎えてくれた。

「あけぼの丸？」

自分はモーターボートに乗るのだが、先日船外機の調子が悪くて困っていた時に、〈あけぼの丸〉の乗組員に助言してもらって助かった。改めてお礼が言いたいので探している。そんな適当な作り話をこしらえていた。

「明石の漁師さんだと聞いたんですが」

初老の男性が分厚い台帳を持ってきてくれ、ふたりで探したが見つからなかった。

「ないようやね」

「こちらに登録されてない船もあるんでしょうか」

「明石浦の漁協に加入している漁船は、全て登録されてますよ」

老眼鏡をはずしてハンカチで曇りを落としながら、親切な職員があれこれと考えをめぐらせてくれるのを見ると、嘘をついているのが申し訳なくて困った。

「明石の船やと言うたんやねえ。明石市には漁協が五つあってね。明石浦、江井島、林崎、東二見、西二見とあるんや。この辺りには小さい港がいくつかあるからね。その船は明石港ではないかもしれんねえ。船の番号は見なかったの」

「見えなかったんです。暗くて」

「そりゃ、残念やった」

それは祐一も考えていた。船体にペイントされた登録番号さえわかっていれば、役所に問い合わせればすぐにどこの船かはっきりする。タオが聞いていた〈あけぼの丸〉という船名がもし偽名なら、お手上げだ。明石の船だというのが嘘なら、もう探しようがない。

職員に礼を言って漁協を出た。〈あけぼの丸〉の居場所がわかれば、知らせてくれるというので携帯電話の番号を教えておいた。ずいぶん危険なことをしていると自分でも思った。〈あけぼの丸〉の漁師は、見知らぬ学生が自分のことを探していると知れば、何を考えるだろう。

ついでに明石港に近い漁港を教えてもらった。

「林崎だろ。松江、藤江、それから江井ヶ島、魚住。東二見。古宮まで入れるとかなりある。垂水の漁港なら、明石の船とは言わんやろうな」

聞くだけでうんざりしてきた。漁協の外で時計を見ると、もう三時近い。風はやや落ち着いていたが、漁協に入る前より雲行きが怪しくなっていた。ひと雨来るかもしれない。空腹は峠を越していた。ゆっくり明石駅に戻り、駅前でファーストフードの店に飛びこんだ。

——〈あけぼの丸〉。

これから漁港めぐりを続けるべきだろうか。それとも一度出直すか。考えているうちに、ハンバーガー屋の窓ガラスにぽつぽつと雨滴がぶつかりはじめた。出直し決定だった。

古賀の事務所に戻る前に、調べておきたいことがあった。雨はすぐにやんだが、三宮駅に近い図書館を選んだ。

二十年前の縮刷版、と言うと館員も唸った。あったかな、という心細い声を聞きながら辛抱強く待つと、奥のほうからほこりにまみれたのを引き出してくれた。

祐一は積み上げられた新聞の縮刷版に埋もれながら、腹の中で唸り声を上げた。ほこりまみれで、蕁麻疹《じんましん》が出そうだ。昨夜から色々なことがありすぎて、忍耐心が乏しくなっている。こんな状態で、二十年前の新聞記事など追いかけていくことができるのか。まあいい。追いかけるのはたぶん三面記事ばかりでいいはずだ。

古賀も口数の少ない男だ。自分が古賀について知っていることといえば、ドゥアンの父親だということと、元刑事だということ、いまは私立探偵をしているらしいということ、拳銃密輸の事件を二十年も追い続けているということ。そのくらいだった。しかも全て、本人の口から聞いたことで、確かめようがない。

二十年間、古賀は密輸事件の犯人を追い続けていたと言った。ひとりの男をそうまで駆り立てる執念とは、いったいどんなものだろう。

（二十年前の事件だ）

一月からじっくりと縮刷版のページを繰っていきながら、祐一は呟いた。二十年前、古賀が日本にいられなくなった理由を探すのだ。

祐一が生まれた年の新聞を読むということは、なかなか興味深かった。ともすれば脱線しそうになる興味を引き戻すのに苦労した。だがそれも三月、四月までだ。たとえ一面と三面記事だけとはいっても、集中して読むには限界がある。後は惰性でページを繰っていた。神戸で起こった事件で、それらしいものはなかなか見つからなかった。

十一月。あと二冊だ、と気合いを入れ直して読み始めた中に、その記事があった。まず目を引いたのは、神戸を本拠地にする暴力団の組長が、神戸のスナックで襲撃されたという記事だった。神戸という地名が目を引いたのだが、古賀やドゥアンに関係のある記事だとは思えなかった。

三面記事の下段に、襲撃事件に圧倒されて、わずか二十行ほどにまとめられたベタ記事が載っていた。それも神戸の記事だった。

『神戸港で密輸業者取り逃がす』

指名手配中の陳国順という麻薬ブローカーを、船上で職務質問したが取り逃がしたという記事だった。逮捕した記事ならともかく、逃がした記事は珍しい。それが掲載されているのは、警察に協力して船を運転した青年が、船から落ちて重傷を負ったからだ。青年の名前は載っていなかった。麻薬ブローカーのいわゆるお礼参りを懸念して伏せたのだろう。取り逃がした刑事の名前が載っていた。古賀俊夫。どうやら苦労の甲斐があったらしい。そのページにしおりを挟み、念のために事件の続報がないかどうか縮刷版を繰っていった。

二週間後に、またしても古賀の名前が出てくる記事があった。今度は顔写真まで載っていた。

二十年前の古賀俊夫だ。兵庫県警の刑事が、麻薬ブローカーに金をもらって内部情報を流していた疑いがある。そればかりか、神戸港の沖で追いつめておきながら、きわどいところで取り逃がすという自作自演の芝居を演じて見せた。そういう内容だった。刑事は逃げ、指名手配されていた。

カウンターに持っていってコピーを頼んだ。古賀には見せたくないので、いつもショルダーバッグに収まっている、有機化学のノートに挟んでおいた。

念のために、さらにその後の記事も読んでいったが、めぼしいものはなかった。事件の続報もなかった。ほこりの落ちた縮刷版をカウンターに返却し、図書館を出た。

これで少しは、パズルを解く鍵が得られただろうか。

食料品を買いこんで祐一が戻ってきた時、事務所に古賀の姿はなかった。

メモでも残しているかと思ったが、それらしいものはない。朝見た時より、ウイスキーの瓶が増えていた。昼間から、半分近く飲んだらしい。

留守番電話のボタンが点灯し、メッセージが一件入っていることを知らせていた。迷わず押した。

『車は、〈オシボリの岡部〉という法人名義で登録されている。経営者は岡部道郎。会社の住所は神戸市中央区――』

特徴のあるダミ声だった。岡部の住所を控えた。

『今日は零時を回れば、時間が取れると思う』

通話が切れた。

録音は十六時二十分。時計を見た。相手が電話をかけてきたのは三十分前だ。

古賀はその時ここにまだいたのだろう。電話がかかってきても、彼は出ない。ここにいることを、あまり知られたくないといっていた。ただ、留守番電話に入るメッセージは聞いている。

〈オシボリの岡部〉か)

車というのが何のことか、最初はぴんとこなかった。やがて、垂水駅で自分のスクーターを見張っていた車のことだと気がついた。メッセージを聞いたのなら、古賀なら岡部の会社に向かうかもしれない。ウイスキーをボトルに半分飲んだ状態で。

買いこんだ食料品を、冷蔵庫やそのへんの片隅に収納した。岡部の住所を書いたメモと財布だけをジーンズの尻ポケットに突っ込んで、また部屋を出た。

足が欲しいところだ。スクーターは使えなくなったことだし、レンタカーを借りたほうがいいかもしれない。幸いなことに、亡くなった両親が残してくれたものがあったので、当面アルバイトに頼らなくても、自由になる現金が多少はある。

事務所の出口に、昔散髪屋で見かけたような、四角い鏡が壁に打ちつけられていた。自分の顔を見た。今は笑っていなかった。笑いの仮面が少しずつはげていくようだ。自分の硬い骨が露わになるのはいつだろう。そんなことをちらりと考え、事務所を出た。

岡部の看板にはまだ灯が入っていなかった。三宮の山側、加納町のビルの二階。ビルの外壁に大きなひびが入っているが、使用には耐え得るらしい。震災からまだ半年余。そんな建物はいくらでもある。少し離れて車を停めた。岡部の事務所の窓は、すっかり暗い。夕方五時半。まさか、従業員が帰った後というわけではないだろう。

車の中から少し様子を見ることにした。

六時過ぎ、岡部の事務所の窓で人影が動いたような気がした。窓に〈オシボリのオカベ〉とカッティングした、黄色のシートを貼り付けている。そのせいで、中がよく見えない。

ビルの一階は小さなスナックだ。ちょうど同じ頃、スナックの看板に灯が入った。

狭い階段から降りてきた男がいた。ジーンズにポロシャツ。足元はスニーカー。ビルを出る前に、さりげなくあたりに目を注いだ。祐一は思わず目をそらして隣のビルのケーキ屋を眺めた。男が近づいてくるのが気配でわかった。

助手席の窓を指の節でノックした。

「乗せてくれるんじゃないのか」

驚いた。この声には覚えがある。この目にも。

黙って助手席のドアを開けてやると、男が遠慮なく乗りこんできた。ジーンズの尻ポケットがふくらんでいる。岡部の事務所に明かりが点いた。男が窓を開けるのが見えた。

祐一はできるだけそっと車を出した。中山手通に車を出すのと同時に、二台のパトカーとすれちがった。

パトカーのサイレンは追いかけてこない。それを確かめてようやく声が出た。

「髪も切ったら」

古賀が苦笑した。剃り落としたひげの下から現れたのは、意外に若々しい男の顔だった。どういう心境の変化か知らないが、ひげを剃り、服装も変えたらしい。この男はいったいいくつになるのだろう。ドゥアンの父親だというからには、もうじき五十に手が届くはずだ。

「あんた、ドゥアンにあまり似てないな」

そう言うと、古賀の顔が少し歪んだ。

古賀が少し腰を浮かせ、ポケットから分厚い財布を取りだした。古賀の財布ではなかった。一度、名刺をもらうときに見たことがある。

「岡部の事務所で何をやってたんだ？」

とんだ元刑事だ。祐一が顔をしかめた。

「おい、勘違いするな」

古賀が苦く笑って財布の中から小さなビニール袋に包んだパケを取り出した。白い粉末が入っていた。もちろん祐一は初めて見たが、テレビドラマや映画ではお馴染みの代物だ。

「本物？　ますます呆れた」

「俺が使うわけじゃないぞ」

「どうだか。岡部ってのは、麻薬も扱ってるのか？」

「いや。自分でやってるんだろう。たいした量じゃない。これは餌だ。こいつを返してほしい奴が、そのうち穴から出てくるはずだ。俺はそう見てるのさ」

そんな、小袋ひとつの麻薬を返してほしい奴なんているんだろうか。首をかしげたがとりあえずその件については黙った。

「岡部って男、何かしゃべったのか？」

「あまり。口が堅い」

「垂水で俺のバイクを見張っていた奴だろう」

「あれは岡部の子分だ。この車はどうした」

「レンタカーだよ」

時計を見た。電話の主は午前零時になれば会えると言っていた。まだ六時間近くある。

「これからどうする？」

祐一の問いに、古賀が眉を上げた。

「事務所に戻って時間をつぶすさ。少し飲んでもいい。お前は飲むなよ。運転してもらうからな」

祐一は肩をすくめた。ひとまず、古賀が知っていることを聞き出さなければいけない。古賀は祐一に教えた以上に、事件に深く関わっているらしい。厄介な相棒だと思った。

4.

ラウンジの扉を開いて、きょろきょろと店内を見渡す後藤の姿が見えた。

黒服が素早く近づき、待ち合わせの相手を尋ねている。当然だ。しわくちゃのワイシャツに安っぽいネクタイを締めた後藤は、ホテルのラウンジにひとりで飲みに来る客には見えなかった。角刈りの頭に濃い色のサングラスをかけており、刑事だと知らなければやくざではないかと考えたかもしれない。あらかじめ店には後藤が遅れて来ることを伝えてあった。黒服がこちらに案内して来る。

真木は軽く座りなおし、ソファの背に深く凭れていた身体を起こした。片手を挙げて後藤に微笑みかける。

「お呼びたてして、どうも」

「いやいや」

後藤は地味なタオルハンカチで額の汗を拭いながら、目を細めた。定年まで、あと二、三年というところだ。真木の顔色を伺うように向かいの席に腰掛けたのが、どこか卑屈な印象を与える。

真木は快活に微笑しながら、後藤にメニューを勧めた。相手に対して自分がどんな感想を抱いているか、ほんのわずかでも気取らせない自信はある。

「ここの黒ビールは、なかなか美味いです」

一応遠慮してみせる後藤のために酒とつまみを頼んでおいて、真木は和やかな笑みを浮かべたまま身を乗り出した。

「今日、高見社長の島に行ってきました。後藤さんの伝言は、確かに伝えましたよ」

「ああ、それで」

突然の呼び出しも、ホテルのラウンジでの饗応も得心がいったとばかりに、ほっとした様子を浮かべた後藤を見つめた。この小心な男に、自分が古賀についてほとんど何も知らないことを見抜かれるのは癪《しゃく》だった。

高見の島から戻り、情報網を駆使して古賀という男について調べたが、わかったことと言えば、どうやら二十年も昔に警察を退職し、指名手配を受けた古賀俊夫という男らしいということだけだった。海外に逃亡中だという噂もあった。容疑は麻薬の密輸入業者への協力。新聞記事を探すと、当時三十歳前後だから、今なら五十歳になるかならぬかだろう。

「後藤さんは、古賀の居場所をご存知なんですか」

「いや。神戸に帰って来ているということしか、今のところはわかりませんよ」

「古賀は指名手配を受けているはずでしょう。どうして帰国時に逮捕されなかったんでしょうか」

「さあ。わかりませんが、密入国という手もあるし」

「密入国？」

話が濃い方向に転がっていったものだ、と真木は唇を舌で湿らせた。

「古賀という男は、二十年前の事件の時には兵庫県警にいたんでしょう。後藤さんとは知り合いだったんですか」

「ただの同僚ですよ」

運ばれてきたビールのグラスを軽く合わせ、後藤が喉を鳴らして飲むのを待った。

「どんな男でしたか」

「どんな男と言ってもね」

後藤の目に、ちらりと嫌な表情が走った。嫉妬と、勝ち誇ったような色が複雑に混じった表情だった。

「鬼の古賀とか言われてね。腕のいい刑事だと評判だったんですが――裏で密輸入業者と内通していたらしいですからね。最低の刑事ですよ。ご存知でしょうが、高見社長とは幼馴染だったらしいですな。高見社長は、古賀のためにあんな身体になってしまって」

「古賀のために？」

思わず洩らした言葉に、後藤が目ざとく絡んできた。

「その話は、お聞きじゃなかったですか。高見社長は、密輸入業者を捕らえるために古賀に頼まれて船を出したんですよ。そのために事故に巻き込まれて、半身不随になる重傷を負ったんです。二十年前のことです。しかも古賀が密輸入業者と内通していたなんて、高見社長は知らなかったんですよ」

真木は啞然として後藤を見守った。それが本当なら、とんでもない話ではないか。

「おまけにね」

後藤が、ほとんど嬉しそうな表情で、顔を寄せて声を低めた。

「古賀は海外に逃亡する際に、高見社長の婚約者を奪って逃げたそうですよ。事故の数ヵ月後には、高見社長と結婚するはずだった女性をね」

低く忍びやかに後藤が笑う。卑しい笑い方だった。この男は高見と古賀の確執を楽しみ、古賀の失敗と高見の不幸を心底喜んでいるのだ。古賀という男は、ひょっとすると本当にできる刑事だったのかもしれないな、と思った。後藤が嫉妬を覚えるほどに。

「古賀という刑事が、密輸入業者と内通していたというのは、確かな話ですか。それならとっくに逮捕されていても良さそうなものですが」

後藤がちょっと眉をひそめた。

「さあねえ。私もその話の出所がどこだったかまでは、記憶にありませんがね。とにかく、当時はそういう話になって、古賀の逮捕状を請求するところまでいったんですよ。奴は海外に逃げた後でしたっけね」

後藤の表情を見守っていた真木は、後藤が隠しているのが何なのか、うすうす勘付いた。古賀が内通していたという噂を撒いたのは、後藤なのかもしれない。この男は病的なほど古賀を嫉妬し、憎んでいる。

しかし、後藤の話を聞いて、ようやく高見の複雑な表情と、初めて見せた動揺の理由が理解できた。身体が不自由だとは言え、高見は関西でも有数の建築会社のオーナー社長で金銭的に不自由がない上に、男の真木から見てもうらやましいくらい、甘いマスクを持つ美男子だ。その高見が、あの年齢まで独身で浮いた噂のひとつもなく、島の生活に閉じこもる理由がわかったような気がした。

後藤は、今にも舌なめずりしそうな顔でこちらを見守っていた。真木が高見の投資顧問のような仕事をするようになってから、まだ十数年しか経っていないことに思いいたったのだろう。

「古賀と高見社長の婚約者とは、タイに逃げたという噂でした。今さら古賀が戻ってきた理由はわからないが、婚約者の女性は異国の地でどうなったものやら――」

真木の携帯電話が震えた。ちょっと失礼、と断って真木は席を立った。後藤の粘つくような視線が追いかけてくる。

「真木だ」

『真木さん、岡部です』

電話の相手は、高校時代のひとつ後輩だった。

「どうした」

『事務所にいるところを、古賀に襲われました』

「古賀？　どうして古賀がお前の事務所を襲うんだ」

頭が混乱してくる。

『俺にもわかりません。あいつ、いきなりやってきて俺を殴りつけて、あの――クスリの入った財布を取り上げていきやがって――』

岡部は半分泣きが入っているようだ。うんざりしてきた。何が起きているのかわからないが、嫌な予感がすることは確かだ。

『今日の昼に、真木さんが古賀について尋ねていたから、ひょっとして何か知ってはるんじゃないかと思って――』

「知らん」

そっけなく答えたが、岡部がさらに食い下がった。混乱というより、岡部は必死になっている。岡部が軽いドラッグに手を出していることは知っていた。ほどほどにしておけと忠告しておいたのに、聞かなかった岡部が悪いのだ。助けてやる義理はない。

『俺、真木さんが古賀を探しているんだと思ったから、〈香織里〉の場所を古賀に教えてしまったんです』

「なんだと」

〈香織里〉というのは、真木が行きつけにしているスナックの名前だった。ママは真木の情婦だ。もっとも面と向かって情婦などと呼ぶと叱られる。品のいい女だった。

「余計なことをしやがって」

しかし、考えてみれば古賀が〈香織里〉に現れるのは都合がいいかもしれない。ようやく噂の悪徳刑事に直接対面できるのなら。

「わかった。古賀に会ってみよう。お前の財布は諦めろよ」

岡部の泣き言が聞こえてきた。岡部のような男は、たまには心底震えるほどの衝撃でもなければ、クスリと手を切ることはできないだろう。

「だいたいお前、古賀に襲撃されるなんて、一体何に首を突っこんでいるんだ？」

相手は麻薬の密輸入業者との関係を疑われ、タイに逃げた大物らしいのに。

『さっぱりわかりませんよ。野崎さんに頼まれて、うちの社員に大学生をひとり見張らせてはいましたけど――』

「野崎？」

真木は眉をひそめた。嫌な名前が出てきたものだと思った。野崎は関西で最も実力のある広域暴力団の幹部だ。外見はとても暴力組織の一員には見えない紳士的な風貌だが、キレると無茶をするというので有名だった。

「どうして野崎が大学生を見張らせるんだ。その大学生、何をやった」

『わかりません。俺は頼まれて社員を貸しただけで』

この街で、何かとても奇妙なことが起きている。やくざが学生を追いかけ、元刑事がヤク中の半端やくざを痛めつけ、なぜか自分はそれに少しずつ巻きこまれているらしい。

台風の目が、高見社長だ。

真木は電話を切り、後藤の席に戻りながら溜め息をついた。どうやら、望むと望まないとに関わらず、自分は高見社長の二十年前の事件にどっぷりと浸かることになりそうだった。

平成七年　九月十九日（火）・四日目

5.

誘蛾灯に集まった虫が焼け死んでいく。祐一にはその音が先ほどから耳障りでしかたがなかった。

まるで、自分やタオの姿を見ているようだ。何かに惹かれ、何かに集まらずにはいられなくて、最後はじりじりという鈍い音ひとつたてて死ぬのか。

神戸電鉄鵯越《ひよどりごえ》の駅前にある小さな児童公園だった。午前零時の公園を、蛍光灯がしらじらと照らしている。日付が変わる時刻に公園に来る物好きは、さすがに彼らぐらいなものだった。もう電車もない。

鵯越といえば、源義経の逆落としで有名になった地名だが、今このあたりの山は神戸市営の墓園になっている。駅前から墓園にかけての道に並ぶのは、石屋と花屋だ。

日中は暑かったが、日が落ちると山の中にいるせいか、空気がひんやりしている。

「本当に、ここでいいのかな？」

不安を覚えて古賀に尋ねても、軽く手を振って取り合わない。事務所に戻ってからずっと飲んでいた酒が効いてきたらしく、車を運転する祐一に場所を教えた後は助手席でずっと寝ていた。

隣のブランコに腰掛けている古賀をそっと盗み見た。目を閉じて俯いている。また眠っているのかもしれない。

「来た」

ふいに、古賀が目を開けた。

公園の入り口に続く細いコンクリートの階段を、パジャマにガウン姿の男が一人、サンダル履きで降りてくるところだった。家族に気兼ねして、深夜の公園でちょっと一服つけに来たような風情で、灰皿を大切そうに握っている。

「あれ、誰だよ」

低い声で祐一が尋ねる。古賀は黙って顎を掻いた。

男が立ち止まった。ブランコに乗った古賀と祐一を、離れた位置からしばらく黙って観察していた。

「どっちが俺に電話をかけたほうだ」

口を開くと枯れただみ声だ。一度聞いたら忘れられないほどの、特徴がある。留守番電話で、〈オシボリの岡部〉について情報をくれた声だった。

古賀がブランコを捨てて立ち上がる。

「俺だ。松田」

松田と呼ばれた男は、胡散臭そうに黒ぶちメガネの奥の細い眼を光らせた。四十はとうに越えた目つきだった。五十に近い。何もかもが憂鬱だ、と言いたげな疲れた顔をしている。だが時おり見える強い目の光が、まだまだ人生への興味も人間への興味も失ってはいないことを示していた。老獪《ろうかい》そうなオヤジだな、と祐一が口の中で呟いたのを聞きとがめたかのように、松田がじろりとこちらを睨んだ。

「信じられんな。あんたが古賀さんだと」

「二十年たってる。お前が松田だってことも、俺には信じられん。二十年前には、もう少し可愛げのあるツラをしていたな」

「その物の言い方は、間違いなく古賀さんなんだがな」

松田がぼやいた。

「その坊主は何だ。あんたの息子か」

「いや。わけがあってな」

こっちへ来い、と古賀の手が招いた。祐一は左足を軽く引きずりながら近づいた。松田の細い眼がさらに細くなった。間嶋祐一と聞いてうなずく。

「ああ、名前は知ってる。昨夜から、うらの連中が探し回ってる」

「ほう？」

古賀がとぼけた。

「昨夜、六甲道で交通事故があった。タイからの留学生が轢かれて死んだ。何とかいう――舌を嚙みそうな名前だったんで、覚えてないけどな。酒に酔ったか何かで、ふらふら車道に出たところを、乗用車が轢いた。単純な事故だと思われたが、調べてみると妙な点がいくつかあった」

松田がじろりと祐一を見つめた。その言葉でようやく合点がいった。松田は警察官なのだ。古賀が刑事だった頃の知人に違いない。

「事故の直前、争うような物音を近くのアパートに住む学生が聞いている。死んだ留学生は、アパートの二階から落ち、頭を強打した後に車道に出たこともわかった。落ちた場所に血痕が残っていた」

落ちた時は既に、血痕が残るほどの怪我をしていたのか。祐一は唇を嚙んだ。今さら悔やんでも遅いが、つくづくタオをひとりにするべきじゃなかった。

「車の運転手――加害者が言うには、留学生に駆け寄った若い男がいたが、パトカーのサイレンを聞くと、急にそわそわして逃げ出したそうだ。人相風体から、俺たちはそれがアパートの二階に住んでいる間嶋祐一だと判断して、行方を捜していた」

「こいつが、留学生を二階から突き落としたとでも？」

相変わらず、古賀がとぼけて尋ねる。松田は真面目に首を振った。

「そうじゃない。間嶋はアパートと別の方向から出てきたと、加害者が証言している。事故が発生した時に、アパートの階段を降りてくる人影も見たそうだ。ところがその人影は、警察が到着した時には消えていた。昨日、間嶋はアパートの隣に住んでいる学生から、車を借りた。その車が駐車場にあった。間嶋は駐車場にいて事故の様子を目撃したんじゃないかと考えている。死んだ留学生は、この一月に刺されて死んだ、タイからの密入国者と親友だったらしい。そっちの件でも、間嶋の名前が上がっていて、署内で坊やはちょっとした有名人だ」

警察の聞き込み捜査というのは、たいしたものだと思った。たったあれだけの物的証拠から、状況をほとんど正確に掴んでいるらしい。

「それにしても、どこかで見たような顔だな」

なんとなくどぎまぎした。それほどの悪さをした覚えはないが、こんなふうに人に言われるのは初めてだ。

松田の表情が、急に晴れやかになった。

「思い出した。お前、国体の陸上競技に出てた奴だ。百メートルで、必ずオリンピックに出ると騒がれたスプリンターだな」

そう言ってからすぐに、足を引きずっている祐一に気がついたらしい。国体の後で交通事故に遭って再起不能だとスポーツ新聞に騒がれていたこともついでに思い出したようだった。ばつが悪そうな顔になった。

古賀は面白がっているような目でこちらを見ていた。

「古賀さん。この人誰だよ」

「松田。兵庫県警の刑事だ。俺の昔の後輩でな」

「へえ。自称悪徳刑事にも、後輩がいるわけだ」

松田がにやりと笑った。意外と愛嬌があった。

こんなときに、祐一に黙って刑事に連絡を取る古賀の神経がわからない。いくら昔の同僚だか後輩だか知らないが、向こうにも立場があるだろう。

「大丈夫だ。お前が話したくないことまで、話す必要はない」

祐一の不機嫌に気がついたのか、古賀が宥めるようにうなずいた。

「古賀さん。あんたなんで戻ってきた」

松田がガウンのポケットから煙草を取り出し、一本くわえた。勧められた古賀も同じように煙草を吸いはじめる。

「あんたがタイにいることは、みんな知っていた。目立つことをやらない限り、わざわざタイまで追いかける手間をかける奴はいなかった」

「気が向いたんだ」

「歳を食って、妙な里心でもついたのか」

松田が煙を吐き出しながら、何を考えたのか目を光らせた。

「そういや、あの時あんたと一緒に逃げた女がいたな。京子とかいう」

「一緒に逃げたわけじゃない。しかし、日本ではそう報道されたらしいな」

「どうしてる」

古賀が困ったように頬を撫でる。

「死んだ。今年の春」

「それで戻ってきたんじゃあるまいな」

「それもあるかもしれないが」

「レトロな感傷はいまどき流行らんよ。古賀さん」

そう言いながら、松田のだみ声も妙にしんみりしていることに気がついた。どうせこのふたりは、同じ穴の狢《むじな》なのだ。

「それだけじゃない。さっきお前が言った、一月に三宮の繁華街で刺されて死んだ外国人のことだ。地震で倒壊したビルの下敷きになっていた若い男がいたはずだ」

「ああ、覚えている。仏像のペンダントをつけていた奴だ。昨夜の事件で亡くなった留学生と親友だった。俺より間嶋がよく知っているはずだ」

松田は、祐一のほうに向けて顎をしゃくった。

「死んだのは、京子の息子だったんだ」

新しい煙草に火を点けようとしていた松田が、手を止めた。

「名前はドゥアン・ウォラチャット。生まれてすぐ、タイの華僑夫妻に養子にもらわれた。それがウォラチャット家だ」

松田の二本目の煙草からようやく煙が上がった。憂鬱そうに口を開いた。この男が憂鬱そうに見えるのは、自分の無力さを知りすぎているからなんだろう。

「あの事件は、とんでもない日に起きた。そこらじゅう、死人と怪我人で埋まった日だった。

つぶれた家の中には、まだ何千人もの人間が生き埋めになっていた。刺された青年は、比較的早い時期に掘り出されていたが、まさかそれが地震の前に死んでいたとは誰も気がつかなかったんだ。しかも、現場の保存なんてどだい無理な話だった。だが昨夜の事件と、彼の証言のおかげで少しは進展があると信じていいのかな」

「わかってる。捜査が今まで難航していたことも、だいたい見当はついている。だからこそ、今日はお互いの情報を交換するためにわざわざ来てもらったんだ」

松田がじろりと祐一を睨んだ。

「情報交換だなんて洒落た真似はいい。そこの坊やを警察に引き渡してくれさえすればいい。古賀さんも坊やも、警察に隠れていったい何をやってるんだ」

古賀が苦笑する気配があった。

「まあ聞け。俺の話だ」

「何の話だ。さっきは車の持ち主を調べさせたな」

「お前もきっと興味があるはずだ。ドゥアンが日本で待っていた荷物のことだ」

古賀が松田を手招きし、空いたブランコのひとつに座らせた。男三人がブランコに座って、夢中で話しこんでいるのも、考えてみれば妙な光景だ。

「陳国順《チェン・クオシュン》」

古賀の口からその名前が洩れた時には、祐一はぎょっとして古賀の横顔を見つめた。

クオシュンというのは、タオがドゥアンを密輸入の道に引きずり込んだ張本人だと言っていた男のことではないのか。

「覚えてるだろう。ドゥアンは奴とつながっていた形跡がある。陳の手引きで日本に密入国し、部下として日本で密輸の手伝いをしていた。俺はそう考えている」

「陳はまだ仕事を続けているのか」

「続けるどころか、出世して今じゃすっかり顔役だ。蛇頭の仕事にも手を出したが、昔のように麻薬の密輸も続けているし、最近は拳銃密輸にも手を出そうとしている」

松田が苦い表情で古賀を振り向いた。

「何だと」

「今年に入って、出所不明のベレッタが関西に出回らなかったか」

答えたものかどうか考えるように、松田が下唇を吸い込んで首をかしげた。気が晴れたようにひとつうなずいて、決断するのも早かった。度胸の座った男のようだった。

「――まあいいだろう。どうせあんたのことだから、何かネタを摑んだ上で言っているんだろうからな。あんたの言う通りだ。押収件数は多くないし、どちらかと言えば拳銃の押収は減少傾向にあるが、確かにこの半年ほど、関西でベレッタが出回っている。ベレッタというより、欧米製の銃器と言ったほうがいい。つまり、トカレフやマカロフではないという意味でな。拳銃全体の押収件数が減ってきているのは、暴力団がらみの密輸が巧妙になってきて、検挙に踏み切れていないからだと考えている」

「むしろ国内への流入数は増えているはずだ」

「それが大方の意見だ」

「陳の仕事だ。陳は国内に自分の言いなりになる部下を置き、商売仲間である暴力組織すら、密かに監視させていた。その役目を負っていた部下というのが、ドゥアン・ウォラチャットだ」

松田が黙って煙草の煙を吐き出した。

「陳にはドゥアンの他にも、国内に協力者がいたはずだ。暴力組織の人間もそうだし、それ以外にもおそらく船を出せる人間や密輸入のカムフラージュをする人間が必要だったはずだ」

「密輸の手口は船か」

「おそらくな。公海に出て船上で受け渡しをするのは古い手口だが、陳のことだから何か新しいテクニックを使っているんだろう。国内に、陳と手を組んで大掛かりな密輸入を行う組織があることは確実だ。俺はそいつを撲滅したい」

「陳の協力者に心当たりはあるのか」

「――いや」

古賀の答えが一拍遅れたことに、祐一は気がついた。古賀は嘘をついている。

「しかし、密輸の現場には暴力組織の人間らしい男がふたり、現れたそうだ。そいつらがドゥアンを殺した奴らだ。そして間嶋がタオの身辺調査を始めるとすぐ、間嶋を尾行する人間が現れた。尾行に使われた車のナンバーをお前に伝え、所有者を調べてもらった。登録されている所有者は、〈オシボリの岡部〉だった」

「そういうことか」

「岡部は何らかの形で陳の密輸に関係しているかもしれない。あるいは、ただの下っ端かもしれないが、岡部から糸を手繰っていくことはできるはずだ」

「岡部を使っている組織の人間がいるということだな。岡部から始めて、その裏にいる奴らを調べれば、いつか陳国順にたどりつく」

「そう願っている」

「古賀さん。あんたタイでいったい何をやってた」

松田が疑惑に満ちた目で古賀を見つめた。

「漁師だ。時には市場で魚料理の屋台を引いていた」

古賀は涼しい顔でそう言うと、松田の手をぴしゃりと叩いた。

「さあ、後はお前の出番だろう、松田。頼むぜ」

「ちょっと待ってくれ。ドゥアン・ウォラチャットという青年と陳国順とがつながっているというのは、本当なのか。あんたのことだから、何の根拠もなくそんなことを言うわけじゃあるまい」

「俺はタイで魚を釣りながら、陳を追いかけてきた。どうしても知りたければ、いつかゆっくり話を聞かせてやるが、今日はだめだ」

「何をやる気だ、古賀さん。どうもあんたのやることは、危なっかしいな」

松田の眉間に浮かんだ皺が、しだいに深くなっていく。歳相応の疲労と思慮深さが、むっつり閉じた唇に浮かんでいる。

「岡部を調べてくれ。さっきも言ったが、留学生殺しに関係している可能性がある。俺も軽く叩いてみたが、だめだった。もう少し揺さぶりをかけてみるつもりだが、お前なら楽に調べられるだろう」

「岡部なら知ってる。何年か前、恐喝で後藤に挙げられたことがある。あんた、さっそく岡部相手に何かやらかしたのか」

　古賀は松田の質問に答えず、はぐらかすように微笑した。

「後藤は今どうしてる」

「どうもしないよ。俺と同じだ。相変わらず、やくざで冴えない商売に励んでる。そう言えばあいつ、近ごろ妙に生き生きしてやがったよ。あんたが日本に帰ってきてること、勘付いてるんじゃないかな」

「そうか」

　松田が溜め息をついた。

「あんた、また厄介な事件に首を突っ込んだんだな」

「好きでやっているわけじゃない」

「いいや。あんたは好きなんだよ。デカを辞めた今でも、やっぱり根性はデカなんだ。戻ってくるべきじゃなかったよ、古賀さん。あんたが戻ってきたら、俺たちは嫌でもあんたを捕まえなきゃいけない。二十年前、いったい本当は何があったのか、それさえも知らされていないのに」

「そうだな。俺にもわからないんだ。今になってもな」

松田が首を振った。

「あんたが知らないはずがない。聞かせてくれ。二十年前、あんたは陳国順を逮捕するために、友達の船を借りて大阪湾に出た。嵐の夜だ。陳が抵抗し、あんたの友達が海に落ちて重傷を負った。騒ぎにまぎれて陳は逃げた。あんたの友達の父親は地元の有力者で、息子が捜査に協力して重傷を負ったことを許さなかった。警察に矛先を向けてきた。俺たちにわかるのはそこまでだ。ある朝出勤すると、俺は課長に呼ばれて古賀が陳と通じていたと告げられた。証人がいたんだ。あんたが陳とふたりで会っていたところを見たという証人が。信じられなかったよ」

「それはでっちあげだ。俺は陳と通じたことなどない」

松田が煙草をくわえたまま、目を細めて眩しそうに古賀を見つめた。

「ああ。そりゃ信じてるさ。でなきゃ、二十年経って、あんたがいまだに陳を追いかけているはずがない。しかし、問題はどうしてそんなでっちあげがまかり通ったのかということだ。いったい誰が、あんたに罪を被せることを考えたのか」

古賀は答えず、黙って自分の手のひらを見つめている。松山が煙と共に溜め息をついた。

「俺は、あんたの友達の父親――高見とかいう、あの男がでっちあげた嘘だと思ったがね。今でもそう考えているよ。あんたが陳と会っているのを見たという証人は、高見の会社と関係の深いバーのホステスだった。あんたはあの父親に、ひどい逆恨みをされたんだ」

「松田。証拠もないのに、そんなことを言うな」

「とにかく、あんたを見逃すのはこれきりだ。そのつもりでいてくれよ。ただし、情報の見返りに、調べたことは差し支えのない範囲でそこの坊主に教えておく。坊主、お前の電話番号は」

また坊主だ。どうもこの頃自分の周囲には失礼な奴が多すぎる。祐一は手帳の最終ページを小さく切って、携帯の番号をメモして渡した。

「首を突っ込むなとは忠告しない。無駄だってことぐらいわかってるからな」

古賀が微笑したように見えた。その顔を見て松田が目を瞬いた。

「あんた、古賀さん。やっぱり老けたな」

「当たり前だろう」

松田が祐一を振り返った。

「坊主、知ってるか。このおじさんは、むかし鬼の古賀刑事といわれたんだ。敵にも味方にも、そりゃあ怖がられてた。何しろ犯罪者を捕まえると容赦がない」

鬼か。祐一は黙って首をすくめる。

「よせよ、松田」

「今のあんたは、何だか変わった。そうだ。最初に見た時、本当に古賀さんかと疑ったのはそのせいだな。もう鬼じゃない」

古賀が苦笑いした。

「古賀さん、他に用は」

「ない」

「じゃあこれきりだ。今度会う時は、取り調べ室だろうな」

松田が溜め息をつきたそうな表情になって背を向けた。灰皿と煙草を握り、ゆっくり公園の階段を上がっていきながら、一度だけ振り向いた。何か言いたそうな表情だったが、結局何もいわなかった。ちょっと手を上げてふたりに挨拶し、また肩をすぼめて帰っていった。

「悪かったな。つきあわせて」

「あの松田って刑事に、俺を引きあわせておきたかったのか」

「ああ。俺は表だって松田と連絡を取ることはできない。お前が適任だろう」

祐一は、駅前に停めたレンタカーに戻るために、黙って歩きはじめた。

長い一日だった。

「あんた、クオシュンと聞いた時にはもう何もかもわかっていたんだろう」

古賀が困ったように唸り声を上げた。

「まあ、ドゥアンを引きずりこんだ奴のことは、想像がついていたんだ。俺は陳国順からドゥアンを取り戻すために、日本に来たつもりだった」

まさかドゥアンがこの一月に殺されているなんて、想像もせずに。祐一にもようやく古賀が日本に帰ってきた理由が飲み込めてきた。

「神戸に来ていることは知っていたから、ドゥアンの消息を随分探し回ったが、手がかりが摑めなかった。タオと一緒にいるんじゃないかと思ったが、タオまで留学先から姿を消していたからな」

ようやく見つけたと思えば、ドゥアンもタオもこの世の人ではなかったわけだ。

「あんた自身が指名手配されていることも、言わなかったな」

古賀が顎を掻いた。ひげを伸ばしている間に、たぶん顎に触るのが癖になったのだろう。

「でも、どうせ時効なんだろ」

何しろ、二十年前の事件だ。

「事件の後すぐに海外に出たから、時効にはならない。ただし、指名手配されているわけじゃない。せいぜい、参考人扱い程度だ。事件そのものは事実無根だ。俺は何もやってない」

「私立探偵だなんて、嘘っぱちだったんだ」

「まるきり嘘じゃないさ。あの事務所は田辺の親父のものだ。ちゃんと免許も受けている。俺はただ、田辺の事務所で事務員をやらせてもらっているだけだ」

祐一の口調が、古賀を責めるようになるのも無理はなかった。古賀がしかたなさそうに弁解した。

「これからどうする?」

「寄るところがある。この時刻でも問題ないだろう。お前、酒は好きか」

車に乗り込みながら、祐一は少し考えた。

「そうだな。あまり好きじゃない。ビールは苦手だ。口当たりが良くて飲みやすい酒がいいな」

「何を言ってる」

古賀がむっつりと唇をひん曲げた。きっとジーンズの下でへそも曲がったに違いない。そんなツラだ。

「若い男が口当たりのいい酒なんか飲むな。第一、ぜいたくだ」

祐一は肩をすくめた。外で長時間座っていて冷えたせいか、左の膝がしくしくと痛んだ。

自分がこんなことに首を突っ込んでいるのは、本当は、タオのためでも、ドゥアンのためでもないのかもしれない。不運な自分の左足のことを思い出さずにすむから。それだけなのだろうか。

車を出しながら、祐一は心の中で首を横に振った。

そうじゃない。それだけではないことを、自分はとうに知っている。この二十年に、自分が失った大切なものを、取り戻すためだ――

6.

三宮駅の近くの駐車場に、車を入れろと指示された。古賀に連れられるまま、北野町にある〈香織里〉というバーに転がりこんだ。スナックやバーばかりが入った、ペンシルビルの三階にある。八人も座ればもう満席になるカウンターと、テーブル席が二組ほどあるだけの、ささやかな造りだ。

午前一時を過ぎており、先客はテーブル席にいる三人組だけだった。それももう帰り仕度を始めているようだ。

祐一は居酒屋専門で、この手の店について知識が乏しいが、内装や調度品については趣味が良く、上手に金をかけた高級店のようだった。

「俺はロック。この子には、お茶か何かください」

カウンターに陣取った古賀が注文すると、和服のママが古賀と祐一を順に見て微笑した。おっとりとして、気持ちのいい笑顔だった。

「じき看板ですけど、かまいませんか」

「ええ、一杯だけ」

古賀が殊勝に答える。

「岡部さんにこの店のことを聞いてね」

グラスを用意しながら、ママの表情が華やいだ。バーテンはいない。この店はママが酒を作るらしい。

「あら。岡部さんのお知り合いですか」

「ここに来て、ある人に会ってほしいというので」

ママが一瞬手を止めて、そつのない笑みを浮かべ、古賀と目を合わせた。何も言わなかった。

ロックグラスと、ウーロン茶のグラスがカウンターに並んだ。ママは少し離れたカウンターの裏で、静かにグラスを磨いている。

「こんなところで、何をするつもりだよ」

飲みたくもないウーロン茶のグラスを握り、祐一は声をひそめた。岡部に聞いてきたということは、タオを殺した連中のテリトリーに、まっすぐ飛び込んだことになるのじゃないか。

「いいから、黙って飲んでろ」

古賀は既に酒臭かった。助手席に乗せて走っているとき、古賀の匂いだけで酔いそうだと思った。

古賀もママも、あえて会話する必要はないと判断したらしく、無言で冴えない時間が続いた。スツールに座っていると、アルコールが入っているわけでもないのに眠気が襲ってきた。昨夜は古賀の事務所の前に座りこみ、仮眠を取っただけだ。大切なバッグを抱いていたので、熟睡できるはずもなかった。

とっくに看板になった店のドアを開き、その男が古賀の隣に腰を降ろしたのは、一時半を過ぎる頃だった。どんな手段を使ったのかはわからないが、ママが知らせたのだろう。

「ちょっと来るのが遅れたようだが、まだでき上がってはいないでしょうね」

そういう声で祐一ははっと目が覚めた。

シルバーグレーの、仕立てのいいスーツを着こんだ男が、いつのまにかカウンターに座っていた。スーツもシャツも、靴まで神経が行き届いていたが、趣味の悪い派手な柄のネクタイ一本で全てのバランスが崩れている。

見た目には三十代の半ばといったところで、適度に身についた脂肪と筋肉が男の若さに貫禄をそえていた。だがどこかに、精神のアンバランスさ、ネクタイと同じで崩れたところが滲み出している。

「遅かったな。あと十分遅れていたら、危ないところだった」

古賀がそういってカウンターに肘をついたまま、グラスの底に残った酒をさもしく飲みほした。知り合い、というわけでもなさそうだ。

「古賀さん、ですね」

確信があるような声で、男が尋ねた。

「あんたは」

「真木といいます。名刺を持ち合わせていないので、失礼しますよ」

スーツの胸ポケットから、クロス社の銀色に輝くボールペンを出し、古賀のコースターに『真木』と書きつけた。こういう小物にこだわる男が、ああいうネクタイを締めるというのは信じられない。

「ママ、悪いけどしばらく貸し切りな。酒だけ置いて、ちょっと席をはずしてくれないかな」

真木が手を振ると、ママが愛想良くカウンターをくぐって外に出ていった。準備中のプレートを、ドアの前に引っかける音がした。あまり、水商売の匂いのしない女性だった。

カウンターの上には、オールド・パーのボトルとアイスペール。ウーロン茶の瓶と、グラスを三つ。短時間で手際がいい。こんなことは初めてではないらしい。

「まずはおひとつ」

真木が三つのグラスに氷をぶちこみ、酒を注いでそれぞれの前に滑らせた。

「岡部のツケにします。気にせずやって下さい」

真木というのは、若さに似あわず相当人を食った男のようだった。古賀が微苦笑してグラスを持ち上げた。

「で、あんたは岡部の兄さんなのか」

「あいつは高校の後輩でね。今日みたいに泣きつかれると、弱いんです」

古賀は何も言わず、目を細めて微笑している。

「ここは狭い街でね。何かが起きるときは、関係者がみんな顔見知りだったりする」

真木がロックグラスを、水でも飲むように呷った。

「あんたの名前を、俺は今日、二回聞きましたよ」

「真木さんの商売を当ててみようか。トフブルシューターかな」

「俺はただの、投資コンサルタントです。株屋ですよ。俺は古賀さんの商売のほうに興味があるな」

古賀は無言で酒を舐める。

「ねえ、古賀さん。冗談と、持って回った会話は苦手でね。直截的にいきましょう」

「俺もそのほうがいい。酔いつぶされる前に、話がつく」

「岡部の財布、中身を見ましたね」

「金には手を触れてない」

「金はどうでもいいです。他の物が入っていたでしょう。そいつを返してやってもらえませんか」

古賀が尻ポケットの財布を取り出す。

「これのことだな」

「俺が買い取りますよ。財布を真木に見せた。パケを取り出す。財布に入っている金と、このくらいでどうです」

真木が両手を開いて見せた。十万か。祐一は目を丸くした。

「たりないな」

「いくらなら、いいですか」

「真木さん。俺が欲しいのは金じゃない」

真木が日に灼けたハンサムな顔から表情を消した。この夏は相当泳いだのかもしれない。なめらかな灼け方だった。

「昨日――もう一昨日だが、タオという留学生がひとり、車に轢かれて死んだ。死ぬ直前に、あるふたりの男と揉めていたらしい。俺はそのふたりが何者なのか、情報が欲しい。岡部は、彼らと通じているはずだ」

真木はカウンターに肘をつき、棚に並べてある高級そうな洋酒のボトルを眺めている。棚の背は鏡張りだった。鏡に映る真木の表情を観察していると、ひょいと視線が合って、真木がにやりと笑った。

「正直、俺には何が何だかわかりません。実を言うとね、古賀さん。今朝、ある男から古賀さんの名前を聞きました。ちょっと興味を持ちましてね。知り合いに『古賀という男を知らないか』と尋ねたんです。そしたら夕方になって、岡部が電話してきて、古賀さんが事務所に来て、脅されたって言うんですよ。おかしな偶然でしょう。本当に、この街は狭い」

肩を震わせるように笑っている。

「さっきも言いましたが、岡部と俺は高校時代のワル仲間でね。今、あいつがどんな仕事にくちばしを突っ込んでいるのかは、よく知りません。詳しい事情を聞かせてくれるなら、岡部と話してみますよ」

「あんたは誰から俺の名前を聞いた？　どうしてあんたが興味を持つんだ？」

古賀が静かに尋ねた。真木の微笑は崩れず、無言だった。

「どうやら、岡部と直接話したほうが良さそうだな」

古賀がスツールから立ち上がりかけると、真木がグラスの酒に目を落とした。

「警察にタレこむと、困るのはそちらも同じでしょうが」

「わけもわからず、首を突っ込むのはやめたほうがいい」

「困ったな。あなたの正体がよくわからないんです」

「俺は古賀俊夫だ。二十年前には警官だったが、問題をおこして解職され、日本を逃げ出した。それだけの男だ」

「それは、もう知ってます」

「何を知りたい」

「二十年前に日本を捨てた人が、どうして今さら帰ってきたのか。俺にも大切にしたい世界があって、そいつにあなたが影響を及ぼす存在なのかどうか」

古賀が探るように、真木の横顔を見た。

「お前さんには全く何の関わりもない話だ」

「だといいんですがね」

「ドゥアン・ウォラチャットという男を知っているか。タオという男はどうだ」

「残念ながら、覚えがないようです」

「なら、無関係だ。家に帰って頭を冷やして寝てくれ」

祐一が、ふと思いついて口を挟んだ。

「〈あけぼの丸〉は？」

真木が黙ってこちらに注意を振り向けた。

「こいつの言うことは、気にするな」

「——いいえ。それは船の名前ですか。私は知らないが、必要なら調べましょうか」

「たいしたことじゃない」

古賀が涼しい顔をして嘘をつくのを見ていると、何となくむかついた。

真木がちらりと微苦笑を浮かべた。

「息子さんですか」

「まさか」

真木が立ち上がり、グラスをカウンターの向こうに遠ざけた。交渉決裂の合図のようだった。

「岡部の財布を返してもらうのは、難しそうですね」

「こいつは、もうしばらく預からせてもらおう。俺たちの保険代わりだ」

「信用されてないんだな。いいですよ。お好きなように」

まるで会話が聞こえていたかのように、ドアが開いてママが顔を出した。

「もうお帰りですか」

古賀と祐一に軽く会釈を送り、真木に微笑みかける。真木の趣味の悪いネクタイを見て、満足そうな表情を浮かべたような気がした。もしかすると、彼女の贈り物なのかもしれない。とびきりハンサムというわけではないが、真木という男には、奇妙に他人を惹きつけるところがある。

「近いうちに、また来るよ。ああ、ここの勘定は気にしないでください」

最後の言葉は、古賀に向けて言った。真木がママに手を振り、ドアを開けた。小さく身を震わせて、生暖かい夜の中に飛びこんでいった。

古賀がすぐに店を出たので、祐一も後ろを気にしながら後を追った。ママがドアの外まで出て、笑顔で頭を下げるのが見えた。

「おい、坊主」

古賀が祐一の腕を引き寄せた。また坊主だ。古賀は三階の手すりから、下の道路を見ている。

「今の男についていけ。尾行するんだ。正体を突き止めろ。さっきの車は使うな。駐車場まで戻ってる時間はない。タクシーを使え。金はこれを使っていい」

岡部の財布から抜き取った金を、手のひらに押しつけられた。

「すぐに行け。あの男は近くに車を停めているかもしれない」

祐一は階段に走った。

「いいな。あいつがどこに行くか、場所さえわかったら、後は深入りするな。事務所に帰ってこい」

これだけやらせておいて、深入りするなもあったものではない。舌打ちひとつして飛び出した。真木を見つけることができるかどうかが心配だったが、店のすぐ近くでタクシーを停めようと待っていた。

〈あけぼの丸〉という言葉に、真木は確かに反応した。真木は〈あけぼの丸〉を知っているのだ。

真木は生田新道でタクシーを拾った。車を待たせていると思っていただけに意外だった。祐一は自分も後から来たタクシーに転がりこんだ。前のタクシーを追ってもらった。

「お客さん、若いのに警察の人？」

初老の運転手が面白そうに尋ねる。

「違います。探偵社でアルバイトしてるんです」

とっさに言い訳する。まるきり嘘じゃない。古賀は探偵事務所に勤めているし、尾行は古賀の頼みだ。

真木が乗ったタクシーは、国道二号線に降りてまっすぐ西に向かっている。どこまで行くつもりなのか見当もつかなかった。

二号線の屋根のようだった阪神高速が倒壊して復旧作業中で、タクシーの窓から星のない夜空が見えた。

垂水に近づいた時にはひやりとしたが、真木の車はまだ西へ向かっている。明石だという気がした。〈あけぼの丸〉は明石の漁船だ。

祐一の想像通り、真木の車は明石駅を過ぎ、明石大橋を渡って西新町駅の近くで国道二号線から海に向かう道に左折した。

「このへんは、何というところですか」

タクシーの運転手に尋ねると、笑顔で答えてくれた。

「林崎《はやしざき》やね。僕ら昔は、よく海水浴に来たんやけどね」

山陽電鉄が、海辺から五百メートルほどのあたりを浜に沿って走っている。林崎松江海岸駅から、アパートやマンションの並ぶ住宅地を抜けて海岸に出ると、夏は海水浴客で賑わう広い砂浜に出る。

「漁港なら、東側にあるよ」

親切な運転手が教えてくれた。

真木が車を停めたのは、海水浴場の近くだった。離れて停めた。真木が料金を支払っている間に祐一も精算をすませ、真木が歩き出すまで待った。真木が振り返ってこちらに気づくのではないかと冷や冷やした。

長身の真木が、やや肩を前かがみに丸めながら、それでも颯爽と前を歩いて行く。

真木は何が楽しいのか知らないが、砂浜をさくさくと音を立てて歩いた。実に楽しそうな、弾むような足取りだった。この男は生きているのが楽しくてたまらないのに違いない。少し羨ましい。祐一は浜に沿って長く伸びている、コンクリートの砂除けに身を隠すようにしながら、真木の姿を追いかけた。

林崎漁港はこぢんまりとした港だ。海水浴場との境界を作るように鍵型に伸びた大波止と、一文字で明石航路からの波をさえぎった漁港だった。真木は通い慣れているらしい。砂浜を渡りきると、迷わず港に向かう。月明かりだけが頼りの闇の中を、真木の足取りは軽い。道路の周辺にはノリのタンクが並び、丸めた網とブイが積み上げられている。潮の香りと魚の匂いがする水産物加工場の横を、気安く通りすぎて港の縁に立った。月の明かりに、漁船が浮かんでいる。

真木が気楽な様子で振り返った。

「おい、もういいで。ボク」

ノリのタンクの陰に隠れていた祐一は、そのあまりにも当たり前そうな声に戸惑った。

「さっきの子やろ。ええから出ておいで」

冗談ではない。気づいていたのか。黙って姿を現すと、真木が苦笑した。

「ご苦労さん。古賀さんも人使いの荒い」

「――帰る」

すっかりだまされた。これは逃げるが勝ちだ。

「まだいいじゃないか」

真木が静かに言った。振り向こうとすると、誰かが祐一の後ろに立っていた。小柄だが体格のいい男だった。目が白く光っていた。どこかで見たような日の色だ。ぎりぎりまで思いつめた時の、タオの目に似ている。

「もうちょっと、おじさんと話して行くか」

真木が優しい声でいった。小柄な男が何か固いものを振り下ろすのが見えた。避けた拍子に右の肩に当たって激痛が走った。

「おい川西、お前の力で目一杯振ったら死んでまうで」

真木の声は、どこか飄々《ひょうひょう》として長閑《のどか》だった。男は真木の言葉にも無言で、もう一度振り下ろした。目の前が白くなり、遠のく意識の中で考えた。この男は、祐一をいっそ殺しておきたかったのだ。目障りだったのだ。

たとえばドゥアンのように。タオのように――

7.

祐一は、なかなか事務所に帰ってこなかった。

遅すぎる。

祐一は、古賀を追って岡部のビルに来る前に、買い物をすませていたらしい。事務所には、調理の必要のない食料品と、新しい酒があった。口の減らない若造だが、気のいい奴だ。祐一を待つつもりで、缶詰のツナを肴にビールを空けた。午前三時を回った。いったいどこまで行ったのだろう。祐一をひとりで行かせるべきではなかったかもしれない。事故にでも遭ったのか。連中に捕まったのか。

じりじりと焦り始めた。

祐一は、携帯電話を持つことにしたと言っていた。番号も聞いているが、状況がわからないのに電話をすると、かえって祐一を困らせる結果になりかねない。

新聞の朝刊が、事務所の一階にある郵便受けに押しこまれる音がした。バイクのエンジン音が聞こえていた。

〈田辺探偵事務所〉の名刺が挟まれた郵便受けから、分厚い新聞を取り、急いで部屋に戻る。新聞をデスクに広げ、なんとなく紙面をめくっていった。その記事を見つけたのは、経済欄だった。関西で活躍する若手の経営者にインタビューして、その経営感覚を探るというシリーズ連載だった。

若手といっても、経済界の話だから、この連載で取り上げられているのはほとんどが四十代、五十代の社長たちばかりである。この日、取り上げられていたのは三人の若手経営者だった。どのツラもひと癖もふた癖もありそうな個性の強い男たちだが、その中に混じって、ひときわ細面の若々しい顔を見つけた。役者まがいの端正な顔だちは、忘れたくとも忘れられるものではない。

『高見聡（48）―株式会社高見・代表取締役社長―』

写真の中の高見は、インタビュアーを見て少し微笑んでいる。目尻の皺が、時間の流れを嫌でも感じさせたが、それ以外は二十年前と少しも変わらなかった。

『この穏やかな表情で、腕っ節の強い土木会社の現場監督を自分の思いのままに動かすことができる人だと聞いた。現在、関西に三つのゴルフ場を開発中。その他、神戸市内に十数か所のテナントビルを持つ。――バブル期に比べ、ゴルフ場の経営は難しくなったのでは。「確かに、バブルの頃はどんなゴルフ場でも造れば当たりました。だが今は顧客の目が肥えているし、良いものを造らなければ経営が成り立ちません。かえってやりがいがあるとも言えます」。父親から会社を受け継いだ二代目社長だが、社長就任直後がバブルの絶頂期に重なったこともあり、事業内容はその幅をますます広げている。バブル後の収益力も、同業他社の中で抜きん出ている。強気の発言も、その実績に支えられてのことだ。二十代の頃、モーターボートの事故で腰《よう》椎《つい》を傷め、現在も車椅子の生活を続けている。仕事に追われる毎日だが、唯一の楽しみは趣味のクレー射撃。趣味が高じて、自宅に射撃場を作ってしまったというのだから、のめりこみようも半端ではない。「アメリカでは車椅子に乗った射撃選手もいるのですが、日本ではルールの違いなどもあって、そこまで解放されていません。次の火曜日には大阪で射撃大会が開催されるので、応援に行くんですよ」大会の開催者によると、実力では国内ナンバーワンクラスなのだという』

古賀は慌ててカレンダーを見た。インタビューの日付は書かれていないが、今日は火曜だ。至急、射撃大会が開かれるという大阪の射撃場を調べて、日程を確認しなければいけない。高見が島から出てくる、数少ない機会を逃がすわけにはいかない。

記事の一部が目に焼きついて離れなかった。

あの事故の後、高見は下半身の自由を奪われていた。射撃が新しい趣味になったという。昔は、船が好きな男だった。船舶免許を取った時も、子どものように喜んでいた。不自由な両足を抱えていては、船に乗るのは諦めなくてはならなかったのだろうか。

時計を見た。午前四時を過ぎていた。祐一は帰ってこない。電車の始発を待っているのだろうか。それなら電話の一本もかけてくればいいのだが。

ここ数日の疲労が、ゆっくり効いてきた。新聞を広げたまま、椅子に凭《もた》れて眠った。

——七時に目が覚めた時、祐一はまだ戻っていなかった。

留守番電話のランプが点滅していた。ぐっすり寝込んでいて、電話が鳴ったのにも気づかなかったようだ。舌打ちして、再生ボタンを押した。無言電話で、すぐに切れた。祐一ではない。祐一ならメッセージを残すはずだ。

祐一の携帯電話の番号にかけた。呼び出しているが、誰も出ない。間違いない。祐一に何かあったのだ。追跡を見破られたか。真木に捕まったのかもしれない。

心当たりにいくつか電話をかけた。〈オシボリの岡部〉は、時刻が早すぎるのか誰も出なかった。株式会社高見も営業時間外のテープが回っている。高見の自宅は、あいかわらず留守番電話のテープが流れたままになっている。岡部の財布には、連絡先らしいものは入っていない。〈香織里〉にもかけてみたが、営業時間外で誰も出なかった。真木の連絡先は知らない。連絡の取りようがない。

(こんな早朝から働いているのは、おまわりくらいか)

松田が迷惑がるだろうが、遠慮をしている場合ではない。今度会うときは取調室だと言われたことなど忘れたように、古賀は受話器を取り上げた。生田署に電話をかけ、捜査課につないでもらう。電話に出た若い女性の声に、間嶋祐一と名乗った。

『間嶋にしちゃ、老けた声だな』

ひと声聞いただけで、松田が渋面を作るのがわかった。さすがに、この時刻から出勤しているらしい。昔から勤勉な男だった。

「今朝になって、身元不明の若い男の死体が発見されたりしてないだろうな」

『何の話だ』

昨夜のことを話すと、おおげさに溜め息をついた。

『どうしてそんなに、帰ってくるなり騒ぎを起こすんだ』

「真木って男の連絡先を知ってるか」

迷惑そうな声だったが、祐一の行方がわからないということに関しては、親身になって心配してくれているようだった。

『聞いたような名前だが、知ってるというほどでもない。岡部の兄貴分なら、俺が岡部から聞きだそう』

「頼む」

『あんたのためじゃない。こきつかわれてる坊やのためだ』

松田は新米の頃から、へそまがりだった。

電話を待つ間、古賀も知りたいことがあった。新聞社に電話して、朝刊の記事に載っている、射撃大会の場所とスケジュール、連絡先について尋ねた。連絡先を教えてくれた。

「今日の朝刊に、高見さんが大会の応援に来ると書いてあったのでね」

公式大会は、高槻市の国際射撃場で開催されるとのことだった。

『試合は午後からですよ。高見さんは、昨日から大阪に泊まるって言ってましたがね。めったにこっちに来ない人だから、人気者ですな』

電話に出た協会の幹事が、嬉しげに笑った。

「他にも問い合わせがありましたか」

『ええ。あなたが二人目ですよ』

嫌な予感がした。高見が昨夜泊まったはずのホテルの名前を尋ねてみた。人の良さそうな幹事が、素直に教えてくれた。ということは、古賀の前に電話した人間にも、教えた可能性がある。

ホテルにも電話した。梅田のホテルだった。

「高見聡さんがそちらに宿泊しているはずですが」

『申し訳ございませんが、外部からの電話は、おつなぎしないようにとのことですので』

泊まっているのだ。

「そちらに伺うので確認しただけです」

松田からの連絡はない。留守番電話になっていれば、松田はメッセージを残すだろう。外から電話して、メッセージを聞くこともできる。

冷蔵庫に隠している、ベレッタを持っていくべきかどうか迷った。あれは祐一のものだ。今後どう取り扱うかは、祐一に決めさせるべきだと思ったので、持たずに出た。

狭い階段を駆け降りながら、財布の金をチェックした。タクシーを飛ばすしかないが、帰りの金がなさそうだ。情けない話だ。

大通りに出てタクシーを拾った。エアコンが効いている。祐一が戻っていないことに驚いた、コーヒーを飲みそこねたことに気がついた。

自分が意識して、高見との再会から注意をそらしていることにも気がついた。

二十年だ。

どんな顔をしてあの男に会えばいいのか、想像もつかなかった。二十年の間に、高見がどんな男になったのかも。

（高見――）

暑くなりそうな空の色だった。

8.

冷えた左の膝が痛みを訴えていた。それでようやく目が覚めた。

暗い。

体を動かそうとしたが、節々が痛むうえに両手首を背中側で縛られ、足首も縛られていた。そのうえ、殴られた後頭部と右肩が腫れ、物に当たると飛び上がるほど痛い。想像するに、かなり惨めな格好で床に転がされているようだった。

ほぼ完全な暗闇の中に置かれていた。ぼそぼそとした男の話し声が聞こえていたが、壁一枚隔てた向こうのようだ。ここがどこなのか、今何時なのかもわからない。

魚と海の匂いがした。海が近い。

（あの、真木って奴）

手首のロープが皮膚に食い込んで、ひりひりする。ロープを解こうと試みる間、祐一は心の中で呟いた。真木という男は、とんだ食わせものだ。祐一がつけてきていることぐらい、とうの昔に知っていたくせに、思わせぶりに祐一を引き寄せた。のこのこついていって、あげくの果てに捕まった自分も自分だ。古賀が知ったら、この坊主は頼りにならんとぼやくだろう。

ロープは解けなかった。コンクリートのざらつく感触を顎の下に感じながら、這って声のする方向に近寄った。硬いゴムのようなものに頭をぶつけたので触ってみると、車のタイヤだった。窓のない車庫に閉じこめられているのかもしれない。

「どうしてそんな、勝手な真似をしたんだ」

真木の声が聞こえたので顔を上げた。

何かが、強く壁にぶつかる音がした。真木と、川西と呼ばれていた男が争っている、という気がした。

「だいたい、どうして社長を止めなかった。お前が止めなくて誰が止めたんだ。いざという時は、お前が全てかぶるんだろうな。ええ？」

真木がまだ怒鳴っていた。顔に似合わず過激な男だ。祐一は、そこにあった金属製の工具箱を思い切り蹴飛ばした。シャッターにぶつかったらしくひどい音がした。

しばらく隣の部屋が静かになった。暗い壁の一部が四角く開き、真木が顔を覗かせた。明かりが漏れて、車庫の中が祐一にも見えた。車はライトバンだった。右手にシャッターがある。魚を入れる木箱やパレット、魚網が積み上げられているのが見えた。魚の匂いの出所が知れた。

漁師の家だ。

「起きたのか」

真木が言った。不機嫌そうな声だった。祐一は精一杯の怒りを込めて真木を睨んだ。

「出せよ。ここから」

「言われなくても、出してやる。しばらく静かに寝ていろ」

「俺なんか人質にしても、古賀さんには関係ないぞ」

眉を上げ、肩をすくめた。

「人質か。それも悪くないな」

真木の顔が引っこんだ。

あの男が、自分を捕まえてどう利用するつもりなのか考えをめぐらせた。古賀と取り引きするつもりだとしか思えない。真木が事件にどう関係しているのかわからないが、自分が捕まっていたのでは、古賀が動きにくくなるはずだ。何とかして、ここから逃げ出さなくてはならない。

携帯電話は、尻のポケットに入っている。背中に回した手の甲でジーンズのポケットを探ると、硬いものが触れた。取り上げられてはいないようだ。しかし、両手の自由がきかないので使えない。今頃古賀が心配しているかもしれない。

這ってシャッターに近づくには、根気がいった。シャッターとコンクリート床との間にわずかな隙間があった。覗きこむと、外の光がうっすら見える。夜は明けたようだ。真木に捕まってから、何時間たったのだろう。

シャッターを背に座り、後ろ手にシャッターの鍵を探した。外からは鍵が必要だが、中から開けるのはボタンひとつ押すだけでことたりるはずだ。またドアが開いた。見つかった。そう考えてひやりとした。入ってきたのは川西だった。しばらく黙ってシャッターを開けようとしている祐一を見ていた。

居心地悪くなって祐一が身じろぎした時、隣の部屋に向かって顎をしゃくった。

「こっちに来い。飯を食わせてやる」

「真木さんはどうした」

「出て行った」

シャッターを開く作業に熱中している間に、いつの間にか隣の部屋が静かになっていた。真木がどこかに行ってしまったらしい。

川西が近づき、黙って足と手のロープを解いた。縛りつけておく必要がなくなったということなのだろうか。それとも、逃がさない自信があるということなのか。

腕っ節で手も足も出ないことは確かだった。日々の仕事で鍛えあげた、ごく自然に引き締まった体つき。たわめられたバネのように、エネルギーに満ちている。殴り合いになれば、そこらのボクサーが顔色を失くすぐらい俊敏な動きを見せるだろう。先ほどは殺気を感じたが、今は川西も落ち着いている。黙っていると、痩せた顔に年に似合わぬ重厚さがある。

「俺をどうするつもり」

「どうもしない」

「それならどうして捕まえたんだ」

「さあな」

川西は無口な男だった。真木と隣の部屋にいる間も、真木の声は聞こえていたが、この男の声は聞こえなかった。ただし、一度口を開くと腹に響くような声だ。隣の部屋は殺風景な日本間だった。狭い台所がガラス戸の向こうに見えた。しかし水屋の中はこざっぱりと片付いている。丸いちゃぶ台と、古めかしい小型のテレビ、傷だらけの箪笥。それだけがこの部屋の家具らしい。清貧と呼びたいような、つつましい部屋だった。女性の匂いは全くしなかった。ずっと独りで住んでいるようだ。

明るいところで見ると、川西の頬に殴られた跡らしいあざがあった。真木だろう。さっきはずいぶん、興奮した口調だった。あの男も怖いもの知らずだ。川西の日灼けした額には、古いものらしい白い裂傷も残っていた。見るからに喧嘩慣れしているように見える。

「ひょっとして、〈あけぼの丸〉はあんたの船か？」

祐一は川西が顎で示すままにちゃぶ台の前に座りこんだ。玉子焼きに小魚の佃煮、味噌汁が湯気を上げている。

「ああ」

川西はあっさり肯定した。ぶっきらぼうで表情の乏しい男だった。真木とは正反対だ。

「それならドゥアンを知ってるんだろう。タオのことも知っているはずだ」

川西は黙って炊飯器から飯をよそった。答えなかった。

「真木さんはどこに行ったんだ？」

「お前に関係ない」

川西の浅黒い肌は、めったにひび割れない固い殻だった。

「間嶋と言ったな。お前はどうして、〈あけぼの丸〉のことを聞いて回っていた？」

祐一が漁協で尋ねて回っていたことは、当然ながら耳に入っているらしい。

「死ぬ前にタオが言い残したんだ。明石の〈あけぼの丸〉という船を調べろって」

川西が俯いて飯を口に入れた。こちらが手に入れた情報をどこまで明かすべきか、迷った。

「ドゥアンとタオは、海に潜るのに船が必要だった。あんたが〈あけぼの丸〉を出して、手伝った。そうなんだろ」

川西は黙って、卵焼きを箸の先で割り、たくあんを噛んだ。重い口を開かせるのは、閉じた貝をこじ開けるより難しそうだった。

「死んだのか。あいつ」

「ああ」

「いつ」

「一昨日の夜」

「どうして」

低い、乾いた声だった。それでも、川西が何かに興味を示したのは、それが初めてだった。

タオが死んだ日のことを、詳しく話して聞かせた。途中、喉が渇いて味噌汁に口をつけた。塩分が濃い味つけだが、疲れているせいか美味かった。

言葉がとぎれると、川西が祐一の腫れた肩を見た。

「それなら連中、ここにも来るかもしれないな」

「連中？」

「いいから、早く食え」

それきり川西は無言で飯をかきこんだ。静かな気迫に押され、祐一も箸を取り上げた。玉子焼きを口に含み、自分がひどく空腹だったことにようやく気がついた。炊き立てのご飯がありがたかった。

「あんたは、どうしてタオと知り合ったんだ？」

明石の漁師と、留学生のタオが知り合う機会は、それほど多くはないはずだ。川西は迷うように横を向いてお茶を淹れた。

「尋ねてどうするつもりだ」

祐一が知りたいのは、簡単なことだった。真実。誰がドゥアンを殺したのか。なぜドゥアンとタオは、死ななければならなかったのか。彼らを密輸の仲間に引きずりこんだ、陳国順という男がどんな男なのか、知りたい。

突然、玄関の引き戸を荒っぽく叩く音がした。ふたりとも、はっとそちらを見た。

真木が戻ってきたのかと思った。引き戸の曇りガラスに、ふたり分の男性の影が映っている。川西の目に戸惑いと動揺が走った。ふたりの男は扉を叩きつづけている。鍵がかかっていても、押し破ってきそうな勢いだ。時計を見た。午前七時だった。暴力的な音で、近所迷惑だ。

「おう。ちょっと待て。すぐ開けるよ」

川西が起き抜けのようなのんびりした声を作り、玄関に向かって怒鳴った。引き戸を叩く音はやんだが、影は変わらずガラスに映っている。不吉な影だった。

「ガレージに行け。早く」

川西が声をひそめた。言われるままに、姿勢を低くして這うようにガレージに降りた。川西が後から車のキーを持ってついてきた。

「運転できるな？」

「ああ」

「俺がシャッターを開けたら、すぐに飛び出せ」

「あんたは」

「助手席のドアを、開けておいてくれ」

引き戸を叩く音は止んでいた。代わりに曇りガラスを割る音が聞こえた。割れたガラスの間から手を入れて、鍵を開けるつもりだ。ふたりがガレージに降りてこられないよう、川西がガレージに続く扉の鍵を閉めた。祐一はライトバンの運転席に滑りこみ、イグニッション・キーを回した。エンジン音がこれほど大きいと思ったのは初めてだ。エンジンは一発でかかった。

男が部屋の向こうで叫び、ドアに体当たりする音がした。

祐一の携帯電話が突如鳴り始めた。ぎょっとした。

川西が、勢いよくシャッターを開いた。車でガレージを飛び出す瞬間、川西が助手席のドアから飛び込んできた。玄関から飛び出してきた男たちを、危うく轢き殺すところだった。彼らの顔が目に焼きついた。例のふたりだ。タオを殺した奴ら。こんなところに向こうからやってくるとは。

瞬間的に怒りにかられ、バックミラーを見てぎょっとした。ひとりが胸の前で何かを構えている。拳銃だ。車越しでは撃っても当たらないと考えたのか、発射音はしなかった。ふたりのスーツ姿が、どんどん小さくなっていく。角を曲がる。見えなくなる。

夢中でハンドルを切っていた。拳銃を構えている男を見たのに、不思議と恐怖は感じなかった。夢の中にいるような気分だ。

いつの間にか携帯電話のベルも鳴り止んでいた。尻ポケットに入ったままだ。この番号を知っているのは、古賀と松田刑事のふたりだけだった。心配しているのかもしれない。どこかで車を停める機会があれば、電話をしてやらなければならないだろう。

助手席に座った川西が、白いタオルでぐるぐる巻いた長いものをそっと足元の床に降ろした。刃の恐ろしく長い包丁だった。祐一はまたぎょっとして川西の顔を見た。相変わらず無表情な男だ。身を守るために、とっさの判断で持ち出したのかもしれない。拳銃に包丁で太刀打ちできればの話だが。

「途中で運転を代わる」

川西が言った。

「あいつら何者だよ。あんた、あのふたりを知ってるんだろ」

先ほど川西は、タオを殺した連中がここにも来るかもしれないと言った。この男は何も言わないが、事情を何もかも飲み込んでいるのに違いない。

明石の地理はよく知らない。わかるのは、海と山の方角だけだ。とにかく山の方角に向かえば、線路が見えるだろうから何とかなると考えて、できるだけ飛ばした。山陽電車の林崎松江海岸駅が見えてきた。小さな駅だ。

「電車は動いている。お前は駅で降りろよ。後は好きにしろ」

「そう言うと思った」

祐一はスピードを上げた。駅舎がみるみる遠ざかって行く。川西が初めて苦虫を嚙み潰したような顔をした。

「何の真似だ」

「どこへ行くのか言えよ」

「お前には関係ない」

「ならこのまま警察署に突っ込んでやる」

川西が祐一の横顔をちらりと見た。どうやら本気らしいと悟ったらしく、黙ってシートベルトを締め始める。スピードを落としてやった。

「どこへ行けばいい」

「大阪だ」

「大阪のどこへ？」

バックミラーの角度を調整した。追っている車はいない。

「梅田」

溜め息をつくような声で川西が言った。高速道路はまだ使えない。国道二号線だ。

「あいつら、タオを襲った連中だ。どうしてあんたを襲うんだ」

「海中に荷物が沈んでいるポイントを、俺が知っているからだ。タオが後で勝手に引き揚げたんだろうが、奴らは俺にも裏切られたと思っているんだ」

短い答えだったが、その言葉でようやく状況を理解できた。

「やっとわかったよ。奴らふたりとあんた、ドゥアンとタオは一月十七日まで仲間だった。あんたたちは、誰かが海の底に沈めた荷物を引き上げるはずだった。ところが失敗して、荷物は手に入らなかった」

川西が諦めたような表情をして、助手席に深く身体を沈めた。

「あんたたちは仲間割れをして、たぶん混乱の中でドゥアンが死んだ。タオは後日、奴らに黙って船を出し、荷物を見つけて引き揚げた。勝手に荷物を売りさばいた。だから奴らがタオを探していた」

川西は何も言わなかった。黙っているときは、イエスのしるしなのだ。

拳銃は十挺だったとタオは言っていた。タオが八挺売り、残り二挺を祐一が持っている。古賀の事務所の、冷蔵庫の中に。

（大変だ）

祐一の推測が正しければ、次に狙われるのは古賀と祐一だ。

「真木さんは、今のふたりと話し合うために出て行ったのか？」

「そうだ」

だが真木は帰らず、ふたりが川西を襲撃した。真木がどうなったのかも不明だ。

川西は助手席で目を閉じた。眠っているようだった。剛胆さに舌を巻きながら、梅田のどこを目指せばいいのか聞き損ねたことに気がついた。どのみち梅田までは、数十分はかかる。ふたりより早く到着するために、飛ばすまでだ。

9.

早朝七時半に目を覚ましているヤクザは、この男くらいなものだろう。

真木は、目の前に座って朝から旺盛な食欲を見せ、生肉に近いステーキとサラダをぱくついている野崎健吾《のざきけんご》を見つめた。この時刻には寝ていることが多い真木には、見ただけで胸焼けがするような代物だ。

灘にある豪華マンションの一室で、野崎と向かい合って座っていた。どこに行く時もついてくるボディーガードも、さすがにベッドと食卓とトイレにはついてこないのだと、野崎が大笑いしていた。ただし、ここに入る客は真っ先にボディーチェックを受ける。真木も例外ではなく、武器の類を隠し持っていないことをしっかりチェックされてから入室した。金属探知機まで使っている。まるで大統領に面会するようだ。

「あんた本当に食べないのか？　朝食をしっかり摂らなきゃ、力が出ないんだぞ」

「出掛けに食べてきましたから」

野崎が描いたような細い眉を上げた。どうせコーヒーにハムエッグ程度だろうと言いたげな表情だ。このとてつもない食欲が、関西第一の広域暴力組織を支える屋台骨のひとりである、野崎の力の源なのかもしれない。でなければ、朝からこれだけ食べて仙人のように痩せていられるはずがない。

「俺は義理ごとのある日以外は、必ず夜十時に眠るようにしている」

野崎が生卵をどんぶり飯にかけ、旨そうにくらいつきながら自慢した。この男は付き合い程度にしかアルコールを楽しまないそうで、不摂生とは縁のない健康的な肌をしている。

「知ってるか。十時から午前二時の間にしか、本当の睡眠というものは取れないんだ」

真木は追従でなく微笑んだ。この手の薀蓄を傾けたがる男は、嫌いではない。

「本当に、こんな時刻からお邪魔してしまって」

「詫びる必要はないよ。もう少し後に来ていたら、事務所に移動していただろうし、そうなると俺はなかなか捕まらん——用件は、岡部のことだったな」

「野崎さんのご依頼で、若いのをお貸ししたと聞きました」

テーブルいっぱいの食事をたいらげ、野崎は実に旨そうに煙草に火を点けた。

「確かに頼んだよ」

「古賀という男をご存知ですか。二十年前まで兵庫県警でデカをしていた男です」

「古賀？」

野崎が首をかしげる。演技なのかどうか、判断がつかなかった。

「その男がどうかしたのかね」

「岡部を襲撃したそうです。野崎さんにお貸しした若いのが乗っていた車のナンバーから、岡部を割り出したらしい」

野崎は黙ってコーヒーを啜った。

「岡部が頼まれたのは、ある大学生の尾行だったそうですね。名前は間嶋祐一。どうしてその学生の尾行を頼まれたんですか」

「悪いが細かいことは、俺も知らないんだ。部下たちがいつどんな人間が必要か、俺に知らせてくる。俺は色んなつてを使って、必要な人員を用意させる。言わば人材のコーディネーターだな」

真木は唇の端を持ち上げた。野崎に会うのは初めてではないが、相当とぼけた男だ。

黒い噂には事欠かない。関西最大の暴力組織の下部組織、楽祐会の組長をつとめる野崎のシノギは、表向きはイベント会社の経営ということになっている。また株式投資によって、数百人を超える直属の下部組織を食わせているのだと本人は喧伝している。その一方で、関西一円に流通する麻薬の総元締めだと言われることもある。敵対する組織の鉄砲玉を、得意の空手で自ら捕らえて両手足をへし折り、そのまま神戸港にコンクリート詰めにして沈めたという噂もある。

震災の直後、野崎は部下どもに檄《げき》を飛ばし、傘下の暴力団が持っていた緊急物資を一般人向けに大量に放出した。命知らずのヤクザにしかできないことがあると言って、危険な地域で暮らす人々のために、バイクや自転車で若い者を乗り込ませ、物資の配布を行わせた。

暴力団のイメージアップ活動だと冷ややかに見る向きもあれば、義俠心に感じ入る向きもあった。そういう男だ。一筋縄ではいかない。誰が間嶋の尾行を頼んだのかと尋ねても、のらりくらりとかわされるだけだろう。

「野崎さん。この街で近頃、妙なことが起きている。そう思いませんか」

「というと?」

野崎がちらりと腕の時計に目を走らせた。

「悪いが、手短に頼むよ。今日も予定が詰まっているから」

「もうすぐお暇《いとま》します。タオという留学生を襲ったふたりの居場所を、教えてもらったら」

一瞬、沈黙が室内を凍らせた。野崎が鼻を鳴らした。

「さっきは岡部の話だと言ったな。今度は留学生だと。あんたの話しぶりはさっぱり理解できないな」

「岡田と高坂。そういう名前だと聞いています。野崎さんの会社にいるはずです。彼らと少し話したいんですよ。そうすれば何もかも、一本の糸につながるはずだ」

「真木」

野崎が静かな声で呼んだ。彼を知る人間の大方が、震え上がるような声だった。

「お前は高見さんの飼い犬だ。だから、多少の無礼は大目に見てやっている。それを忘れるな」

「飼い犬は飼い主を守ろうとする。でなくては存在価値がない。そうじゃありませんか」

野崎は無言で真木を冷ややかに睨んだ。真木は視線に感情を込めないように注意しながら、静かに見返した。いくら真木でも、徒手空拳で広域暴力組織の幹部を敵に回したいわけではない。

野崎が視線を合わせたまま、口元だけでにやりと笑った。

「言うじゃないか。エセ投資顧問のくせに」

真木も口元を緩めた。

「岡田と高坂に連絡したければ、事務所に電話して俺が了解したと言えばいい。連絡先を教えるはずだ」

食堂の椅子から立ち上がった。会見終了の合図というわけだ。

「ありがとうございます」

「何度も言うようだが、あんたのためではない」

高見のため。真木は密かに唇を噛んだ。高見は思ったよりも深く、この連中と関わりすぎている。

「もしもあんたが失業するようなことがあれば、俺に相談するといい」

野崎がとぼけた表情に戻って言った。

「さっきの啖呵《たんか》が切れるなら、使い道はいくらでもある。番犬程度にはな」

微笑した。さっぱりしているようでいて、嫌味な男だ。

マンションを出てビジター用の駐車場に向かうと、慌しく停まった車からちょうど誰かが飛び出してくるところだった。濃い色のスーツを着た、ふたり組の男。年齢は三十前後。この早朝からひどく慌てていた。よく似た匂いのするふたりだが、ひとりがやや長身でクルーカットにしている。もうひとりは七三分けにした髪をポマードで固めているらしい。川西から聞きだした人相風体と合う。ぴんと来た。

「ちょっと。岡田さんと高坂さんですね」

穏やかに声をかけたつもりだった。

ふたりがはっと振り向いた。

「高見社長の下で働いている、真木というものです」

真木はふたりに威圧感を与えない距離まで、ゆっくり近づいて立ち止まった。

「何の用だ」

クルーカットの男が岡田だ。この男のほうが、全身から粗暴な雰囲気を漂わせている。

「一月に刺されて亡くなったタイの若者と、つい一昨日車に轢かれて死んだタイの留学生のことで、話があるんです」

「何のことだかわからん」

さすがに野崎の部下だけあって、仕込みがいい。何も証拠がないのが残念だった。とはいえ、このままふたりを逃がしてしまえば、この次は直接会う機会などないかもしれない。

「いいか」

真木は岡田の右腕を摑んだ。いきなりそんな態度に出られるとは思わなかったらしく、岡田が一瞬ひるんだ。真木は柔道の心得がある。ツボを押さえると、たとえ力は弱くともびくとも動かない。高坂が手を懐に入れるのが目の隅に見えた。

「高飛びする気があるなら、俺が希望通り用意してやる。だからうちの社長を巻き込むな。川西もだ」

「手を離せ」

「いいな。余計な真似をするなよ」

岡田が手を振りほどこうとして、真木の指がますます食い込むのに気づき、ぎょっとした表情になった。

「お前、そいつから手を離せよ」

高坂が小型のオートマティックを構えていた。至近距離で、カチリと安全装置を外す音が聞こえる。地下とは言え、民間人も住むマンションの駐車場だ。

「おい、よせ――」

さすがに岡田がたしなめるように声をかけた。岡田のほうが、胆が据わっているらしい。このマンションには野崎も住んでいる。こんな場所で騒ぎを起こせば、ただではすまない。

高坂がしぶしぶ手を下ろしかけたその時、甲高い悲鳴が地下の駐車場に反響した。女性の声だった。

「ちょっと、何してるんですか！」

誰かが駆けつけてくる足音が聞こえた。

「いかん。離せ！」

さすがに真木も手を離す。岡田が運転席に飛び込み、高坂が助手席に飛び込んだ。

「くそ、お前のせいで」

火のような目で真木を睨みながら、岡田がエンジンをかけ車を発進させた。

「おい、待て」

窓に飛びつこうとした真木に向かって、高坂が銃口を向けて撃った。ひどく軽い発射音がした。思わず目を閉じた。その瞬間、痛みは感じなかった。悲鳴が地下室に何度も反響した。

「――……」

左腕が熱い気がした。右の手のひらで触ると、生暖かいもので濡れていた。

真木も車に飛び込んだ。キーはポケットの中だ。撃たれたのが左で良かった。運転は何とかできそうだ。

悲鳴を上げ続ける女性を見向きもせず、真木は車をスタートさせた。唇を嚙んだ。こんなつもりではなかった。あのふたりを追い詰めてしまった。本当は彼らと高飛びの相談をして、彼らが高見や川西と関わりを持っていたとしても、警察がこれ以上調べることができないようにするつもりだったのだ。

これであのふたりは、何をするかわからない。やっかいなことをしでかさなければいいのだが。

10

射撃協会が教えてくれたのは、梅田のヒルトンホテルだった。

古賀はホテルに入る前に、事務所に確認の電話をかけた。留守番電話に、松田からのメッセージはなかった。まだ真木の居場所はわからないらしい。

古賀は相変わらずジーンズ姿で、ホテルのロビーにふらりと入っていった。午前九時を過ぎた。高見が出発した後なら、高槻の射撃場まで追うつもりだ。フロントで高見聡の部屋を調べてもらうと、まだ部屋にいるとのことだった。部屋番号は教えられなかったが、フロントマンがキーボックスに走らせた視線から、四階だと読みとることができた。

フロント係に礼を言い、ロビーのソファに座りこんだ。これから高見に会うのかと思ったが実感がない。

二十年前、自分は刑事だった。いまは元刑事で、探偵事務所に住みこんでいるが、私立探偵でもない。半端な身分だ。だがどうしても高見に会わなければいけない。会って聞かねばならないことがある。言わなければいけないことがある。

ロビーに座り、高見が部屋から降りてくるのを待つつもりだった。

梅田は大阪一のターミナルだ。JRと阪急、阪神の私鉄各社、大阪市営地下鉄の御堂筋線と中央線、四つ橋線。それらすべてが梅田に集まっている。人口密度の高い街だ。ホテルの中も、買い物客と待ち合わせの客、泊まり客がひっきりなしに入れ替わる。

きれいにドレスアップした若い娘たちが、古賀の前を通り過ぎた。何となく眩しくて、古賀は目を細めて見送った。穏やかな日常。平和な毎日。そんなものが自分の人生にもあったはずだ。いつから失ったのか。

ふと、濃い色のスーツに身を包んだ男ふたりが目についた。ホテルの正面玄関から入ってこなかったので、いつロビーに来たのか気がつかなかった。どうやらホテルに隣接しているヒルトン・プラザという高級ブティック街のほうから入ってきたらしい。そういう場所に用がある人種のようには見えなかった。三十代そこそこ。怒らせた肩に、ふたりの職業が透けて見えた。ふたりの男はフロント係に声をかけ、何かを尋ねはじめた。フロント係がちらりとこちらに視線を走らせたので、ふたりが尋ねているのが高見のことらしいと気がついた。

彼らが同時に古賀を見た。クルーカットで長身の男と、七三分けの髪をポマードで固めた男。似ても似つかないふたりなのに、どういうわけか同じような匂いがする。暴力の匂いだ。

目を逸らすタイミングは既に失っていた。古賀はゆっくり立ち上がった。ふたりの男が、古賀から目を離さずに、そろそろとジャンパーの胸のあたりに手をやった。懐に何か持っている。こちらはまるきりの丸腰だった。ふたりは互いに早口で囁き合い、古賀に背を向けて歩き出した。背中を見せているが、神経はこちらに集中しているのがわかった。どこに行くのか見ていると、ホテルのエレベーターに向かっている。

連中、高見の部屋に向かうつもりだ。

警告するために、急いでフロントに駈け寄ろうとしてためらった。高見は企業の経営者だ。おかしな連中につきまとわれていることがマスコミにでも洩れれば、どんな風評をたてられるかわからない。

古賀は非常階段に走った。高見の部屋は四階。エレベーターが戻るまで待っていられない。階段を一段飛ばしに駆け上がる。京子が死んでから酒量が増えていた。息が続かない。情けないことに、四階まで一気に駆け上がるわけには行かなかった。やっとのことで四階にたどり着いた時には、息を整えてから扉を開けなければならなかった。

ドゥアンを殺したのはあいつらだ。タオが死ぬきっかけになったのも、あの男たちだ。畜生、とつぶやきながら廊下を走っていた。捕まえる。必ず捕まえてやる。

ふたり組は部屋の前にいた。高見は部屋を開けなかったらしい。正解だ。こんな奴らのために、開けてやることはない。ひとりがドアを強く叩いている。

「警察が来るぞ！」

とっさに叫んだ。突然の声に驚いたらしいふたりが、古賀の声の方角に向かって発砲した。

床に転げるように伏せた。巻き添えを食う客が出ることを恐れたが、幸運なことに廊下を歩いている人間は他にいなかった。舌打ちしてふたりがきびすを返した。エレベーターに飛び乗るのが見えた。

「高見！　高見、大丈夫か」

部屋の前に立ってドアを叩いた。応答がない。この部屋の中には、いない。そんな直感がした。もう一台のエレベーターが止まった。

「古賀さん？」

驚いたことに、エレベーターに乗ってきたのは祐一だった。知らない男をひとり連れている。

「なんだお前。どうしてここに来た」

「ここに、高見社長って人がいるんだろう」

「なぜお前が高見のことを知ってる」

「この人の知り合いなんだ」

祐一が隣の男を指差した。日灼けした男がドアに飛びついて高見を呼んだ。

「待て、高見は部屋にいないらしい」

「いない？」

「その前に、あんたは誰だ」

「古賀さん、この人が〈あけぼの丸〉の持ち主なんだ。川西さんという、明石の漁師さんだよ」

祐一が説明した。古賀は思い切り顔をしかめた。困ったものだ。昨夜は真木を追いかけていったはずだが、いったいどこで油を売っていたのか。

しかも――〈あけぼの丸〉の川西。

古賀はまじまじと男を見詰めた。二十年前に陳が乗っていた〈あけぼの丸〉の船長も、川西といった。どことなく似た面影があった。年齢から見て、息子かもしれない。

それよりも肝心なことは、〈あけぼの丸〉の川西が高見と知り合いだということだった。やはりという思いで、気分が沈む。古賀は何とか気を取り直して説明した。

「男ふたりだ。もう逃げた。高見の部屋に入ろうとしていた。拳銃を持っていた」

「どんなふたりだった？　黒っぽいスーツの男だった？」

祐一が熱心に尋ねるのに戸惑いながら、古賀はうなずいた。

「そうだ。濃い色のスーツを着たふたり組だった。ひとりは髪を短く刈ったスポーツマン風で、もうひとりは七三に分けてポマードで固めたような髪形だったな」

「そいつら川西さんの家を襲撃したんだ。タオを襲ったのと同じ連中だった。名前は岡田と高坂というふたり組の男だよ。川西さんが、次は高見社長を狙うかもしれないって言うから、慌ててこっちに来たんだ」

「来る途中、社長の携帯電話に連絡を入れた。危険を避けて、ホテルを離れたんだろう」

川西が言った。ひと目で船乗りだとわかる面魂をしている。船乗りには独特の表情《かお》がある。遊びで船に乗る連中にはない表情だ。海の上で、じりじりと孤独に耐えながら天日にあぶられたことのある人間だけが持つことのできる表情だ。凍えながら海の上で星を見たことのある人間だけに見られる表情だった。

「奴ら、こんな場所で発砲しやがった。誰かが気づく前に、俺たちも逃げよう」

またエレベーターが止まった。警察かと思ったが違った。粋なスーツを少し崩して着こなしていたが、ネクタイの趣味だけが悪い男が乗っていた。スーツの左腕に、派手な柄のスカーフを巻きつけている。よく見ると、派手な柄の一部は変色した血の跡だった。

「何だか妙な顔ぶれだな」

エレベーターを降りるなり、三人の顔を見渡した真木がそう言った。

*

「あんた、撃たれたようだな。真木さん」

顔色が冴えない。真木は答えず、ポケットから煙草を出してくわえた。細巻きのメンソールだ。ライターの火を煙草の先に近づける時に、どこか痛むのか顔を歪めた。

誰かが発砲に気づけば、警察が乗りこんでくるのは避けられない。それも時間の問題だろう。鉢合わせを避けて、古賀たちは急いでホテルを出たところだった。発砲があったのは四階のフロアだった。弾痕を確認したわけではないが、高見の部屋の前から、非常階段の出入り口に向かって発砲したことは、調査すれば見当がつく。ホテルのフロントは、九時過ぎにジーンズ姿の男が高見社長に面会を求め、その直後にスーツ姿のふたり組が高見社長の部屋を訪ねて上がっていったことを覚えているだろう。

「あんたはどうやってここを突き止めたんだ。古賀さん」

「蛇の道は蛇というだろう。俺は元刑事だ」

真木がふんと呟いて煙を吐き出す。

巡回中らしい制服警官がふたり、ホテルのロビーに消えていった。支配人らしい男性が、固い表情で警察官に近づき何かを話しているのが窓越しに見えた。誰も発砲の瞬間には気づかなかったが、壁やドアに撃たれた跡が残っている。薬莢だって落ちているかもしれない。今はまだホテル側も半信半疑というところだろう。なるべくことを荒立てず、本当に発砲があったのかどうか、現場検証を警察に依頼したというところだろうか。

ホテルマンに面が割れていないので、ロビーに残って様子をうかがっていた祐一が出てきた。

「ホテルが警察を呼んだらしい。支配人が警官を連れて上に行った。ロビーの客は、発砲事件に気づいてはいないみたいだね」

古賀は祐一に向かってうなずいた。

「ホテルに現れたふたりは、タオを尾行していたふたり組と同一人物だろう。そいつらが高見の宿泊先に現れる理由がわからん。真木さん。何があったか、俺たちに話す気はないのか」

真木は黙って目を細めている。

どこかに電話をかけに行った川西が戻ってきた。態度がひどく落ち着いていた。高見は無事だったらしい。

「社長と連絡が取れた。これから迎えに行く」

「俺たちも行こう」

「だめだ。あんたに会う気はないそうだ。古賀さん」

古賀はあっさりうなずいて見せた。

「それなら仕方がないな。次の機会を待つさ」

真木が細めたままの目でこちらを見つめている。このオヤジ、何を考えていやがる。そんな睨みかただった。川西がライトバンを回してくるまで、三人は無言で待っていた。

「高見に会ったら」

助手席におさまった真木に、声をかけた。

「どうしてもあいつに言わなければいけないことがあるんだと伝えてくれ。古賀がそう言っていたと」

「伝えましょう」

車が走り去る。祐一が、呆気に取られて見送っていた。まさか、彼らをそのまま行かせてしまうとは、思ってもみなかったのだろう。

川西の車が見えなくなると、祐一の肩を叩いて引き寄せた。

「高見はまだあのホテルにいるぞ」

驚いたようだ。古賀は熱い目をしてホテルを見つめた。襲撃の少し前から、ロビーで高見を待っていた。彼は降りてこなかった。騒ぎの間に、高見がホテルを出る時間はなかったはずだ。きっとまだホテルの中にいる。

川西が車で走り去ったのは、古賀たちを諦めさせて、立ち去らせるためだ。時間をおいて戻ってくるつもりに違いない。

「裏に回って確かめてくるが、車椅子に乗って出やすいのは正面の車寄せだ。俺たちが立ち去ったと確認できれば、必ず真木たちは戻ってくる。だから、俺たちはいったん姿を隠すぞ」

高見の性格なら、正面玄関から堂々と出てくるはずだ。たとえ命を狙われる危険があっても、古賀に会う危険を冒してもだ。

「車椅子？」

祐一が目を瞠った。古賀はうなずいた。

「高見は足が悪いんだ」

古賀は祐一を正面に残したままホテルの裏に回り、出口を確かめてからまた戻ってきた。バスターミナルを挟んでホテルの向かいにある喫茶室に飛びこんだ。

川西の車が戻ってくるのを待つ間、昨夜〈香織里〉で別れてからの祐一の話を聞いた。川西の家が襲撃された話には驚いた。本人は平気な顔をしているが、もう少しで、祐一もドゥアンやタオの後を追っていたかもしれない。

「川西って人は、タオを殺した奴らのことを知っていた。問い詰めたくらいでは話してくれそうにないけど、名前も居場所も知っていると思う」

「真木、川西、それにタオを殺したふたり組か。ドゥアンを殺したのも同じ奴らの可能性が高いとお前は考えているわけだ」

「おそらくね」

祐一が話を締めくくる。祐一の言う通り、真木や川西が素直に自分たちに力を貸して、タオたちを殺したふたりの情報を教えてくれるとは考えられない。煮ても焼いても食えなさそうな男たちだ。

「高見さんは、古賀さんの友達だったんだろう」

ごく素直な、祐一の問いかけに古賀は困った。素直にそうだと答えられない自分がいる。

「小学校からの同級だ。中学も一緒だった」

「へえ。幼馴染ってことだよね」

「高校は別だったがな」

祐一がちょっと眩しそうな表情になった。自分の話し方に、過去への憧れが含まれていたのだろうか。あの時代への、郷愁が感じられたのだろうか。古賀はそれきり黙った。酒でも飲まなければ、これ以上誰かに高見のことを話すなんて耐えられそうにない。祐一もそれ以上しつこく尋ねることはなかった。

しばらくして、パトカーのサイレンが聞こえた。二台のパトカーがホテルの車寄せに停まり、鑑識の腕章をつけた男たちが、何人かロビーに消えた。ようやく発砲事件の捜査が始まるらしい。ホテルの出入り口には警察官が立ち、周辺を通りかかる買い物客たちも、ものものしい雰囲気に好奇心を丸出しにしてロビーを覗き込んでいく。

発砲した人間が、いまだにホテルの中に潜伏していると考えているわけではないのだろうが、ホテルに残っている宿泊客と買い物客に対して、事情聴取が始まったようだった。

真木と川西は慎重らしく、なかなか現れなかった。あらかじめ高見との間で時間を決めてあったのかもしれない。昼過ぎになってようやく、川西の車が戻ってきた。祐一は、古賀の洞察力の鋭さに舌を巻いたようだ。真木が車から降り、誰かが待ち伏せていないか、ホテルのロビーや周囲をチェックしている。向かいの喫茶室までは気がつかなかったようだ。

正面玄関から車椅子が出てきたのはその時だった。ホテルのボーイがドアを開け、手伝っていた。そんな必要がほとんどないぐらい、高見の電動車椅子はなめらかに移動していた。車椅子の後ろから、警察官が高見に頭を下げ、声をかけていた。事情聴取に対する礼だろう。

古賀は喫茶室を飛び出した。祐一が慌てて勘定をすませ、後を追ってくる。

交通量の多いＪＲ大阪駅前のターミナルを、走ってつっきった。バスもタクシーもおかまいなしだ。クラクションが鳴り響いた。

「高見！」

車椅子に乗った男が、振り返るのが見えた。近くに警察官の姿はなかった。真木と川西が慌ててこちらに手を振った。来るなと言いたげだった。かまわず走り続けた。高見がこちらの顔を認めたように、目を細めた。二十年。二十年会わなくても、あいつには俺がわかるのだ。

膝に置かれた黒い革のケースに、高見の手が伸びるのが見えた。蓋を開け、ケースから長いものを取り出そうとするようだった。散弾銃だ。銃把が一瞬見え、真木が高見の手を摑んで止めさせた。ホテルのロビーには警察官が大勢いる。それでなくとも繁華街の真ん中で、誰かが見ないとも限らない。

心臓が痛い。高見の怒り、絶望。二十年の友情と、その後の二十年にわたる裏切りと。

「話したいことがある」

「話すことなんかない！」

頑なな表情だった。

「この春、京子が死んだ」

古賀は川西の制止を押し切って、車椅子に駆け寄った。車椅子の中で、色白の端正な男の顔が緊張のためか怒りのためか、紅潮するのがわかった。火を噴くように睨んでいた。

「なぜ戻ってきた！」

真木と川西、ふたりがかりで無理やり引き離された。遠ざけられる前に、どうしても高見に言ってしまいたいことがあった。

「あの時、京子のおなかにはお前の息子がいた」

真木が驚いて高見を見守るのがわかった。古賀の身体を摑んだ腕の力が、少し抜けた。

「向こうで無事に産まれた。タイの華僑に養子に出して、ドゥアン・ウォラチャットとして育てられた」

「ドゥアン？」

ぎょっとしたように声を上げたのは川西だった。

「京子とお前の息子だ。一月に神戸で死んだ。十九歳だった」

高見の表情は変わらなかった。

「何とか言えよ、高見！」

力ずくで真木たちを振り切ろうと、古賀は暴れた。

「ドゥアンは陳国順《チェン・クオシュン》の仕事を手伝っていた。仲間割れで殺されたんだ。陳があの子を殺したのも同然だ」

真木が死にものぐるいで古賀を押さえている間に、川西が車椅子をライトバンの後部に押しこんだ。高見は何も言わなかった。ただ、これ以上は考えられないほどの静かな怒りで、古賀を拒絶していた。古賀の全てを全身で拒んでいた。

「高見！　教えてくれ」

古賀は真木の腕に羽交い締めにされながら、叫んだ。

「二十年前のことが、俺にはどうしても理解できない。なぜ京子はお前の元を去り、突然海外に逃げたのか。お前の子どもが腹にいたのに」

「古賀さん、あんたも懲りねえな」

真木が吐き捨てるように言い、車に飛び乗った。あっという間にドアが閉まり、走り出した。押さえる腕はなかったが、古賀にはもう車の後を追う気力がなかった。高見の目を見ただけで、萎えていた。自分は高見に許される可能性があると、これっぽちでも信じていたのだろうか。

そんな夢のようなことを考えていたのだろうか。

「ドゥアンは、あんたの息子じゃなかったのか」

祐一がそばに来て、車を見送りながらつぶやいた。古賀は石になったように黙りこんだ。

「今の人に会うために、日本に戻ってきたんだろう」

自嘲に近い笑みを浮かべて祐一にうなずいた。疲れた。こんなに疲れるものだとは思わなかった。二十年間の重みだ。

「どうする、これから。向こうは会いたくないみたいだよ」

「大事な話がある。向こうが会いたくないというなら、押しかけるだけだ」

多少疲れていたが、古賀はまだまだ泥の中でもがいていた。溺れるつもりはない。

「手を貸すよ」

祐一がちらりと白い歯を見せた。

11.

事務所に戻ると、留守番電話のランプがついていた。着信があったのだ。だみ声の松田刑事だった。古賀がかけなおした。会話の様子から祐一が戻らなかったので、心配した古賀が松田に助けを求めたらしいとわかった。

古賀がグラスにウイスキーを注いだ。冷蔵庫に冷やしておいたソーダ水を祐一が出してやると、目を細めた。

「粋な飲み物を知ってるな。ええ？」

「ハイボールぐらい、知ってるよ」

「尻《ケツ》の青い坊主のくせに」

古賀がデスクの前にある椅子に座ったので、祐一は来客用のソファに腰を下ろした。川西に殴られた肩が、まだ熱を持っていて痛んだ。こわごわ触ってみたが、骨が折れたりひびが入ったりしている様子はなく、単に腫れているだけのようだった。昨夜は気絶したまま川西の車庫に転がされていた。眠ったのか眠っていないのか、よくわからないような眠り方だった。

古賀に昨夜の出来事を話した。酒を舐めながら、何かを考えている様子だった。

「誰かが四国の沖に荷物を沈めた。ドゥアン、タオ、それからあのふたり組が荷物を拾う手はずになっていた。川西が船を出して協力した。――そういう密輸の手口だな」

「荷物を沈めたのが誰か、あんたは知ってるんだろ。古賀さん」

「二十年、追っている相手だからな」

「陳国順《チエン・クオシユン》」

祐一が名前を言うと、古賀は黙ってうなずいた。

二十年前の新聞に、載っていた男だ。古賀が大阪湾で取り逃がしたという密輸業者だ。

古賀がグラスを置いて立ち上がり、冷蔵庫を開けた。祐一が隠している拳銃の包みを持ってきた。しばらくデスクの引き出しをかき回していたが、そのうち汚れた軍手を引っ張りだした。何が入っているのか、あまり中身を見たくない引き出しだ。

手袋をはめた古賀の指が、器用に油紙をはいでいく。出てきた二挺の銃をしばらく黙って眺めていた。ひとつずつマガジンを抜いて中を確認した。それぞれの銃口に鼻をつけ、匂いを嗅いだ。慣れた仕草だった。

「空だな。どちらも硝煙の匂いが残っている。お前も撃ったのか」

うなずく。気にした様子もなく、古賀が軽く首を縦に振った。

「素手で触ったか」

「タオに手袋を渡された。撃ったときは、素手では触ってない。包み紙を開けた時は、もしかすると――いや、やっぱり中身にはじかに触ってないよ」

「警察に届けてくれないか」

思いがけないほど真剣な声だった。

「一挺だけでもいい。これは、ドゥアンが日本で待っていた積み荷だ。こいつには、陳の指紋が残っている可能性がある」

「ドゥアンは陳国順と組んで仕事をしていたということ？」

「そうだ。ドゥアンが陳国順と会ったのは、二年前のバンコクだ。陳は今では香港に住む犯罪者のひとりだが、彼の組織はバンコクにも拠点をひとつ築いている。まあ、飲みながら話そう」

祐一も古賀の真似をして、ハイボールを作った。ただし、薄めに。

「陳は蛇頭だ。言葉を変えるならスネークヘッドとも言う。もとは文化大革命で、中国から台湾や東南アジア各国に逃げだす中国人たちを助ける組織だったという話だ。いまは中国大陸から、この広い世界の各地へあふれだす人間を、船に乗せアメリカや中南米諸国、それから日本に送りこむ組織のことを指していう。陳は、蛇頭の世界では二流なんだ。蛇頭を始める前に、麻薬や覚醒剤を密輸する組織で働いていたからだ。この世界の何でも屋だった。今でも人間を運ぶ以外に、銃火器の密輸にも手を出している。まだ刑事だった二十年前、俺には陳がどういう人間なのかよくわかっていなかった。いまだにわからないが、それでも二十年も彼の情報を集めつづけていると、少しは見えてくるものもある」

「たとえば？」

祐一はソファの上にあぐらをかき、グラスに注いだウイスキーを自分のペースで少しずつなめながら耳を澄ました。古賀の低い声だけが、明かりもつけぬ狭い事務所の中に静かに流れている。ウイスキーをグラスに足し、唇をしめらせて古賀は話を続けた。

「陳は十七歳の時、生まれた家を飛び出して台湾流氓《りゅうみん》の仲間に入った。その理由がよくわからないが、どうやら陳は自分の本当の父親が日本で生きていると信じていたらしいな」

「それ――どこかで聞いたような話だね」

陳の生い立ちは、ドゥアンの話にどこか似ている。

古賀が窓際に立ち、空模様を眺めた。急に真っ黒な雲が空を覆い始めている。午後六時。日はもうすぐ沈む。船を出すとすれば明日の朝だ。風が強くなっている。ひと雨来そうな気配だった。夕立だ。祐一はキャビネットのラジオをつけた。この探偵事務所にテレビはないが、古いラジオがあることは、見つけておいたのだ。天気予報を探した。

「明日は快晴らしいよ」

焦ることはない。古賀が自分に言い聞かせるようにそうつぶやいた。

高見は逃げない。逃げないどころか、といいかけて飲みこんだ後の言葉を、祐一は確かに心の声で聞いたと思った。あいつは俺を待っている。お前になど会わないといいながら、必ず心のどこかで待っているはずだ。もっともその手に銃を握っているかもしれないが——

12

——まあ、聞いてくれ。

と、古賀は言った。

こんな話を他人にするのは、これが最初で最後になるだろう。どうして祐一に話す気になったのか自分でもわからないが、おそらくドゥアンに少し似ているからだろう。

そういうと、祐一がもぞもぞとこそばゆそうなツラをした。

この青年は本当にドゥアンに似ている。ドゥアンというのは、目玉の大きな、いつも人をそらさぬ笑みを浮かべた陽気な子どもだった。快活で健康的な少年だった。

もっとも、内側は知らない。人間の内側だけは、見かけでは推し量れない。あれほど朗らかな子どもだと思っていたドゥアンが、陳国順と知りあった後始めたことを思えば、しみじみとそう思う。

祐一の話によると、ドゥアンはダイナマイトが欲しいといったそうだ。タオと祐一と三人で、深夜のドライブをして、トンネル工事の現場からダイナマイトを盗もうとしたという話を聞いて、古賀は首を振った。あのドゥアンがか。あのタオがか。そしてまた、目の前にいるこの間嶋祐一がか。

この青年は、素直で人なつこい目を持っている。瞳がひどく澄んでいるのは、若いからだ。周囲の喧騒、雑音も騒音も含めて、すべてを受け容れる目だ。ある意味では、貪欲な目だった。飢えて乾いた砂地のような目つきだ。あらゆるものを吸いつくし、やがてそれを自分の魂の肥やしにしていくだろう。

＊

陳国順は昭和二十一年、台湾で生まれた。父親は、陳が生まれる前に亡くなったとか、日本人だったとか、色んな噂がある。十七歳の時に流氓の仲間になり、頭の回転が速く交渉術にたけた若者だというので勢力を伸ばしていくのだが、当時から彼には一匹狼的な性格があったらしい。台湾流氓は勢力分布図の入れ替わりが激しく、組織の中に安住するより、自分の能力を信じて飛び出したほうが、うま味が大きい。そう判断したのかもしれない。

二十代の前半、彼は単身来日し、『山口正夫』と名乗って大阪に貿易会社を作った。会社の登記は友人の日本人に名前を借り、自分は実質的な経営権を握っていた。この会社をダミーとして、彼は台湾から麻薬の輸入ビジネスを始めた。だがもちろん、この仕事は長続きしなかった。彼が二十七の時、大阪府警は麻薬ブローカー陳国順の逮捕状を請求するのだが、気配を察知した陳に間一髪で逃げられている。

神戸港で俺が彼を取り逃がしたのは、その二年後だ。お前は二十年前の新聞記事を見たといったな。ではその時、船から陳とともに転落して、重傷を負った男の事を読んだだろう。彼が高見だ。あの車椅子に乗った男だ。ドゥアンの本当の父親だ。

俺は高見を子どものころから知っている。

俺たちがこんな――かわいい背丈をして、まだほんのいたずら小僧だったころからの、ワル仲間さ。前に話した通りだ。小学校、中学校と同じ学校に通ったが、高校は別だった。向こうは金持ちのボンボンでおまけに秀才で、こっちは勉強嫌いで通っていたからな。ところが面白いことに、大学に入ると高見がいたんだ。あいつは高校時代、すっかりぐれて遊びにうつつを抜かしていた。こっちは逆で、高校時代は真面目に勉強したものだから、いつのまにかあいつとレベルがそろっていたわけさ。あいつはまじめくさって俺の肩を叩き、また一緒に遊べるぞ、俺に感謝しろといったものだ。

――学生時代は楽しかった。高見はすっかり道楽息子になりきって、それを楽しんでいた。授業にはほとんど出席しなかったが、学校にはまめに顔を見せていたな。キャンパスに来ると、だれかれとなく暇そうな奴を見つけては、遊びに連れ出すんだ。俺もそのひとりだった。高見は色男で、金も力も持っていた。女によくもてていたよ。女にはいいかげんな男だと思っていたんだが、そんな奴がたったひとり真面目に惚れた女がいてな。それが京子だった。

――あんたも惚れたんだろと、お前は言うのか。

お前、飲みすぎだ。

坊主のくせに、ませた奴だな。これぱかりは、どうしようもない。俺は高見のことも好きだった。好きなら譲ってやりゃあいいと思うだろう。ところがそういう時に限って、妙なライバル意識が顔を出したりもするのさ。変に譲られたりしたら、高見が気を悪くするなんて、妙ないいわけを自分にしたりしてな。しかも俺たちは、あんまり長く一緒にいたせいか、女の好みまで似ていたらしい。ふたりとも、京子の関心を引くのに必死になった。デートする時はいつも三人だ。おかしな話だろう。高見は京子を喜ばせるために、小型船舶の免許を取った。ところが面白いことに、京子のために買ったボートに、高見自身が夢中になってしまったんだ。お前ならきっと、わかるはずだ。ボート免許を持っているし、船に夢中だ。そうだろう。いつも船でデートするわけにもいかない。高見はだんだん俺たち三人の輪の中からはぐれていった。俺と京子は二人で会うようになった。俺は内心嬉しかった。高見が京子から下りたような気になったんだろうな。

女心という奴は複雑だ。高見が自分をかえりみずボートに夢中になると、今度は京子のほうが高見を追いかけはじめたんだ。大学を卒業して五年後、高見と京子は婚約した。高見は親父さんの会社に入社し、二年もすれば結婚するはずだった。

そこにあの事故だ。

あの時俺は、船が必要だった。海上保安庁のランチや、水上警察のボートでない、陳が取引相手の船だと勘違いしそうな、普通のモーターボートが必要だった。だから高見に頼んで船を出してもらった。それがとんでもない結果になった。

陳は、船上で突然逆上して暴れた。陳と高見はもつれあって海に転落した。陳はそのまま逃げたが、高見は船に戻ろうとして二隻の船に体をはさまれた。腰椎と内臓を痛めていた。医者には生きているのが不思議だと言われたさ。

当然のことだが、高見の父親は激怒した。兵庫県警を告訴すると怒り、俺を高見の病室に入れてさえくれなかった。

京子は——高見と別れて、海外に行くと言った。俺は知らなかったが、その時には既に、京子の腹にはドゥアンがいた。京子がどういう気持ちだったのか、俺にはよくわからんのだ。別れた高見が追うことができないくらい遠くまで逃げて、子どもを産むつもりだったのか。なぜそこまでして、高見と別れたかったのか。高見から逃げようとしたのか。

障害を抱えた高見と生きるのは、自分には無理だというようなことを、京子は言った。嘘に決まっている。京子という女は、俺が知っている中で、もっとも辛抱強くて意志の強い女だった。愛情の深い女でもあった。

京子が海外に逃げたあと、陳国順を逃がしたのは、俺の芝居だという噂が撒かれた。ばかばかしい。

俺を知る人間は、たいてい吐き捨てるようにそう言ってくれたが、俺はやがて周囲に白い目で見られる刑事になり、内部監査の対象になり、警察にいづらくなって退職することになった。何かが変だった。あの夜。あの二十年前の夜。急に歯車が狂い始めたあの夜に、俺の知らないところで何かが起きた。

俺はどうしても、それが知りたい。

警察を辞め、京子を追うように俺も海外に出た。実家の両親の話では、アジアの各地をぶらぶら旅行していると言っていた。絵葉書の消印を頼りに、彼女を追った。高見に何も告げずに。京子が去り、俺も黙って消え、あいつはさぞかし俺を恨んだだろうな。

京子を見つけたのは、タイのバンコクだった。

子どもを産んでいた。彼女は重い病気を患っていて、子どもを育てられるような状況ではなかった。奈良にある京子の実家は裕福だが、とてもお堅い家柄でな。父親のいない子どもを産んだ上に、海外に飛び出した娘は勘当されたも同然だったんだろう。京子の性格からしても、実家に助けを求めることは、とてもできなかったんだろうな。

京子にとっては不本意だったろうが、産後ほとんど意識がないうちに、子どもはタイ華僑の家にもらわれていた。それがウォラチャットだ。裕福な華僑の一族で、子どもができないことだけが夫婦の悩みの種だという、幸せな一家だった。

俺はバンコクのスラムに住む漁師になり、細々と生活しながら陳の行方を追った。もちろんドゥアンのことはずっと気にかけて見守っていた。高見の息子が、不幸になるようなことがあってはいけないような気がしたんだ。

——いいから、そのまま寝ていろ。まったく、子どもにハイボールは早すぎたな。眠りながら聞いていてくれ。俺と高見と、京子の話だ。

俺は病気の癒えた京子と、同棲するようになった。その頃には、京子も高見のことを忘れたような顔をしていた。俺は事件のことを聞きだそうとしたが、京子は何も言わなかった。

ドゥアンが生まれてから三年もしたころだっただろうか。京子が俺の子どもを身ごもった。嬉しかったね。何しろずっと、京子が俺を選んだのは、ひとりでの暮らしに耐えられなかったからで、それ以上のものじゃないという引け目を感じていたからな。これで晴れて京子と俺は本当の夫婦だ。そんな気がして喜んでいたのは俺ひとりだ。

何日かして、京子が青い顔して素っ気なく言ったよ。堕ろしてきたのってな。俺はああそうかと言っただけだった。本当はわかっていた。京子にとっては、ドゥアンだけが自分の息子だった。それ以外の子どもは欲しくなかったんだ。ある意味でひどく潔癖な女だったんだな。自分の愛情が、捨てたドゥアン以外の子どもに移ることを恐れたんだろう。俺は京子を恨むつもりも憎むつもりもない。それ一度きりだった。彼女が本心を見せたのは。あとはいい嫁を演じつづけてくれたよ。俺を好いたふりを、本当に上手に続けてくれた。俺をいい気分にさせて、それでこの春、ぽっくり死んだのさ。心臓をやられてたんだ。まだ若かった。それで日本に帰ってくる俺も俺だな。

お前、笑ってるだろう。笑わないって？

結局、二十年かけて何もわからないままだった。あの夜の真相。京子が高見から逃げた理由。

——なんだって。

ふりだけじゃなかったかもしれない、お前はそう言ってくれるんだな。

そうだな。二十年だ。一緒にいつづけてくれたことだけでも、本当は京子に感謝しているんだ。何しろその間、高見はたったひとりだった。京子もドゥアンもいない世界で暮らしていたんだから。

いつか、ドゥアンが本当の両親の存在に気づくだろうとは思っていた。ウォラチャットはいい養い親だった。ドゥアンは大事に育てられた。でなきゃ、あんなに朗らかな子どもに育つものか。だが人間の心の中というものは、どこまで複雑なんだろうな。ドゥアンが陳にひかれ、日本にひかれ、犯罪と危険にどうしようもなくひかれたというのは。

——ドゥアン。

あの陽気な胸の中に、風の吹きすさぶ空洞があった。俺は気づいてやれなかった。

ドゥアンは日本に現れ、陳からの積み荷を待っていた。陳は日本に入国できない。今度捕まれば長い刑期が待っている。だから代わりにドゥアンのような代理人を入国させたのだ。それも危険な賭けだった。ドゥアンは正式なパスポートを取る事ができなかったので、密入国させなければならなかったからだ。そうまでして日本に来るほど、ドゥアンの情熱が強かったということか。……本当の父親に会いたかったのか。

陳がやっている商売のことは知っていた。ドゥアンがそれを手伝おうとしていることにも気づいた。ドゥアンと陳が接触したのはまったくの偶然だったが、日本にあれほど焦がれていたドゥアンと、日本での商売をどうにかして続けようとしていた陳が、バンコクという街でいずれ出会うのは、避けられないことだったのかもしれない。

二十年だ。二十年、自分は陳の動向をまるで恋人の行方でも探るかのように追い求めつづけた。香港にいるらしいと聞けば香港にも探しに出かけた。バンコクで陳とすれ違ったこともある。すぐそばを、俺に気づかず通り過ぎていく若々しい中国人の実業家に、声をかけることもできなかった。金を手に入れ、権力の甘みを知りはじめた当時の陳は、神戸港の沖合で見た時よりもはるかに、輝かしい男盛りの色気を漂わせていた。

陳はサングラスをかけることをやめていた。憂いをおびた両の目を、まともに日の下にさらしていた。

今では陳を憎いとは思わない。彼が犯した罪は償わなければならないが、陳というひとりの男をこれほど知りつくしたような気がする今になっては、憎むことはできなかった。

明日は船を出そう。向こうが会わないというなら、押しかけるまでだ。

――なんだ、もうお前は夢の中にこぎだしているのか。たいした坊主だ。悪いが、かけてやる毛布すらないんだ。九月だし、風邪をひくことはないだろう。

外は嵐になっているな。ごうごうと窓に打ちつける雨風が、激しくなるばかりだ。この風も、明日の朝にはすっかりやむだろう。一晩好きなだけ荒れるがいい。俺も眠ろう。

＊

――同じ時刻。

高見家の島にもスコールのような夕立が降っている。

「早いうちに島に戻ってきておいてよかった」

真木がそんなことを言いながら、今しがた客室に引き取っていった。大阪のホテルを脱出した後、射撃大会は諦めて、ヘリコプターで島に戻った。とにかく島にいれば、古賀もあのふたり組も現れないだろう。そう真木は高をくくっているらしい。

高見は車椅子の向きを変え、窓に向かって走らせた。よろい戸を降ろすのは電動のスイッチひとつ押すだけでたりるのだが、この情景を見逃すのは惜しい。窓の外は深い闇の底に沈んでいる。風が向きを変えるたび、大粒の雨がガラス窓に打ちつけられて小さな滝を作る。高見の屋敷は島の高台にあり、月の夜は射撃場とその向こうに広がる家島の島々、それに瀬戸内海が見事な眺望を与えてくれる。今夜はそれもない。ときおりひらめく雷光が、射撃場の向こうで荒れ狂う海をしらじらと照らしだす以外は。

――来る。

高見は雷鳴に耳を澄ませ、それにかぶさる破壊的な波の音に心を躍らせた。

あの陳国順に雇われているふたりが来るかどうかなど、どちらでもいい。誰が何といおうと、古賀は来る。きっと来る。

二十年ぶりに会った古賀は、自分を混乱の真っ只中に突き落としてくれた。何もかも、夢のように感じる。現実感のないこの世界。

(京子とお前の息子)

陳国順に雇われていた、ドゥアン・ウォラチャット。古賀は確かにそう言った。京子が死んだとも言った。

突然、自分には息子がいたと言われても、信じられるはずもなかった。京子が死んだと聞かされても、泣けるはずがないのと同じだ。

高見は目を細めた。

自分の知らないところで何もかもが変わってしまう。自分の手の届かないところで、全てが終わってしまう。京子が死に、ドゥアンが殺され——高見自身も、知らないうちに自分の人生に幕を下ろすのかもしれない。

ただひとつ確かなことがあるとすれば。

(古賀がここに来る)

高見はうっとり目を閉じた。雷鳴も荒れ狂う風の音も、心地よい音楽のように聞こえた。

インターバル（1994・8）　バンコク

「あんたの顔、覚えているよ」

古賀は石畳の床に倒れたまま、どうにかして声の持ち主を見ようとするかのように、薄く瞼を開いた。

さんざん殴られ蹴られ、意識は朦朧としていたが、古賀が決して聞き逃すことができない声だった。

「あの夜の刑事だ。そうだろ」

陳国順《チェン・クオシュン》。日本名を名乗っていた頃は、山口正夫と言っていた。当時はまだ三十代で、冬の夜でも濃い色のサングラスを手離さず、ぞっとするような青白い痩せ方をした奇妙な男だった。あれから二十年近くになる。時おりバンコクに姿を現す陳は、時の経過と共にゆっくり身体に貫禄をまとわりつかせ、周囲に取り巻きや部下を引き連れるようになり、そしていつかサングラスをかけずに街を歩くようになった。街の顔役と呼ばれるような連中とも、親しげに付き合うようになっていた。

「チェン――」

古賀は腫れた唇の隙間から、何とか言葉を絞り出した。

「おかしな男だよ、こいつ。ただの屋台の親爺のくせに、何度もうちの店を覗いたり、若いのの後を付回したりしてやがった」

憎らしげに吐き捨てたのは、バッポンに住む上海系の中国人をとりまとめているマー老人だ。古賀は喉の奥に流れた鼻血を床に吐き捨てた。身体に疼痛が走るのか、時おり顔をしかめる。

マー老人の逆鱗に触れて、地下室でリンチに遭ったのだ。

「クオシュン、あんたこいつを知ってるのかね」

陳が微笑した。

「長年にわたる腐れ縁ですから」

ふん、とマー老人が鼻を鳴らす。

「この男は日本から来たという噂だが、あんたに厄介ごとを持ち込むようなら、私が始末をつけてやろうか」

「それはダメですよ、マー小父さん」

面白い冗談を聞いたかのように、陳が朗らかな声を出した。

「この男を殺したがっている人が、日本にいるのでね」

「――ドゥアンを返せ」

古賀が腹の底から搾り出すような声で言った。必死なのだろうが、ささやき声にしかならなかった。

「ドゥアン？」

陳が鸚鵡《おうむ》返しに聞き返す。意外そうな声だった。

つい先日、ドゥアン・ウォラチャットが突然街から姿を消した。

ドゥアンは子どもの頃からバッポンに出入りしていた。育ちの良い子どもなら普通行かないような店や場所まで、ドゥアンが徘徊していることに気づいて、古賀はなるべく目が行き届くように、漁に出る回数を減らしバッポンでほとんど毎日のように屋台を出すようにしていたのだ。ドゥアンにもしものことがあれば、古賀にも責任がある。彼はお目付け役になったつもりで、京子にも黙って、毎日ドゥアンの行方を目で追っていた。

同じように、タオと呼ばれている少年も、ドゥアンの兄のようにいつも彼の後を追いかけていた。傍目《はため》にはどちらが年上なのかわからないほど、ドゥアンのほうが大人びて見えたけれど。

ドゥアンが時おり、マー老人の店に出入りするようになった。一度だけ、古賀はマー老人の店で陳国順に似た男を見かけたような気がした。ウォラチャット家では、半狂乱になって息子の行方を捜している。ドゥアンがこの街でないどこかに行ったのだとすれば、行き先はマー老人が知っている。そんな直感が働いた。そして、あの時古賀が見かけたのが陳国順に間違いなければ、ドゥアンの行き先はおそらく――

「ドゥアンがどうかしたのかね」

陳はとぼけている。

「あんたはドゥアンの何なのだ」

古賀はもどかしそうに、よく見えない目をどうにか見開こうと頭を振った。

「日本に——行かせたのか」

陳が黙った。今夜は鮮やかなエメラルド・グリーンのシルクシャツ。昔の陳は、こんな派手な色のシャツなど着ることはなかった。

「——答えろ。あいつを——日本に、やったのか」

「あんたに何の関係がある？」

陳の声には感情がこもらず、ひんやりしている。

「——返してくれ。あいつを」

陳がマー老人を振り向いた。

「この男はこの街に来て長いのですか」

「さあね。見かけるようになってから、もう二十年にはなるだろう。腕っぷしが強い。バッポンではちょっとした顔だが、いなくなったところで困る人間は誰もいやしないよ」

「この男とは、言った通りの長い腐れ縁でね。そう簡単にいなくなられては、私が面白くない」

バンコクにも時おり現れるという陳の噂を求めて、古賀は街を訪ね歩いたこともあった。陳がどんな商売をし、どんな人間と会っているのか、警察などよりもずっと古賀のほうが詳しくなっていたかもしれない。その動きは、当然陳にも勘付かれていたのだろう。

陳が古賀の上にしゃがみこんだ。端正な顔が、ぐっと古賀に近づいた。

「ドゥアンは自分で日本に行ったんだ。あの子は日本に行きたがっていたから」

「そんなはずはない」

血にむせて咳き込む。

「――そんなはずはないんだ」

何かを測るような目つきで、陳はじっと古賀を見つめていた。

「どうしてわかる？　あんたにドゥアンの何がわかる？」

冷ややかで、どこか勝ち誇ったような声だった。何か深いところで、自分はドゥアンを理解しているのだと言いたげな声。

「――お前こそ、ドゥアンの何を知っている」

赤ん坊の頃から、京子にも知られずにそっとドゥアンを見守ってきた古賀以上に、陳が何を知っているというのか。陳の自信ありげな話し方に、古賀が苛立たしそうな表情を見せた。

「ドゥアンは日本にいる父親を探しに行った」

痛烈な一撃。

「あなたの父親は日本にいると、きれいな女に突然言われたそうだ」

それは京子のことか。古賀が陰ながらドゥアンを見守ってきたように、京子も古賀にすら知られることなく、ドゥアンを見守りドゥアンに本当の父親の存在を話さずにいられなかったのか。そうしてゆっくりと、彼女自身も知らないうちに、ドゥアンの中に日本に対する憧憬を芽生えさせ、父親に対する思いを育てていたというのか。

黙りこくった古賀に満足したように、陳が笑い声を上げた。

「マー小父さん、この男はそのへんに捨てておくといいです。しぶとい男だが、馬鹿ではない。これ以上、小父さんを困らせることはありませんよ」

「だといいがね」

マー老人が指示し、部下の男たちが古賀の身体を肩と足を抱えて乱暴に持ち上げた。

「チェン」

古賀は逃れようと暴れた。まだ陳に聞きたいことがあった。

「あの夜、何があったのだ。教えてくれ。お前があの夜見たものは何だったのか」

陳は胸のポケットからサングラスを取り出し、ゆっくりかけた。地下室から連れ出される前に古賀の目に映ったのは、陳の不可解な薄笑いだった。


男たちが古賀を真夜中の路上に放り出した。バッポンの裏通り。人通りはない。

古賀は身体の痛みをこらえるように顔をしかめ、どうにか起き直るとそっと肋骨のあたりを押さえた。骨は折れていないようだ。小さいひびくらいは入ったのかもしれないが、しばらく我慢すればそのうち治るに違いない。

しばらく壁に背中を凭れさせたまま、身体を休めていた。立ち上がる気力もないようだった。発熱しているのか、時おり身体が震える。壁に手をつきながら、ようやくじわじわと身体を持ち上げて、這うような速度で通りを出ようとした時だった。

向こうに女が立っていた。右の瞼が殴られて腫れているし、暗くてよく見えない。古賀が通りの向こうを透かすように見ると、女が息を呑んだ。

「どうして──」

京子の声だった。ぼろぼろになった古賀を見て、立ちすくんでいた。

「──京子」

言葉が出てこない。

ドゥアンは行ってしまった。俺たちの手が届かないところに行ってしまったよ。

そんな簡単な一言すら、古賀は飲み込むように黙っていた。ここにいるのは、親友の将来と婚約者を共に奪い、そのひとり息子を陰ながら見守ることで罪滅ぼしとしてきた男と、その息子を同じように見守り、日本と本当の父親への愛着をそっと育んできた母親だった。ただふたりとも、睨みあうように黙って、異国の暗い通りを挟んで立ち尽くしていた。

じき夜が明ける。明けない夜は、ただの一夜もない。そう信じながら。

第三部

平成七年　九月二十日（水）・五日目

1.

「JR三宮駅のコインロッカーに、拳銃を入れました。弾は入っていません」

祐一は受話器にささやき、フックを降ろした。テレホンカードが戻ってくる。軍手をはめた手でカードを取った。

知らぬ顔をして、駅の外に停めておいたレンタカーに戻った。これでようやく軍手を脱ぐことができる。暑くてしかたがなかった。携帯電話で天気予報を聞いた。船を出すには絶好の日和だ。

二人の警官は、三分とたたず駆けつけてきた。祐一が通報したロッカーの前に立ち、係員がマスターキーを持ってくるまで、人を寄せつけないようにがんばっている。別の警官が、祐一が通報に使った公衆電話に近寄り、周囲の人間に声をかけている。朝の通勤時間帯にはまだだいぶ早いが、駅には早起きの会社員らしいスーツ姿があふれている。じきに鑑識の職員が駆けつけてくるだろう。公衆電話やロッカーの指紋を採取するためだ。もちろん古賀や祐一の指紋はどこにも残らないように気を遣ったから、彼らは無駄足を踏むことになる。

一時間ほど前、買ったばかりの黒いポリ袋にベレッタを一挺入れ、古賀がロッカーに入れた。時間を決めて、祐一が警察に通報することになっていた。

駅の時計を見ると七時半。古賀とは西宮で落ち合う約束になっている。昨夜は古賀の話を聞きながら、飲み慣れないウイスキーのソーダ割りを何杯か飲むうちに、事務所のソファで眠ってしまった。いつも通り、五時にすっきり目が覚めたのが不思議なくらいだ。

警官の動きを見届けて、そろそろと車を出した。目的地は西宮のヨットハーバーだ。昨日のうちに、レンタル艇の予約を入れておいた。阪神西宮駅で、ジーンズ姿の古賀を拾った。どこで手に入れたのか知らないが、新しい釣り竿を抱えている。港や船の上では、一番自然な姿だ。

「どうだった」

古賀が助手席に乗りこみながら尋ねる。折り畳んだ新聞を、後部座席に放り投げた。

「うまくいったと思う」

銃のどこかに、陳国順の指紋が残っていれば、陳が密輸入したものだという証拠になる。メオの指紋が残っている可能性もあった。密輸入に関わっている人間の指紋が取れれば、警察が彼らを一網打尽にすることができる。

「ラジオをつけてみろ」

古賀がいつになく真剣な表情で言った。この男は昨夜、自分よりずっと飲んでいたはずだが、今朝は全く酒の気配を残していない。なぜラジオなのかわからなかったが、言われた通り素直にカーラジオのスイッチを入れた。

「ニュースをやっているはずだ」

駅のどこかで耳にしたのか、古賀は確信ありげだった。祐一はラジオの選局ボタンを押し、それらしい音声が聞こえるのを待った。

男性アナウンサーの声が、ホテルの変死体がどうとか話し始めた。

「それだ」

古賀が鋭い声を出した。何かが変だった。一緒にいなかったのはほんの数時間だが、別人のように厳しい表情になっている。祐一はラジオのニュースに耳を澄ませた。

『――今朝四時半ごろ、神戸市長田区のホテルの客室内で、従業員が宿泊客と見られる男性ふたりの変死体を発見しました。亡くなった男性は、免許証などから神戸市中央区の岡田正人さん三十二歳と、神戸市西区の高坂友也さん三十七歳と見られています。ふたりは神戸市中央区に本拠地を持つ暴力団楽祐会の構成員で、警察は暴力団同士の抗争と見て捜査を続けています。なお、昨日の朝、梅田のホテルで発生した発砲事件と強い関連性があるものと見られ、当局は引き続き関係者の話を聞いています――』

「四時半か。道理で朝刊に載っていないはずだ」

古賀が憮然としている。

「まさか――」

言葉が出てこなかった。たしかにラジオのアナウンサーは、岡田と高坂という被害者の名前を読み上げた。殺されたというふたりは、タオを殺した例のふたりではないのか。新聞なら写真が載るところだが、ラジオでは被害者の顔がわからない。

「発砲事件と関連性があると指摘しているだろう。殺されたふたりの所持品から拳銃が見つかったのに違いない。銃を調べて、梅田の発砲事件で使われた銃だとわかったんだろう」

「いったい、誰が——」

あのふたりを殺したのか。

「捜査の状況を後で松田に聞いてみよう」

古賀が厳しい表情を崩さずに答えた。

まっすぐ西宮浜のヨットハーバーに向かった。ビジター用の駐車場に車を置き、レンタル艇の手続きをするためにクラブハウスに入る。船をイメージしているのか、白い柱とガラス張りの、採光の良い建物だ。

カウンターに立ち寄ろうとし、祐一はカウンター正面のベンチから立ち上がる人影に気づいた。

「ゆいっちゃん」

溝淵が立っていた。

大柄で、厨房に入るときにはいつも着けている濃紺のエプロンを脱ぐと、別人のようにいかつい雰囲気になる。溝淵は笑っていなかった。

「なんだ、びっくりした。店は休み？」

祐一は、できるだけ普段通りに振舞うように心がけた。

「クラブハウスの船を借りるって？」

耳が早い。ヨットハーバーは溝淵の庭のようなもので、クラブハウスの従業員は、溝淵のボート仲間ばかりだ。祐一がレンタル艇の予約を入れたことが、さっそく溝淵の耳に入ったのだろう。

「親戚のおじさんが来てるんだ。俺がボート免許を持ってることを知ってて、釣りに出るから船を出せって」

古賀は少し離れて、カウンターに置かれた船舶免許取得コースのチラシを見ている。こちらを見ていないが、全身で祐一と溝淵のやりとりに注意していることはわかっている。溝淵が古賀を観察するようにじろりと見やり、首を振った。

「お前がボート免許を取ってから、何年ボートの操縦を教えてきたと思う」

祐一の嘘くらい、お見通しだと言いたいのか。

「これ、お前と一緒にボートに乗っていた奴だろう」

溝淵が、新聞の切り抜きを見せた。タオの顔写真が載っていた。交通事故の被害者。

「昨日の朝刊だ。場所はゆいっちゃんの家の前じゃないか」

ただの交通事故なら、これほど大きな扱いにはならなかっただろう。乱闘事件に巻きこまれ、アパートから転落したショックで車道に出た可能性がある。記事はそう伝えている。

「もうひとりのほう、ドゥアンも一月に刺されて死んだな。お前いったい、何に巻きこまれているんだ」

古賀がちらりとこちらを見た。大丈夫だ、と祐一は古賀に向かってうなずいた。

「なぜ今日に限ってレンタル艇を借りるんだ。何に使うつもりだ。危険なことに巻きこまれているのか？」

溝淵が矢継ぎ早に問いかける。

「〈シーウルフ〉は、綺麗な船だ」

祐一は静かに言った。

「僕の手で傷なんか、絶対につけたくない」

何が起きるかわからない。梅田の真ん中で発砲する連中だっているのだ。

溝淵が黙って祐一を見ていた。古賀に視線を移した。今では古賀も溝淵に向き直り、様子を見ている。

「あの人は？」

「元刑事さんだよ」

今は私立探偵事務所に勤める事務員らしいけど、とは言わなかった。古賀の昔の肩書きを利用させてもらうことにした。案の定、溝淵は「元刑事」の肩書きに少し感銘を受けたようだ。

「俺にも話せないことだな？」

溝淵が低い声でつぶやいた。

「今は、まだ」

溝渕を巻きこみたくない。

「わかった」

桟橋のカードキーと、〈シーウルフ〉のキーを渡された。

「いいか。〈シーウルフ〉は野郎の船だ。傷なんか気にするな」

「溝渕さん」

「いいから、乗っていけ。あいつはいい船だ。スピードも出るし、航続距離も長い。言っちゃ悪いが、レンタル艇では〈シーウルフ〉ほどの性能は出ないよ」

レンタル艇を貸し出そうと待っていた受付の女性に聞こえるように言い、ウインクする。思わずそちらを見ると、屈託なく笑っている。溝渕の言葉には陰がない。

危険なことに使うつもりなら、慣れた船のほうがいい。溝渕がそう言ってくれているのだとわかった。溝渕がどれほど今の船を気に入っているかも、よく知っていた。掃除の手を抜いた学生に、二度と〈シーウルフ〉を貸さないことでも有名な男だ。

「——ありがとう」

溝渕のキーを握りしめた。

溝渕は軽く肩をすくめ、すぐさま後ろを向いて、足早にクラブハウスを出て行った。店に戻るのかもしれない。繁昌している店だ。この時間帯なら、出航前に朝食を食べる客で満員かもしれない。それなのに、レンタル艇で海に出るという祐一を心配して、わざわざ待っていてくれたのだ。

「行こう」

古賀がどしんと背中を叩いた。

苦笑し、出港届けを書いた。航路は明石海峡を抜け、播磨灘に出てUターンと書いておいた。目的は釣りだ。同乗者の名前は、適当にいもしない親戚の名前を書いておいた。

「いいなあ、美味しい魚。私も連れていって欲しいですよ。昨日の台風の影響で、今日も少し風があるから、気をつけてくださいね」

よく来るので顔見知りになった受付の女性が、出港届けを受け取りながら笑顔で言った。

クラブハウスからテラスに降りると、東からの潮風が髪をなぶった。海そのものの香りだ。水で洗ったくらいでは取れない、深い香り。栈橋に向かう。〈シーウルフ〉は中型艇ばかりが係留されている栈橋に、白い船体をゆったり伸ばしている。白地に濃紺のライン。

今朝、古賀が高見産業の秘書室に電話をかけて、高見が島に戻っているらしいことを確かめている。昨日の襲撃事件は、会社の人間たちは知らされていないようだ。高見や真木がうまく隠しているのだろう。

ブロワースイッチを入れ、エンジンルームの排気音を聞くと、急に喉が渇いた。これと同じ感覚を、前にも味わったことがある。ダイナマイトが欲しくて、助手席に座ったタオが見つめているのを意識しながら、借りた車のイグニッションキーを回した時。あるいは、百メートル走のスターティングブロックに足を乗せ、スターターの合図をじっと待つ時。

これから起きることへの期待と恐れと、興奮が体中にみっしりと充満し、体温が一度くらい上がり、喉が渇き――

エンジンの振動が足元に伝わる。上下に揺れる波。台風の影響で、風が少し強い。これから海に出る、その期待。

――覚えがある。自分はこの感覚を、いつか取り戻すことができるのだろうか。

「これを着て」

ライフジャケットを古賀に渡した。溝淵に教わったことは、基本を忠実に守ることだった。命がけの運転をするときでも、それは変わらない。

祐一はサングラスをポケットから取りだし、目を隠した。古賀がライフジャケットを着るまで待った。

エンジンを始動させ、もやいを解いた。船に片足をかけ、桟橋を蹴り出すようにして祐一が船に乗りこんだ。〈シーウルフ〉が、桟橋からわずかに離れる。出航だ。

見届けてハンドルを回し、リモコンレバーを前進に入れる。そろそろと船が桟橋から遠ざかる。船と桟橋の間で緑色の波が揺れる。

祐一が運転席に座り、古賀が隣の席に並んだ。船が安定するように、荷物は固定した。道中何が起きるかわからない。

西宮ヨットハーバーは、海上六百、地上百の合計七百艇を保管できるマリーナだ。一台一台の船に、オーナーの愛着がこもっている。桟橋に並ぶ船を見ながら、祐一は微速前進でマリーナの外に出た。波の高さは一メートル。

引き返せない旅。

リモコンレバーを倒し、回転数を上げる。古賀は席につき、片腕で舷側を掴んだまま、遠い海原を眺めている。

「古賀さん、しばらく揺れるよ」

ＯＫ、と指の先で丸を作る。タイでは漁師をしていたと言っていたはずだ。海には慣れている。

中速で船首がぐっと持ち上がり、波の上下運動に合わせて船が揺れる。身体が船から飛び出すんじゃないかと思うほどの揺れだ。それでも〈シーウルフ〉だから、この程度ですんでいるのだ。溝渕の志に感謝するべきだろう。

祐一はさらに回転数を上げた。船がふわっと波から浮き上がるように走り始める。船首が上がり、前方の視界が急に開ける。プレーニングという、滑走状態に入ったのだ。ぐんとスピードが乗る。祐一が一番好きな、船の状態だった。風が息苦しいほどに顔に吹き付けてくる。レバーを少し戻し回転数を落とした。

入港するクルーザーが、前方から飛ばしてきた。強い曳き波を曳いている。堤防のすぐ外で、マナーの悪い船だ。

わざとスピードを落とさず、斜めに越えた。船が波の上を飛ぶ感触に、思わず唇がほころんだ。

マリーナが遠ざかる。西宮の町が遠ざかり、パノラマの景色になって広がる。古賀が座ったまま白い歯を見せた。祐一は船を転針し、西の明石海峡に向けて進ませた。

＊

どこかで電話が鳴っている。

乾いたシーツの心地よい肌触りを、まどろみながら楽しんでいた真木は、そのかすかな音で跳ね起きた。

鞄の中の携帯電話が鳴っている。壁の時計を反射的に見ると、八時を過ぎていた。やれやれ。今日は早く起きて色々準備をするつもりだったのに、高見家の客間は寝心地が良すぎる。

鞄を開き、携帯電話を取り出した。小窓に表示されているのは、知らない電話番号だった。

「真木です」

『あんた、どこにおる』

低く物騒な声に聞き覚えがある。楽祐会の野崎だ。いっきに寝起きの目が覚めた。野崎の声は、昨日より遥かに機嫌が悪かった。

「野崎さん。何かありましたか」

快活な口調を崩さない。

『まだニュースを観てないらしいな』

野崎の声は、無理やりに抑えた怒りと警戒心に満ちている。爆発寸前のダイナマイトだ。しかし、野崎という男の場合、それすらも演技かもしれない。粗暴に見せかけて狡猾。野崎がここまでのし上がってきた理由だ。

『岡田と高坂が殺された』

息を呑んだ。野崎のマンションの駐車場で会った、追いつめられた目をしたふたりのやくざを思い出した。

「殺された？　いつ誰に」

『ふざけとるんか』

犯人を知っているなら、野崎は真っ先にそいつを血祭りに上げるだろう。つまり犯人は不明。素早く考えをめぐらせる。昨日の発砲事件の後、高見社長は自分が付き添ってこの島に送り届けた。その後は島から出ていない。少なくとも、高見社長と自分は無関係だ。

「野崎さん。ふたりが殺されたのはいつですか」

『今朝四時半頃らしい』

頭を冷やしたのか、野崎が答える。

『ほんまにあんた知らんのか。昨日、あいつらのことを聞きよったから、わしはてっきり――』

「まさか。無関係ですよ。俺は殺しなんかしません。ただの株屋ですから」

ふんと野崎が鼻を鳴らす。

『あいつら、刃物で刺されよった。連中、昨日大阪で発砲事件を起こしよって、ほとぼりが冷めるまで地方に隠すつもりで、今朝まで長田のビジネスホテルに泊まらせておいた。そしたら、今朝になって連絡がつかなくなったんや』

「ホテルなら、目撃者はいなかったんでしょうか。フロントの人間や駐車場とか。四時半なら意外と人間が通る時間帯ですよ」

『知るか。わしはおまわりちゃうぞ』

「警察が何か摑んでいるか、聞いてみますよ」

後藤刑事の存在が念頭にある。

『誰にやられたのかはわからんが、やくざがハジキまで持って、ふたりもおったくせに刃物で刺されるとは全く情けない話や――』

野崎はひとくさり愚痴をこぼし、何かわかれば知らせろと言って通話を切った。最後はものわかりの良さそうな声になっていたが、犯人がわかればどうなるかは目に見えるようだ。自分が犯人ならまっすぐ警察に自首する。そのほうが利口だ。おそらく命は助かる。

川西の自宅に電話をかけた。誰も出ない。川西は携帯電話を持っていない。

急いで着替えをすませ、客間を出た。

踊場の窓から外を見ると、昨日の夕立が嘘のように、澄んだ青空が広がっている。木立の向こうにヘリコプターのローターが覗いている。客がいるらしい。階段を駆け降りる。

居間で話し声がしていた。

食堂に向かうには、どのみち居間を通らねばならない。言い訳を考えながら、大きな両開きのドアを開く。

高見社長の車椅子はこちらに背を向けていた。応接のソファに腰掛けているふたりの男が、揃って顔を上げこちらを見た。どちらも濃い色の背広姿。ひとりが手帳を膝に載せ、メモを取っている。警察だと直感で考えた。

「やあ。よく眠れたかね」

高見が横顔を振り向け、口元だけで微笑した。

「おはようございます。すいません、お客様でしたか」

白々しく挨拶する。今朝の高見は涼しげな生成りのシャツを着ている。ふたりの男がもの問いたげな表情で真木と高見と見比べた。

「こちらは、真木良介君。友人で、私のプライベートな投資コンサルタントです」

高見の紹介に、これは、とかどうも、とか言う言葉が返ってきた。

「こちらは、大阪府警の刑事さんだ」

「お話中にお邪魔して恐縮です」

「今朝、神戸のホテルで暴力団員がふたり殺されたそうだ。そのうちひとりが、昨日の発砲事件で使われたと見られる拳銃を持っていた。殺されたふたりの写真をホテルのフロントに見せたところ、発砲直前に私の部屋が何号室かと尋ねた男たちに間違いないと答えたそうだ」

高見が淡々と説明する。予想はついていたが、驚く演技はお手の物だ。

「ホテルでの発砲は、私を狙ったものではないかと警察は見ているそうだ」

真木は黙って高見社長の静かな横顔を見つめた。発砲は四階のフロアだった。その直前、ふたりの男がフロントで高見の部屋を尋ねている。警察が高見を事情聴取するために、島に来るのは当然だ。

年配の刑事が、太い黒縁の眼鏡を押し上げた。

「まだそうと決まったわけではありませんが、彼らがわざわざ高見社長の部屋を確認したのが気になりましてね。社長はこのふたりの顔に見覚えはありますか」

低い大理石のテーブルに、数枚の写真を乗せる。ちょっと嫌な気分で真木も覗きこんだが、どうやら生前の写真のようだった。

「いや。会ったことはないでしょう。覚えがありません」

「たいへん失礼な質問ですが、暴力団関係者に恨みを買うような心当たりは――」

高見が口元で笑うのが空気の動きでわかった。

「私は建築会社を経営しています。中には土地の権利がらみで、厄介なことになっている物件もあるかもしれない。しかし、そんなことで彼らはいちいち人を殺しませんよ」

「これは念のためですが、おっしゃるように権利関係での揉め事があるようでしたら、一応はその線も調査したいのですが」

「それなら秘書に連絡しておきましょう。お望みの資料をお渡しするように伝えておきます」

「助かります」

腰を上げようとした刑事が、写真をしまいかけてふと気づいたように真木の目を覗き込んだ。

「ああ、そうだ。そちらの方も、このふたりに見覚えはありませんよね」

「ええ、残念ながら」

「……ですよね」

刑事が手帳の間に写真を挟んだ。少し答えるのが早すぎたか。ろくに見もせずに答えたように聞こえなかったか。

刑事たちは車椅子の主人が外まで見送ろうと言うのを丁重に辞退し、屋敷を出て行った。飛び去る府警のヘリを、真木は高見と肩を並べて窓から見送った。

「さて、朝食にしよう。つきあいなさい」

すっかりヘリが見えなくなると、何事もなかったかのように高見が電動車椅子のスイッチを操作した。まるで本物の足のようだ。楽々とダイニングに向かって進んでいく。真木が後を追ってくるのを確かめもせず、高見が苦笑と共に低く呟いた。

「お前は嘘が下手だな」

答えに窮する真木を尻目に、高見の車椅子はそのまま進んでいく。急に、何もかもこの場で問い詰めて、聞き出したい欲求にかられた。高見の肩を摑み、揺さぶってでも問いただし、静かに自分から底なしの深い沼に沈もうとしているこの男を、何とかして助け出したかった。

「社長」

意を決した真木の呼び声に、高見が振り向いて微笑した。

「早く。コーヒーが冷める」

真木は深く吸い込んだ息を、長々と吐き出した。たとえ揺さぶっても殴り倒しても、高見は黙って自分の思うようにする。そういう男だから気に入ったのだ。しかたがない。

ポケットの中で携帯電話がまた鳴り始めた。フラップを開くと公衆電話の表示が出た。高見に先に食堂に行くように頼み、電話に出た。

『俺です』

川西の声だった。表情を高見に見られないように背を向けると、電動車椅子が離れていく音が聞こえた。

「どうした」

『西宮のマリーナから、例の間嶋祐一という奴の出港届けが出た』

「いつ」

『ついさっきです。叔父という男が同乗しているが、たぶん古賀だと思う』

「島に来るつもりなのか」

『俺が止める』

妙に決然と川西が宣言し、通話が切れた。やれやれ。どいつもこいつも、勝手に動きやがる。

真木は溜め息をついてポケットの中を探った。睡眠薬の小瓶が入っている。まさかの時のために用意したものだ。

しかたがない。川西が失敗する恐れは充分ある。万が一のために、高見の朝食に一服盛って、眠らせるつもりだった。古賀と会わせて、高見を人殺しにするわけにはいかない。

＊

沖はさらに風が強かった。陸に向かって少し流されているようだ。

祐一は船の針路を修正し、近づいてくる淡路島の北端に目をこらした。サングラスをかけていなければ、まぶしいほどの陽射しだ。さきほど神戸にふたつある人工島の沖合を通りすぎた。赤いポートタワーの上を、足の早いちぎれ雲が走り抜ける。工事中の阪神高速のあたりで、赤と白のクレーンが動いているのが見える。コバルトブルーの海と、涼しげな空。こんなに殺伐とした目的さえなければ、のんきにかまえて眺めていられるのだが。

淡路島がもっとも接近するのは、垂水の付近だった。今まで広々と広がっていた海が、ここで急に明石海峡と呼ばれる狭い水道になる。大型船舶は法律で明石海峡航路の航行を強制される。祐一は航路を避けて島寄りの水域を走りながら、航路を全速でつっきろうとしている漁船があることに気がついた。

垂水から、淡路の方向に向かい、航路を横断しようとしているのだ。漁労中のトロール船だった。マストに形象物を認めた。

「網は出していないようだ」

古賀が双眼鏡を手に取り、皮肉な声を出した。

「〈あけぼの丸〉だな」

川西の船だ。

祐一たちが今朝船を出すことを、どうやって知ったのか。各マリーナに問い合わせて、出航届をチェックしたのだろうか。

「どうして追ってくるんだ。あの船は」

「知らないよ」

川西は拳銃密輸に協力している。一月にドゥアンが死んだ後は、タオに手を貸して積荷を引き上げさせたらしい。その件は古賀にも話しておいた。古賀が考えている。

「二十年前の密輸にも、〈あけぼの丸〉が関係していた」

風に負けないように、古賀が声を張り上げた。

「同じ船？」

「おそらくあいつの父親だ」

「どうする」

「こちらの邪魔をされるな」

「了解」

スピード勝負なら、図体のでかい川西の船は〈シーウルフ〉に追いつけない。向こうが航路を渡りきる前に、こちらは明石海峡を抜けられる。

祐一はレバーをぐっと前に倒した。

「船に摑まって！」

波の高さは一メートル前後。このスピードになると、波のトップを飛び跳ねるようだ。シートの上で身体ががくがく跳ね、船から飛び出しそうになる。

古賀も舷側にしっかり摑まっている。

川西の計算は速かった。〈シーウルフ〉との合流地点までの最短距離を割り出すと、驚いたことに航路を斜めに横切りはじめた。航路を進む大型船の針路など、知ったことかとばかりに突き進む。

「あの男、タンカーを止める気か！」

古賀が怒鳴った。

案の定、航路の中はたった一隻の漁船のおかげで立ち往生を始めた。タンカーが警告信号を鳴らした。のどかだった海が、急に騒がしくなってきた。

「わがままだな。あの男は」

「感心してる場合じゃないだろ」

とにかく逃げきりだ。

「逃げるだけじゃつまらん」

古賀がそう言いながら、這うようにボートの後ろに行った。

「なんだって？」

お互いの声が風に吹き消される。祐一も怒鳴る。

「高見の島まで、あんな過激な船を連れていくつもりか！」

「まさか！」

こっちの燃料にも限界がある。川西に振り回されていたのでは、目的地までたどり着く前に漂流船だ。

来るぞ、と古賀がつぶやいた。川西の船が右側前方から近づいている。どうやら、捨て身でこの船の前に出てくるつもりらしい。

ステアリングを思い切って右に切った。滑走中でスピードが乗っている。速度を落とすひまもない。〈シーウルフ〉は大きく弧を描きながら旋回する。

外側に向かって船が横滑りを始め、祐一は舌打ちした。危ないところで川西の船に接触するところだった。すれ違いざま、〈あけぼの丸〉のステアリングを握った川西が、無表情にこちらの船の運転席を覗きこむのが見えた。ステアリングを戻しながら、吐き気がした。

「航路に突っ込むなよ！」

古賀が後方で怒鳴った。

「いっそ航路を越えて、もう一度向こう側に渡ってしまえばどうだろう」

「無理だ。常識を捨ててかかってる向こうのほうが強い」

そう言いながら古賀が運転席の後ろに立つのがわかった。背後を見ると、ミネラルウォーターの空き瓶を握っている。中身は海に捨てたのだろう。予備の燃料を中に入れ、救急箱から失敬したらしい脱脂綿と、自分のハンカチを詰めていた。

「何それ」

「これは俺たちの常識だ。喧嘩のな」

旋回したおかげで、針路が後ろ向きになってしまった。すっかり速度も落ちた。川西の船も転針して追いかけてくる。追いつかせろ。古賀がそういって舷側にうずくまる。

「ライター持ってるか」

「持ってないよ！」

タバコを吸わないので、持っているはずがない。だが一応ポケットを叩いてみた。マッチが出てきた。いつか真木と初めて会ったスナックでもらった奴だ。スナックの電話番号が載っているので、念のためにもらっておいたのだ。

船の上は火気厳禁だぞ、と言うと古賀が鼻先で笑い飛ばした。川西の船が追いついた。古賀が立ち上がり、よく狙って瓶を〈あけぼの丸〉に投げこんだ。落ちた瞬間には割れなかった。川西が落ち着いて速力を上げながら左に旋回した。船が外側に傾き、火炎瓶が船上を転がって海に飛びこんだ。古賀が唸り声を上げる。

「次は？」

「考えてる！」

とにかく、川西に追いかけられて逆向きに走っている間は、目的地にはたどり着けない。再びステアリングを切った。元の針路に戻すためだ。

川西の船が正面から近づいてくる。〈あけぼの丸〉の船上で、川西がにやりと笑うと、〈シーウルフ〉の前で転進して大きく波を曳いた。高い波が来た。角度を変える暇がなかった。まともに海水をかぶった古賀が、湿ったマッチを床に叩きつけた。ただでさえ今日は波が高いのだ。

「祐一、交代しろ」

古賀に押しのけられるようにして席を替わる。すっかり頭に血が上ったらしい。スピードを上げると、川西の船に突進した。速度で負けない点を生かして、川西の船を翻弄しようというのだ。前から後ろから、古賀も器用な男だった。川西が迷惑そうに運転席の古賀をじろりと見た。

「古賀さん、すごい波を曳いてるよ」

「そいつが狙いだ。でかいのが来たら教えてくれ」

二隻の船の危険な動きを見て、小型船舶はみなこちらを避けて走っている。

川西が古賀につられて、ステアリングを小刻みに回しはじめたのがわかった。この虫をどうやって捕まえてやろうかと思案するような、気難しげな表情をしている。波を受けるたびに〈あけぼの丸〉がぐらぐらと揺れることに祐一は気づいた。当たり前だ。向こうは船の高さがこちらよりずっと高い。

〈あけぼの丸〉と〈シーウルフ〉の航跡が、何度も交わり、曳き波が干渉してさらに高い波を作る。

「来た！　古賀さん」

波だ。ひときわでかい奴だ。古賀が黙って、川西の船から逃げ、波に向かって斜めになるように船を転針した。気がつくと、〈あけぼの丸〉は波に横腹を向けていた。普段なら決してやらないようなミスだった。まともに波を受けて、〈あけぼの丸〉がゆっくりかしいだ。川西が船から投げ出された。

「助けてやる？」

古賀が首を振った。

「まさか。自分でなんとかするさ」

川西が海面に顔を出し、〈あけぼの丸〉のそばに浮かんでこちらを見ているのがわかった。相変わらず表情のない顔だ。だがもう追いかけてくるつもりはないらしい。

「早いところ、逃げたほうが良さそうだな」

漁船とモーターボートが妙な動きをしている。そんな通報が、海上保安庁あたりに入っていないとも限らない。古賀がそのままレバーを前進に倒した。

「お前、桟橋がなければ船をつけられないか？」

島が近づいてきた。本当に小さな島だ。

古賀にあらかじめ教えられていなければ、祐一だけではたどりつけなかったかもしれない。

「どういうこと？」

また祐一がステアリングを握っている。

「島の東側に、入江がある。桟橋はないが、そちらに船をつけられないか」

「水深は？」

「知らないが、もともと桟橋は東の入江側に作るはずだったらしい。別の理由で西側に桟橋を作ったんだ」

「それなら行けるかもしれない。ゆっくり行ってみるよ」

〈シーウルフ〉には魚群探知機とともに、水深計がついている。水深を測りながら、ゆっくり進めばいい。

〈シーウルフ〉の船体に傷をつけたくないと言ったのは、本当だった。溝渕から預かった大切な船だ。それに、船舶免許を取った後、溝渕から借りて二年も乗っている。今ではほとんど、自分の船のように大切な存在だ。

「どうして桟橋でなく、入江に？」

「桟橋に船をつければ、すぐに誰かが見つける」

「こっそり島に上がるつもり？」

古賀は答えない。誰かに見つかれば、高見に会う前に邪魔されると考えているのだろうか。

島に近づくと速度を落とした。水深計を見ながら、入江に向けて船を進めた。

「このあたりが限界だ」

入江のある島の東側は、岩礁の多い地形だった。近づきすぎると、船の腹を岩で傷つけそうだ。後は島までの数十メートルを泳ぐしかない。

「お前はここで待っていてくれ」

古賀がライフジャケットと靴を脱いだ。

祐一は黙ってアンカーを物入れから取り出し、船首のクリートに結んだ。

「古賀さん、持っていて」

微速前進。リモコンレバーを中立に入れ、後は惰性で船を進める。

「ＯＫ。降ろしてみて」

「人使いの荒い奴だ」

ぶつぶつ言いながら古賀がアンカーをゆっくり繰り出す。アンカーが降りきるのを待って、船を微速で後進させた。エンジンを切る。ロープの張り具合を確認し、祐一もライフジャケットを脱いだ。

「船はここに停めておく。一緒に行くよ」

〈シーウルフ〉も心配だったが、ここまで来て、古賀をひとりで行かせるわけにはいかない。

溝渕はきっと行けと言うだろう。

「勝手にしろ」

古賀が水に入った。祐一も続いて降りた。浮きの上に、ふたり分の靴を袋に入れて乗せた。

腕時計も外して、靴と一緒に袋に入れる。マリンスポーツ用に防水されているが、泳ぐことまでは計算に入っていないはずだ。

九月の海は、泳ぎを楽しむには波が高すぎる。水は適度に冷たく気持ちがいい。ジーンズが海水を吸って、すぐに重くなった。泳ぎは得意な祐一でも、身体が重い。

苦労して入江に向かいながら、古賀がどうしてひとりで島に上がろうとしたのかを考えていた。

「この上に、クレーの射撃場があるそうだ」

入江に上がり、シャツの水を絞りながら古賀が上方を指差した。

「高見の趣味なんだそうだ。クレー射撃。昨日、散弾銃を膝に載せていただろう」

そういえば、黒い箱のようなものを載せていた。それにしても、個人所有の射撃場とは。

足を乾かして、スニーカーを履いた。乾いた感触が嬉しい。ずぶ濡れになったシャツとジーンズが、ひたひたと身体に張り付いて気持ち悪いが、この暑さならじきに乾くだろう。

「今日は静かだから、高見は屋敷の中かもしれん。屋敷は島の中央にある」

「島に来たことがあるんだね」

「一度な。二十年以上前だ。その頃には射撃場はなかった」

古賀が先に立って、入江から島の上に上がる斜面を登り始める。ごつごつした岩肌で、歩きにくい。左足をかばいながら、祐一は古賀に続いた。

「すごいな」

不意に開けた光景に、思わず歓声を上げた。

小さい島。海から見上げたときは、そう感じた。

緑の豊かな島だ。入江のすぐそばには、木々に囲まれた射撃場。森の向こうに、白い洋館の屋根が見える。茂みに隠れるように、小さな東屋の影も見えた。これが何もかも、あの高見という男のものなのか。

「木に隠れて見えないが、ヘリポートもある。向こう側に降りていくと、桟橋だ」

射撃場には人の姿は見えなかった。古賀はやや大胆に、島の見取図を空中に指で描いた。

「屋敷に忍びこんで、高見さんに会うつもり？」

大きな屋敷だ。まさか古賀が侵入しようとしているのが、こんな島だとは思わなかった。まるで何かの要塞のようだ。

「いや」

古賀は射撃場に入っていく。

半径十二メートルの半円上に、屋根のついた白い射台が八箇所。そのひとつひとつの床を、丹念に周囲の芝生まで調べはじめた。

「何か探しているのなら、手伝うよ」

「いいんだ」

古賀は背中を向けた。頑なな後ろ姿だった。探しているものはなかなか見つからないように、汗を流しながらゆっくり地面をなめるように見つめている。

祐一は所在なく屋敷を眺め、入江の向こうの海を眺めた。

「あった」

振り向くと、拾い上げた小さなものから、古賀が土を落としているところだった。金色に光る小さな円筒形をしている。

屋敷の方角から、森の中の小道を通り、こちらに向かっている人影が見えた。

「誰か来るよ」

知らせるつもりで声をかけたが、古賀は暗い目で手のひらに乗せたものを見つめているだけだった。

人影はどんどん大きくなった。あまり急いではいないようだ。見覚えのある顔がいた。今日もネクタイがひときわ派手だ。真木の後ろに、男がひとりいた。

「古賀さん、えらい久しぶりやな。俺のこと覚えてるか」

真木の後ろにいた中年男が、きれいにはげ上がった頭半分を見せながら低く笑った。古賀と年齢はそう変わらない。細めた目に浮かぶ表情が、鼠をいたぶる猫のようで不愉快だった。古賀がようやく我にかえったように、顔を上げた。手のひらの中に、例の円筒を握りこんでいる。

「なんだ、後藤。高見に呼ばれたのか」

古賀の声はさらっとしている。

そういえば、松田と古賀が話しているのを聞いたことがある。祐一は成り行きを見守りながら思いだした。後藤刑事というのは、松田の同僚のはずだ。この様子を見る限り、高見や真木に喜んで尻尾を振っているらしい。

「悪いが、家宅侵入で話を聞かせてもらうわ。そっちの子はともかく、あんたには二十年前のことも、いろいろ聞くことがあるねん。俺があんたを逮捕することになるとはな。夢にも思わなんだな」

「すまんな。だが少し待ってくれ。高見に話がある」

「それは困る」

真木が静かだが断固とした口調で言った。

「古賀さん、俺だってあんたをぶちこみたいわけじゃない。あんたが高見社長の前に現れない限りはね。だがこのままあんたを自由にさせておくと、あんた必ず社長に会いに来るでしょう。だからしばらく、臭い飯を食ってもらうことにしました。社長は珍しく頭に血が上っている。あんたに会えば、何をするかわからない。放っておいて、社長を人殺しにしたくないのでね」

「お前さんも川西も、忠義なことだな」

「そんなんじゃありませんよ。これは俺自身の飯のタネに関わる問題です。社長がぶちこまれれば、たちまち俺は飯の食い上げなんでね」

後藤が古賀の肩をたたいた。

「ヘリで来たんや。乗っていこか」

古賀が後藤の腕を払いながら顔を上げた。その口が開くのを祐一は見つめていた。

「高見！　高見、聞こえるか」

古賀が叫んだ。

「島にいるんだろう。聞いているはずだ。古賀俊夫だ。出て来てくれ。二十年前、お前と話すべきだった。今になって、やっとわかった。逃げないでくれ。話を聞いてくれ」

高見、とひときわ大きな声で古賀が叫んだが、島の中は静まりかえっていた。海鳥の鳴き声が聞こえた。入江に寄せる波の音が、うるさいほどだった。

「気がすんだら、後藤さんと一緒に行って下さい」

真木が古賀と祐一を見比べながら言った。

「社長は寝ています。実は朝飯の時に一服盛ったんです。あと何時間か、起きませんよ」

古賀が祐一を見た。古賀はどうやら笑っているようだった。自分はいつもこうだ。最後のつめが甘い。どうしようもないな、と呟きながら笑っていた。

「ま、手錠はいらんわな」

後藤が本心では手錠をかけたそうな顔をして、古賀の腕をつかんだ。

「待て」

古賀が後藤の手を押さえた。

「こいつに話がある。一分だけ、時間をくれ」

祐一を指差した。

後藤は判断しかねるように真木に視線をやった。真木がうなずいた。

「一分。そのくらいなら」

古賀は祐一の背に手を回し、後藤たちから少し離れた。手のひらに握っていたものを、祐一の手に押しこんだ。丸い、筒状の金属を手のひらの中に感じた。今では祐一にも、それが何かわかっていた。薬莢だ。散弾銃やライフル銃の薬莢ではない。祐一が、タオと銃の試射をした後、拾ったのと同じものだった。おそらく誰かがここで、拳銃の試射をしたのだ。発射音がしても、誰も変だと思わないクレーの射撃場で。

「高見だった」

古賀がささやくように告げた。声が震えているように聞こえるのは、風のせいではない。

「陳国順の密貿易に、高見が関係していたんだ。この薬莢と、〈あけぼの丸〉の川西が高見の元で働いていることが証拠だ」

祐一は薬莢を握り締めた。古賀を見た。真木がじっとこちらの様子を見つめていることに気がついていた。

「あとを頼む」

あんたはどうしたいんだ。聞きたかった。自分はこれからどうすればいいのか。何を言えばいいのか戸惑い、ただ古賀を見つめるしかなかった。古賀がふいに大きな手のひらで祐一の頭をくしゃっと撫で、もう片方の腕で背中を叩いた。

「ありがとう。ドゥアンの最後の一年を、一緒に過ごしてくれて」

礼なんか言われる筋合いはない。ドゥアンとは友達だったのだ。それでも、分厚くて大きな手のひらの温もりが、奇妙に心地よかった。

――父さん。

震災で命を落とすまでの何カ月か、防波堤に腰を下ろして、広い背中を向けて釣竿を垂れていた父親の背中が無性に懐かしかった。見上げると、古賀の目が赤かった。

「まだ自分ではわからないかもしれないが、お前はもう大丈夫だ。俺が保証する。お前は絶対に大丈夫だ」

走れなくなった自分が、一度死んだようなものだと考えていたことをどうして知っていたのだろう、とぼんやり思った。古賀が何を保証するというのかわからなかったが、お前は大丈夫だと繰り返す古賀の声を聞いていると、身体の芯が暖まって泣きたいくらいふわふわする気分だった。

「もういいだろう」

真木が近づいてきた。割って入った。祐一の手が気になるように、見下ろした。まだ濡れているジーンズのポケットに、真木から見えないように薬莢を押し込んだ。

「ほな、行くか」

後藤と呼ばれた刑事が、渋面を作って古賀と肩を並べた。その時だった。

森の中を、ゆっくりよぎる小さな影が見えた。屋敷からこちらに向かっている。かすかなモーター音が聞こえてくる。電動車椅子だと気づいた時には、真木の舌打ちが聞こえた。乗っているのは高見だった。黒く長いものを膝掛けの上に乗せている。

古賀の目が高見に釘付けになっている。

誰も今いる位置から動こうとしなかった。動くことができなかったと言うべきかもしれない。古賀にじっと目を据えて、車椅子を走らせる高見の静かな表情には、他人に口を出させない気迫がこもっていた。

風で髪がそよぐ様子すら見分けられる位置まで近づくと、高見は膝からライフルを取り上げて肩につけた。銃口は正確に古賀の額を狙っている。後藤刑事がさすがに身じろぎし、古賀から離れるそぶりを見せた。目の前で人殺しが行われても、この男は止めないつもりだろうか。

「――聞こう」

その言葉が、先ほど古賀が叫んだ言葉への回答だと気づくのに少し時間がかかった。

「高見」

あれほど会いたがっていた相手を見て、古賀は急に怖気づいたかのように見えた。

「――あの夜以来だ。陳の船を待っていた、あの二十年前の夜」

ささやくような声。高見は黙り、ぶれない銃口をしっかり構えたままだ。

「あの夜、陳と組み合ったお前が海に落ち、命に関わる重傷を負ったのは俺のせいだと、ずっと自分を責めてきた。海外に行くという京子を追って国外に出た後も、ずっとお前のことが心配だった。陳を追い続け、京子が産んだドゥアンというお前の息子を見守り、この二十年間ずっと心が休まる機会がなかった」

「――だから？」

高見が冷ややかに尋ねる。

「今さら命乞いか？」

「違う。教えてくれ、高見。あの夜、本当は何があったのか。俺は疑っていた。何度も繰り返し考え、その度にありえないと否定し、それでも疑うことをやめられなかった。俺の目には見えていなかった何かを、あの夜のお前は見ていたんじゃないかとな」

「何かとは？」

「それを知りたいんだ」

失笑。

「おかしな男だな、お前は。二十年前の事故については、お前を責めるつもりはない。京子が去ったことは、こんな身体になったのだから当然だと思ったよ。むしろ、結婚する前で京子のために良かったとさえ思った。信じられなかったのは、お前が京子と逃げたことだ。ずっとお前に尋ねたかった。どうしてそんなことができたのか。この二十年、お前はそれで幸せだったのか」

「――高見」

いったん口を開くと、高見は熱っぽく饒舌《じょうぜつ》だった。

「わたしはこの二十年ずっと、こうしてクレーやライフルを練習しながら、お前が来るのを待っていた。いつかお前がこの島に現れるような気がしていた。わたしの標的の前には、いつもお前の影があった。教えてくれ、古賀。この二十年のお前と京子の生活を私に聞かせてくれ。京子は今どこにいる」

「――死んだよ」

初めて銃口が震えるようにぶれた。

「言っただろう。嘘じゃないんだ。この春。まるで一月にドゥアンが死んだことを悟ったように、突然体調を崩した。ガンだった」

誰もが、真木ですら、高見と古賀の間に入ることもできず、ただ黙ってふたりを見守っていた。祐一も無言でポケットの中の薬莢を握り締めた。

「京子は最後までお前のことを心配していた。俺にも何も話さなかったが、京子が国外に出たのは何か理由があったのだと思う」

「京子のことは言うな」

「お前の子どもがおなかにいた。それがドゥアンだった。どうしてあの身体で、突然日本を出たのか俺にはどうしてもわからなかった」

「京子のことはもういい！」

「高見。教えてくれ。お前はいったい、陳国順《チェン・クオシュン》と組んで何をしているんだ？」

真木がはっと息を呑むのが祐一にもわかった。後藤が驚いたように古賀を見つめている。

真木が意を決したように、高見の銃口からさえぎるように古賀の前に立ちはだかった。

「どけ、真木」

「もういいでしょう、高見社長。充分だ」

「真木さん、どいてくれ。これは俺たちふたりの問題だ」

「そういうわけにはいかない」

真木が合図を送ったのか、後藤が慌てて古賀の腕を取った。

「待て、古賀」

「だめです、社長。古賀は逮捕されたんです」

「逮捕？」

「この島への家宅侵入と、二十年前の事件の容疑者としてね」

「勝手なマネを」

「文句は後でゆっくり伺いましょう」

後藤が引きずるように古賀を連れてヘリポートに向かう。

「高見！　その子と話してくれ」

連れていかれながら、古賀が祐一を指差した。

「その子は——祐一はドゥアンと友達だった。お前の息子がどんな男だったか、祐一に聞くといい。祐一は殺されたドゥアンの仇を討つつもりだ」

高見は燃えるような目で、まだ古賀に銃口を向けたままだった。古賀の動きにつれて、じりじりと銃口も動く。

「あんたには撃てないよ」

近くにいた祐一には、真木がぼそりと呟く声が聞こえた。

頼む、と最後にこちらを見て唇だけ動かし、古賀は後藤と肩を並べた。ヘリポートは東屋の向こうにあった。ヘリが飛び立った後も、祐一は射撃場につっ立っていた。どこか呆然とした様子で、ようやく銃を降ろした高見の姿もあった。いつの間にか、真木が横に来ていた。

「お前もこのまま帰れ」

真木が目を細めて、飛び去るヘリを見つめながら言った。

「嫌だ」

真木が、風が強すぎるというように、顔をしかめて横を向いた。祐一がそう答えると、わかっていたような顔だった。

真木が肩をすくめる。

「今ここに残っても、社長と話なんかできっこない。そういえば、川西はどうした。お前たちが西宮から出航したと聞いて、止めると言っていたんだが」

「そのうち来るだろう。船から落ちたんだ」

ふん、と鼻を鳴らした。

「あいつにはいい薬かもしれんな」

「真木さん」

なんだ、といいながら真木が煙草をくわえた。細巻きのメンソール。珍しく火をつける。

「これで良かったのか。ほんとにこれで」

「俺にはな」

真木の大きな手のひらが、祐一の頭を軽くたたいた。

「いいな、とにかく今は社長の邪魔をしないでくれ」

そう言って、屋敷に向かうスロープをゆっくり歩いていった。途中で高見の車椅子までたどりつくと、電動の車椅子ではないように後ろからゆっくり押し歩いた。あまり楽しげな背中ではなかった。

2.

高見は午後二時すぎに部屋から出てきた。古賀が県警のヘリで連れて行かれてから、三時間は経過していた。

すでに、川西が〈あけぼの丸〉で島にきていた。祐一はいったん〈シーウルフ〉を桟橋に係留し、屋敷で着替えを借りていた。高見社長が若いときに着ていたシャツだと、屋敷で長く働いているらしい白髪の女性が、微笑みながら教えてくれた。祐一には袖が少し長かった。乾いた服を用意してくれた女性が、真木や川西、祐一たちのために軽食も準備してくれていた。

高見は部屋から車椅子に乗って姿を現し、着替えてさっぱりした祐一と、まだずぶ濡れの川西を見たとき目を細めた。祐一が食べ終わるのを見計らったかのように、高見が銃を膝に乗せた。

「食事がすんだら、射撃場に行こう」

「社長、その子はさっさと家に帰したほうがいい」

ブランデーを垂らした紅茶を飲みながら、真木が鼻の頭にしわを寄せる。

「かまうな、真木。私の自由だ」

「もちろん」

「それよりも、さっき頼んだことを片付けてくれ。わかっていると思うが、お前にしか頼めないことだ。じきにヘリが来る」

「承知しました」

真木は降参の印に両手を上げると、やれやれと言いたげな表情で祐一を見やり、与えられた客間に引き上げていった。迎えのヘリが来るまで、ゆっくり待つつもりなのだろうか。

「さあ、行こう」

高見の車椅子に続いて緩やかなスロープを下りながら、祐一は突風に乱された髪をかき上げた。

「風が強いだろう」

閉口する気配を感じとったのか、高見が後ろも見ずに言った。

「この島は全体に風が強いんだ。射撃場を作る時、迷わず一番風の弱い東の入江を選んだ。そのために桟橋は西側に回され、不評を買っている」

笑っているらしい。数時間前、古賀と一緒に会った時とは、随分印象が違う。不思議な男だ。血がつながった息子のドゥアンとは、似ているような気もしたし、さっぱり似ていないような気もした。ポケットに納まっている薬莢の存在を感じながら、どう話を切り出そうかと考えていた。

ヘリコプターが近づいてきて、島の中央に舞い降りた。真木を迎えにきたヘリだろう。

「足はもういいのか」

スロープを下りながら高見がたずねた。

「歩く程度なら」

高見がうなずく。祐一が過去に陸上選手であったことも、事故にあったことも知っているような口ぶりだった。

「二年前の国体の時には、私も同じ会場にいた」

「高見さんが？」

「射撃の部の応援に呼ばれたんだ。知人が出場した」

君の優勝の瞬間も見た。さりげなく高見が言った。複雑な気分になった。スロープを下りきると、茂みの向こうに射撃場が見えた。

「わたしの道楽だ」

高見が笑う。

あとから急いで下りてきた若い男が、プーラーハウスに入った。クレーの発射を操作するのだと高見が説明した。

渡されたイヤープロテクターを、高見のまねをして装着する。車椅子のまま射台に上がり、ケースから出した銃を構える高見の横顔を見つめた。日に灼けぬ白い横顔だ。まるで血の通わない彫像だ。そんなふうに思うのは、高見が端正すぎるほど端正な容貌の持ち主だからかもしれない。これで、古賀と同い年なのだ。

浅黒く、目が大きくて表情が豊かなドゥアンと、見れば見るほど似ているところが見つからない。似ていてほしかった。ドゥアンを思わせる横顔でいてほしかった。

高見のかけ声で、左右の箱からクレーが飛び出す。射台を移動しながら、次々にクレーを砕いていくのを眺めた。

「やってみるか？」

射台を一巡し終わると、微笑を浮かべながら戻ってきて、そんな誘惑をする。

「規則ではいけないことになっているが、この島ではわたしが王様だ」

受け取ったショットガンは想像よりずっと重かった。勧められるままに、四番射台に上がる。

高見がそばにきて、待機姿勢から銃の構えかたまで丁寧に教えてくれた。古賀が自分をドゥアンと重ねていたように、この男もドゥアンの姿を自分の上に見ているのではないかと、ふと思った。一度も会うことのないまま、その存在すらも知らぬまま、この世から姿を消した息子。いったいどんな存在だろう。

「撃ってごらん」

高見の声は静かだ。高ぶるということがない。祐一はプーラーにかけ声をかけた。クレーが放出される。もたもたと銃を肩づけして引き金を引く。もちろん当たるわけがない。他人の射撃を見ているのと大違いだ。高見が微笑んだ。

「男の子だな。構えかたが、さまになっている」

そりゃ、子供時分にはさんざん棒切れをかまえて遊んだださ。そう思ったが、高見の楽しげな目を見ると、言う気も失せた。

「真木に一度撃たせてみたことがあるが、あいつは器用な奴で初弾から当ててしまった。ところがその後はさっぱりだ。練習しようという気がないし、練習しても他人の忠告を聞こうという気がない。いつまでたっても上達しない。性格だな」

高見が笑った。

「クレーの飛行線をよく見るんだ。一度、撃たずに飛行線だけ見ているといい」

高見がかけ声をかけ、放出されるクレーの飛行線をふたり並んで目で追った。

「本当に、これで古賀さんを撃つつもりだったんですか」

預かった銃の銃把をなでた。高見の顔に苦笑が浮かぶ。この男が、激発するタイプだとは思えなかった。何があっても内に沈むタイプのようだ。表面はさざ波ひとつ立たない湖のようで、投げこまれた小石も砂もゆっくり湖底に沈み、やがては埋めつくされるほど沈んでもまだ波立たない男のようだ。想像していたよりずっと、度量の広い男のように見える。

「そうだなあ」

高見の声が笑っている。

「古賀さんは、あなたに会うために日本に戻ってきたんです」

「戻ってこなければ良かったのにな」

ぽつりと呟いた。

「奥さんが亡くなって、向こうにいる意味もないと言ってました」

突然、高見の笑顔が空虚になった。

――ドゥアン。お前と親父さんの、似たところを見つけたよ。

この男も、体の中で吹きすさぶ風の音から逃げられない。そんな男のひとりなのか。自分がそうであるように。ドゥアンがそうであったように。

「京子が死んだとは、占賀に聞くまで知らなかった」

しばらくやんでいたヘリコプターのローター音が、また聞こえ始めた。飛び立っていくヘリを、しばらく高見とふたりで見送った。後部座席に真木らしい人影が覗いていた。ここからでは表情までは見えない。

「真木さんはどこに行くんですか」

「バンコク」

高見があっさり答えたので、祐一は瞬いた。

「関空からバンコク行きの直行便が出ている。すぐにバンコクに飛んで、京子の消息とドゥアンが本当に私の子どもなのかどうかを、確認してもらうことにした」

どこか懐かしいような表情で、飛び去るヘリを見つめている高見を見ていても、真意を測りかねた。「お前にしか頼めないこと」か。そう言われた時の、真木の微妙な表情を思い浮かべた。高見は人をたらしこむのが巧い。

祐一はポケットに手を突っこみ、指先で薬莢をもてあそんだ。

「これを見せたくて」

薬莢を手のひらに乗せた。

「古賀さんが、ここの射撃場で見つけました。古賀さんは、これを探すためにこの島に来たようでした」

高見の唇に浮かんだ微笑は、消えずに残っていた。

「散弾銃の薬莢じゃない。拳銃のものです。僕も一度撃たせてもらったから、見たことがあります。古賀さんは、陳国順の密輸に、高見さん、あなたが関係していたのだと言いました」

高見が手を差し出した。祐一はその手にショットガンを乗せた。怖くはなかった。高見の目は落ち着いている。

「古賀が、そんなことを」

「ドゥアンとタオは、この一月に陳国順という男の指示で、密輸入した拳銃の包みを海中から回収するはずでした。その時に使った船が、〈あけぼの丸〉――川西さんの船です。海中に沈んだ拳銃の包みは見つからなくて、話がこじれてドゥアンは暴力組織の男に刺されたんです。その〈あけぼの丸〉と川西さんは、あなたと密接な関係にある。というより、川西さんをそんな仕事に利用することができるのは、あなただけでしょう」

あなただけ、という言葉に高見が苦笑いを浮かべた。

「川西がそう言ったのか？」

「まさか。でも誰にだって、見ていればわかります。高見さんのことを、まるで神様みたいに尊敬しているんだから。今回の拳銃密輸の件が、陳国順とあなたの間で行われた取引だったとしたら、さっぱりわからないのが二十年前の事件です。二十年前、何があったんですか。表に見えること以外に、本当は何があったんですか」

高見がうなずいた。

「誤解しないでくれ。陳と取引しているのは、楽祐会だ。彼らは私の会社を密輸の隠れ蓑にしているだけだ」

「楽祐会というのが、暴力組織の名前ですね」

「陳たちの取引は、今に始まったことじゃない。輸入するものも、麻薬や覚せい剤などさまざまだ。彼らは昔から高見産業の名前を借りて、表向きは建築資材や重機を輸入するという名目で、そういった違法なものを輸入してきたんだ」

「そんなこと、知っていてどうして手を貸したんですか」

高見があっさり肯定したことにも驚いたが、本当に高見が事件に関係していたことにもいっそう驚いた。そう驚いた。そんなタイプの男には見えない。

「わたしは二十年前、多くのものを失った」

銃の薬室を開きながら彼は呟く。

「失ったと自覚していたものがほとんどだったが、中には失ったことさえ知らないうちに、失くしていたものもあったらしい」

ドゥアンのことだ、と思った。子どもが死んだ後で、実はあんたには子どもがいたと教えられる男の気持ちというのは、どんなだろう。祐一は高見の心中を初めて思いやった。

「――ドゥアンとは友達だったそうだね」

　高見の目が和む。そう言えば、この男がドゥアンのことを何も聞かないことに気がついた。顔も見たことがないと言いながら、息子のことなのに。衝動的に、この男にドゥアンのことを伝えたいと思った。

「とてもいい奴でした。ドゥアンとタオ。僕らはよく三人で馬鹿みたいな悪さをして、子どもみたいに楽しくて、三人の時間がいつまでも続くような気がしていた」

　高見はどこか遠いものを見る表情で、黙って耳を傾けている。

　雑踏の中で、ドゥアンがよく見せた掏りの技術。ダイナマイトを盗みに行ったあの夜。陽気な酒盛り。三人で品定めをした少女たち。そんな他愛もない話を、始めると止めることができなかった。祐一の中で永遠にドゥアンもタオも生きている。話し続けるうちに、ふと気がつくとぽろぽろ涙を流していた。

「三人」

　ぽつりと高見が呟いた。遠い、遠い時間に想いを馳せる声だった。

「陳は今、香港から船でこちらに向かっている」

　高見が空をふり仰いだ。真木が去った方角を見送るようでもあった。

「来月、香港で会うつもりだったが、少々物騒なことになってきたので、緊急に話しあうため、船で会うことにした。公海上でね」

「陳国順と――高見さんが会うんですか？　いつ？」

僕も連れて行ってください、と祐一が叫ぶ前に、高見が手のひらでさえぎった。祐一が何を言い出すのかよくわかっていると言いたげに微笑していた。

「君を連れて行くわけにはいかない」

「どうしてですか」

「無関係な子どもを巻き込みたくない」

「僕は無関係じゃないし、子どもでもない」

やっとわかった。真木をタイに飛ばせたのは、高見に同行させないためだ。彼が日本にいれば、どんな手段を使ってでも高見から離れないだろうし、引き止めるに決まっている。

高見が苦笑しながら肩をたたいた。

「全てを終わらせることができるのは、その時だけなんだ。わかってくれ」

もう誰の意見も受けつけない。そんな涼しい目で高見は呟くと、銃を膝に乗せてスロープを上がっていった。

3.

新西宮ヨットハーバーに帰港した時には、六時を過ぎていた。いつもの習慣で船を洗い、傷などついていないことを確認して、キーを返しに溝渕の店に行った。

中途半端な時間帯のせいか、客はコーヒーを飲んでいる二組のカップルのみで、船とあまり縁がなさそうな彼らには溝渕も興味がないのか、奥の厨房でボート雑誌を広げている姿が見えた。祐一は止まり木に腰掛け、キーをカウンターに滑らせた。

「ありがとう。助かった」

溝渕はちょっと眉を跳ね上げた。

「終わったのか？」

ゆっくり首を横に振る。とても終わったと言える状況ではない。

「ごめん。まだ話せないんだ」

「いつか、話せる状態になったら教えてくれたらいい」

「ありがとう」

ふと思いついたことがあった。〈シーウルフ〉を運転していた時に、自分の船を持てないだろうかと本気で思ったのだ。保険金も降りたし、両親の家が売れたので、いくらかは現金が手に入る。そのまま溝渕に言ってみると、根っから船が好きな彼は頬を緩めて乗ってきた。

「どんな船だ」

「小さくて、スピードの出るのがいいな。あまり高くないのが」

「学生に高い船を売りつける奴はいないよ。そうだなあ、パワーボートに乗っていて、そろそろ買い替え時なのが何人かいるから、安く手放す気がないか聞いてみてやるよ」

溝渕は顔が広い。彼が本気で探せば、きっといい船が見つかるだろう。

朝からほとんど何も食べていなかった。あまりに空腹だったので、溝淵特製のピラフを頼んだ。三日くらい何も食べてなかったような勢いだなと笑われながら、香ばしい香りのする焼き飯をかきこみ、ようやく人心地がついた。

高見には一度拒絶されたが、どうしても陳国順との会見にはついていくつもりだった。ドゥアンを巻き込み、死なせた張本人だ。

正攻法では、高見は自分を連れて行かないだろう。何か策が必要だ。高見の島を出て神戸に戻ってきたのは、拳銃が必要になると思ったからだった。

船の件を溝淵に任せて、久しぶりに六甲道のアパートに戻ることにした。タオを追っていたふたりは殺され、もう危険はないはずだ。タオの事故現場から祐一が姿を消したので、警察が話を聞きたがるかもしれないが、いつまでも逃げ回っているわけにもいかない。残った拳銃一挺は古賀の事務所の冷蔵庫から移しておくべきだった。逮捕された古賀が、拳銃のある事務所のことを簡単に警察に話すとは思えないが、警察が調べ上げる可能性もある。

借りっぱなしのレンタカーで、いったん三宮に戻り、古賀の事務所に立ち寄った。外から様子を伺ったが、中に誰かがいる気配もなく、見張っている人間がいるようでもなかった。鍵は古賀と相談して事務所の郵便受けの中に貼り付けている。

誰もいない事務所の中は、奇妙にひんやりしていた。主がしばらく戻らないことを、部屋さえも知っているかのようだ。

冷蔵庫から拳銃を取り出し、紙に包んでショルダーバッグに入れ、ついでにビールと缶コーヒーの残りもそのへんにあったコンビニの袋に投げ込んだ。古賀はしばらくこの部屋に戻れないだろう。ウイスキーの残りもバッグに入れた。

後は頼むと祐一に言い残し、古賀は行ってしまった。ポケットには、古賀が高見の射撃場で見つけた薬莢が入っていた。ハンカチで大切に包み、バッグのポケットに入れなおした。

どんどん肩の荷が重くなる。自分にやれるだろうか。古賀が二十年引きずり続けた疑問を解き明かし、異国の地で果てたドゥアンとタオの無念を晴らすことはできるだろうか。自分には無理だと、何もかも放り出して忘れてしまうことができれば、どんなに楽になれるだろう。忘れてそのまま、一人前の顔をして歩いていくことができれば。

車を返却してJRで六甲道に引き返し、缶コーヒーと缶ビールの袋を抱えてアパートの階段を登った。自宅に帰るのは三日ぶりだ。きっとここ数日の陽気で、室内は蒸し風呂になっているだろう。

鍵を開けた。ドアを開き、鍵を閉めようとドアに向かった。

背中を、長いものでがんと殴られた。痛いというより、衝撃で声も出なかった。殴られた勢いで身体ごとドアに打ち付けられた。缶ビールとコーヒーの袋がどこかに吹っ飛んだ。缶が床を転がった。今度は左膝の裏に衝撃が来た。よろめいた拍子に、足を引っ掛けられて無様に倒れた。ショルダーバッグが床を滑って行った。何が何だかわからない。とにかく、留守の間に誰かが部屋に上がり込んだらしい。

「頭を殴るな。気絶されたら時間がかかる」

誰かが指示している。そちらを見ようと首をひねった。顎を足の先で蹴られた。危うく舌を嚙むところだった。その頃には、下手に動くと痛い目に遭うという意味だと学習していた。上着の襟を摑まれて、そのまま室内に引きずり上げられた。畳に鼻先をすりつける。

「やっと帰ってきよった」

誰かが祐一の上にかがみ込んだ。横目で見上げた。知らない男だ。スーツ姿。おそらく五十代。六十に近いかもしれない。背は高くなく、痩せているが異様な迫力のある男だった。細めた目が気持ち悪いほど冷たくきつく、この男はたぶん何人も殺したことがあるのだと思った。

部屋にはその男のほかに、ポロシャツにジーンズの若い男がひとりいた。祐一をバットで殴った奴だ。さほど大柄ではないが、待たされて苛立っていたのか、バットを振りかぶると机の電気スタンドに打ち下ろした。蛍光灯が割れ、プラスチックの傘が飛び散る。大きな破壊音に思わずびくりと身体が震える。くそ。落ち着けと自分に言い聞かせるが、祐一が震え上がっていることは、彼らも気づいただろう。情けない。きゅっと唇を嚙んだ。

「音たてんな。外に聞こえる」

スーツの男が低い声で凄んだ。ジーンズの男は格下らしく、かしこまって下がる。

「このふたり、知っとるな」

写真を祐一の目の前にかざす。あの男たちだった。タオを尾行し、ついに殺した連中だ。それで理解した。この男たちは、ふたりの仲間か上層部なのだ。高見が言っていた、陳国順の密輸に関係する黒幕かもしれない。

「答えぇ。知っとるやろが」

「――見かけたことはある」

「見かけたあ？」

思い切り背中を蹴りつけられた。腹を守るために、亀のようにじっとうつ伏せになったまま耐えた。

「舐めとるんか。こら」

さっきの音を誰かが聞いて、警察を呼んでくれるだろうか。おそらく無理だ。このアパートの住人は学生ばかりで、この時間帯は授業に出ているかアルバイトに出かけている。部屋には誰もいないはずだ。

「こいつらが追ってた外人、お前の友達らしいやないか。会ったことあるやろ。このふたりに」

「――会ってない」

「このふたりは今朝、ホテルで殺された。凶器は細長い刃物や。包丁ちゃうかと警察は言うとる。お前、友達の敵討ちがどうとか言うて、ふたりに何かしたんちゃうんか」

包丁。昨日川西の家から逃げ出す時に、川西が膝に乗せていた柳葉包丁を思い出した。〈あけぼの丸〉で〈シーウルフ〉に向かってきた時の、無表情な川西の顔が浮かんだ。あの男なら、やりかねない。

男はじっと祐一の表情を見守っていたらしく、軽く鼻を鳴らした。

「ふん、まあお前みたいなひよわな学生には無理やろな。連中は拳銃も持っとった。部屋に入れたとたん、一瞬のためらいもなく刃物で急所をずぶっといったんでなきゃ、あんなに簡単にふたりとも殺られはせんわな。お前には無理や」

おい貸せ、と男が言った。ジーンズの若者がバットを男に手渡した。若いほうの男が、獲物を渡しながら怯えているのがわかった。

「左足が悪いんやて？」

男がぶしつけにじろじろと悪いほうの足を見つめるのがわかった。冷や汗が滲んだ。

ゆっくりバットを振りかぶった。祐一は頭をかばって両腕を上げた。背中。背中。太もも。まだ手加減している。痛みは激しく、しばらく起き上がれないかもしれない。骨は大丈夫。唇を嚙みながら、冷静になろうと考えながら、それでも痛みと恐怖で涙が出そうになった。身体の機能を失う恐ろしさは、よく知っている。もういやだ、と身体の奥が引きつる。

「おい。一生、病院のベッドから出れん身体にしたろか」

男がバットを肩にひょいとかけ、息も切らさずに祐一の横顔を覗きこんだ。じっと観察されている気味悪さに、祐一は目を閉じる。こちらは息が上がってくる。

「今朝から川西と連絡が取れん」

男が感情のない声で呟いた。

「お前、昨日川西の家におったらしいな。今あいつがどこにおるか、知っとるやろ」

こいつらの目的は川西だったのか。川西を疑っているのだ。

「どこにおるのか言え。言うたら命は助けたる」

川西なら、高見の島にいた。川西には何の義理もない。古賀と自分を高見の島に近づけないために、海難事故を起こしてでも引き止めようとした男だ。むしろ敵。助けてやる義理も、命懸けでかばってやる意味もない。

「言えよ。何を迷っとるんや」

男がバットの先で祐一の頬をぐいと押した。

涙がこぼれた。

言いたくない。理屈じゃない。こんな男に、脅されて何かをしたくない。古賀さん、と心の中で呼ぶ。あんたならどうするだろう。そもそもあんたなら、こんな男に捕まることもないんだろうか。強くなりたい。もっともっと、心も身体も。

祐一の沈黙と涙をどう受け取ったのか、男が立ち上がった。

「変な奴や。びびりまくっとるくせに」

男がバットをもうひとりに返す気配がした。

「どうせ、川西が逃げる場所はひとつしかないしな。高見の島やろ。高見が川西をかぼうとる。それしかない」

あたりをつけて、裏を取りに来たのか。たったそれだけのために、痛めつけられたのか。

「なんや、やる気がなくなったな。わしは弱い者苛めは大嫌いなんや。特に、お前みたいな子どもを苛めるのは嫌な感じがする」

動けなかった。子どもだと言われても、弱いと嘲《あざけ》られても、今の自分ではその通りだという気がした。何をと摑みかかっていく気力もなかった。

「お前、友達ふたりの仇を取ると言うたらしいな」

男はどこかに隠しておいたらしい靴を畳の上で履いた。

「やれるもんなら、やってみい。お前なんかには、無理じゃ」

吐き捨てるように言い残し、土足で部屋を横切ると出て行った。若い男が急いで後を追った。階段を降りていく靴音が聞こえた。心底ほっとしている自分がいた。緊張が解けると気持ち悪くなった。少し吐き、また泣いた。悔しかった。

あの男の言う通りだ。自分には無理だ。ドゥアンとタオの仇を討つなんて。古賀に代わって、二十年前の事故の真相を暴くなんて。ここまで来れたのは古賀がいたからだ。自分で何かを調査してきたわけじゃない。自分は子どもで、弱虫だ。古賀が逮捕された今となっては、自分ひとりで事件に挑むなんて無理だ。

自分は、二年前の事故で一度死んだようなものだと思い込んできた。でも間違っていたのかもしれない。もう走らなくてもいいと知った時、本心ではほっとしたのではなかったか。もう自分の限界に挑戦しなくてもいい。毎日のロードワークや、食事の制約に我慢を重ねることもない。友達との若者らしい悪ふざけや、羽目を外すことも許される。自分はもともと弱虫だった。もうこれ以上走るのは無理だと、あの頃自分は考えていたのではなかったか。二年前の事故は、自分の弱気が招いたものだった。そう考えると腑《ふ》に落ちるような気がする。

ごめん、タオ。ごめんよ、ドゥアン。それから、古賀さんにも本当にごめん。自分にはこれ以上の闘いは無理だ。もう誰もいない。タオも、古賀も。たったひとりで敵に立ち向かうなんて、自分にはできない。

しばらくじっと畳にうつ伏せになった姿勢のまま、横たわっていた。本当に殺されるかもしれないと思った。まだ生きているのが不思議で、命拾いしたという実感がじわじわとこみ上げてきた。それでも喜びはなかった。

そろそろと身体を動かすと、殴られ緊張していた背中の筋肉が悲鳴を上げた。殴られ蹴られた左足が痛む。蹴られた顎は、時間がたつとあざになるだろう。痛みを我慢してゆっくり身体をほぐし、時間をかけて床に起き上がり座るところまでいった。時計を見ると九時を過ぎている。永遠に近い時間、横たわっていたような気がした。ほんの数時間のことだったとは。

このまま眠ってしまおうか。

誘惑にかられた。何もかもに目をつむり、全てが自分の知らないところで終わりを告げるまで、身体を丸くしてベッドに横たわり、嵐を避ける。目を覚ました時には全てが終わっていて、自分だけは無事で――

さっきの奴らは、きっと高見の島に行く。ドゥアンの父親だという高見の島に。

(お前は大丈夫だ)

と告げた時の、古賀の温かい手のひらを思い出した。後は頼むと、あの男は言った。

ショルダーバッグを探した。幸いなことに、連中は祐一の持ちものには手を触れなかったらしい。バッグも中身も無事だった。拳銃もそのまま入っていた。見られていたら、祐一も無事ではすまなかったかもしれない。

携帯電話をショルダーバッグから取り出した。奴らのことを、高見に知らせなければ。とはいえ、誰に知らせるべきなのかわからない。真木はタイに飛んだ。川西の電話も、高見の電話番号もわからない。ふと〈香織里〉のママを思い出した。なんでもかんでもショルダーバッグに放りこむ癖のおかげで、店のマッチを持っていた。この時刻なら店も開いているはずだ。

電話番号をプッシュしながら、指が震えるのがわかった。苛立つ。恐怖のせいなのか、身体が痛むせいなのか。

『お電話ありがとうございます。香織里でございます』

穏やかな声を聞いて、あの時の女性だと思った。

「突然すみません。一昨日――お店で真木さんとお目にかかった、間嶋と言います」

『ああ、あの時の学生さん』

覚えていてくれたようだが、ひと目で学生だと見抜かれていたこともやや癪に障った。

「大至急、高見社長に連絡したいことがあるんです。あの、あなたなら連絡先をご存知ではないかと思って」

『あら、どうして私が知っていると思ったんですか？』

彼女が慎重に声を低めるのがわかった。高見の名前も出さない。店に客がいるのかもしれない。

「詳しい話をしている時間がないんです。真木さんはバンコクに飛んだはずだし、高見社長の命に関わる問題なので、本当に緊急なんです。あなたなら、真木さんと親しいからきっとご存知だと思って」

ただの勘だった。外れていれば、逆にとんでもない事態を引き起こす可能性もある。電話の向こうで彼女が満足そうな吐息を洩らすのがわかった。

『いいですわ。それじゃ、私から先方にお電話しましょう』

「今から言う番号に、かけて欲しいと伝えてください。僕の携帯電話です」

メモを取る音。通話を切り、高見がかけてくるのを待つ数分間が長かった。

『随分、おおげさなことを言ったようだね』

含み笑いしているような声で、高見が電話してきた。命に関わると言ったことだろう。高見の電話番号は表示されなかった。用心深いことだ。

「冗談じゃないんです」

アパートに帰宅してから起きたことを話すと、さすがに高見の声が曇った。

『すまなかった。結局君を巻きこんでしまったな。すぐ病院に行ったほうがいい』

「平気です。それより、奴らは島に行くと思います」

『もう夜だ。こんな時刻に、彼らが船を出すとは思えないよ。君の家に行った野崎という男は、夜十時には眠るのを自慢している男だからね』

「だけど、明日には行くかもしれません。早く何とかしないと」

『その頃には、川西も私も島にいない』

高見は気楽そうな声で笑った。はっとした。高見は明日、島を出るつもりなのだ。陳国順に会うために。

「明日――川西さんの船で？」

高見が笑い出した。

『しまったな。君がついてきたがっているのを忘れていたよ』

「高見さん！」

『電話してくれてありがとう。おかげで大体状況がつかめたよ。帰ってきたらゆっくり話そう。身体を大事にしなさい。おやすみ』

通話が切れた。

明日出港。陳は香港から来て、公海上で会うと言っていた。

祐一は痛む身体を引きずるように、本棚に這って行った。海図を色々そろえてある。香港から来る陳と、神戸を出る高見たちが会うとすれば、範囲は相当広いが、東シナ海のどこかではないかと思った。川西の〈あけぼの丸〉は漁船だ。見たわけではないが、居住性がいいとは思えない。特に高見にとっては、揺れる船上でずっと車椅子に座っているのは苦痛だろう。

（川西さんが先に船で九州あたりに出て、高見さんは後から追いかけるほうが、身体には少し楽だ）

ヘリコプターも持っているようだが、ヘリを使うと会社の人間に行き先を知られる可能性がある。今回の件は、高見としては会社の人間に秘密にしておきたいのではないか。

(それなら新幹線かな)

新幹線なら、博多まで直通だ。川西に神戸港まで送らせれば、車で新神戸まで行くのは難しくはないはずだ。

——ついて行けるだろうか、この身体で。いや、何があっても、最後まで見届けなければ。それがタオや古賀との約束だ。

身体が熱っぽかった。激しい打ち身と同じだ。また這うようにベッドに上がり、うつ伏せに寝た。ほとんど気絶するように眠りに落ちた。

平成七年　九月二十一日（木）・六日目

4.

六時間ほど熟睡すると、背中の痛みで目が覚めた。

午前五時。いつもながら時計のように正確だ。

無理やり身体を動かして起き上がると、こわばった筋肉が悲鳴を上げた。それでも、立ち上がれないわけではない。昨日よりは痛みもマシになったような気がする。やはり、あの男は少し手加減をしていたのに違いない。

鏡を見ると、蹴られた顎が紫色になって、見た目にはひどい顔になっていた。しばらく鏡を見ないようにしようと思った。

どうにか着替えをすませ、小型のスポーツバッグに、二、三日旅行ができるぐらいの荷物を詰めこんだ。夜は冷えるかもしれない。薄めのセーターとウィンドブレーカーを着た。

ショルダーバッグから、拳銃を取り出した。紙袋をはがし、グリップを握りしめた。素手だった。もう、何があっても引き返さない。

右手で握り、左手を添えてタオが教えてくれたように片目で狙いをつけた。安全装置をかけたまま、引き金を絞る。弾は込めていない。ほんの数日前、この銃をタオと撃ち比べた。一年も前のことのようだ。

しばらく眺めた末に、拳銃と弾の箱はシャツにくるんで、大切にスポーツバッグにしまい込んだ。拳銃一挺だけでは、まだ心もとなかった。

丈夫な靴下を選び、二重にして中に単一の乾電池を数個詰めこみ、バッグの底に忍ばせた。簡易な手製のブラックジャックだ。こんなことを教えていったのはドゥアンだ。もっとも、銃で武装している連中の前で、お手製のブラックジャックなどひとたまりもないに違いない。単なる気休め。ドゥアンの言葉を借りるなら、「オマジナイ」だ。

(それっていいだろ)

ドゥアンの声が聞こえたような気がして、口元をほころばせた。

ああ、いいな。ドゥアン。

答えると、ドゥアンがそこにいるような気がしてくる。

二十年前の新聞記事と、ドゥアンの死亡記事のコピーを、有機化学のノートに挟んで大切にバッグに入れた。これが、自分の行動原理だ。

何かあったときのために部屋の中をきれいに片づけたいと思ったが、時間もないので断念した。通帳や証券の類だけは、万一の場合に叔母が見つけやすいような場所に移しておいた。家を処分したために、ただの学生の所持金にしては分不相応なくらいの預金額になっている。自分が馬鹿なことをしているという自覚はある。命がけで銃器の密輸船に乗りこみ、公海から日本の領海に引きずりこもうというのだ。領海の中に入りさえすれば、あとは海上保安庁と警察の領分だ。

　今、自分の中にいるタオとドゥアンはどこにでもいる等身大の青年だった。二十年後、あのふたりは自分の中でどうしようもなくせつない大切な影になっているだろう。本来なら、自分たちは生きたままそうなるはずだった。そうなれなかった自分たちを悼むための、これは戦いだ。

　やれるものならやってみろと、あのやくざは言った。できるかどうかは自分にもわからない。あの男が言った通り、自分は弱虫で子どもで、本当は今でもベッドの上で小さくなって震えているのが似合っている。それでも、この先もずっと今のままで生きていくつもりかと問われれば、そんなのは嫌だと答えるだろう。

　逮捕されてまだ戻ってこない古賀が、事務所に残したウイスキーを、下宿に持ってきていた。ひとりで少し飲んだ。美味いとは思わないが、古賀がこだわる理由もわからないではない。ほんのグラスに半分飲んで、あとは帰ってきたら飲むことにした。帰ってこれたら。

　スポーツバッグひとつを提げて、アパートを出た。六時前だった。

　時間を無駄にしたくなかった。六甲道の駅前でタクシーを拾い、新神戸駅に向かった。西に向かう新幹線の始発は、六時過ぎに出るはずだった。

　六甲道から新神戸に向かいながら、街並みをつくづくと眺めた。一月の震災であれほど痛めつけられた街が、祐一も驚くほどの速度で立ち直りつつある。街が完全に元通りになることはありえないし、何より失われた命を取り返すことはできない。それでも、なお生き延びよう、立ち直ろうとするこのたくましさはどうだろう。

早朝の新神戸駅は、土産物店もまだ閉まっていて、あまりひと気がなく寒々としていた。高見がどの便に乗るつもりなのかわからないが、念のために博多行きの乗車券と特急券を買っておいた。改札さえ通れれば、後は新幹線の中で指定席券を買ってもいい。

缶コーヒーを一本買って、改札の見えるベンチに座った。改札は一か所だ。もし高見が祐一の予想通り、新神戸から新幹線に乗るなら、見逃す気遣いはない。

高見はなかなか現れなかった。出張に出かける会社員らしいスーツ姿の男や、通学に新幹線を利用しているらしい制服姿の学生や、旅行に出かけるらしい大きなスーツケースを転がした若い女性たちを何度も見送った。祐一と目が合うと、ぎょっとしたように視線を逸らす人が何人もいた。あまり考えたくなかったが、よほどひどい顔をしているらしい。

十時近くになる頃には、自分の読みが間違っていたのだと思い始めた。ひょっとすると新大阪から新幹線に乗ったのかもしれない。伊丹空港から飛行機で向かう手もある。しばらく乗り心地を我慢する気なら、〈あけぼの丸〉で直接向かったのかもしれない。

あまり長時間、同じ場所にずっと座っているので、巡回する警察官の視線も気になった。足元には拳銃が入ったスポーツバッグが置いてある。不審に思われて調べられれば、ひとたまりもない。

――もう無理だろうか。

今から〈あけぼの丸〉を追う手段はあるだろうか。

立ち上がりかけた時に、向こうからやってくる車椅子を見た。

高見はコーデュロイのジャケットに、アスコットタイをのぞかせ、膝をいつものように隠している。荷物は細長いアタッシェケースと小型のボストンひとつ。あの中には、きっと愛用の散弾銃が入っている。すっかり支度を整えて立ち上がった祐一の姿を認めると、困惑したように見つめた。

「僕もついていきます」

「頼んだ覚えはないが」

「勝手についていくんです。新幹線のチケットも買ってある」

見せびらかすように振って見せると、高見が苦笑した。

「ひどい顔だよ」

「知ってます」

車椅子の乗客をサポートするために、駅員が走ってくる。

「僕が上まで一緒に行きますから」

改札をくぐり、エレベーターに乗る手前でやんわりと駅員に断る。

「おい、間嶋くん――」

苦笑いする高見を尻目に、素早くエレベーターの扉を閉めた。

「ついていくの、本気ですから」

「君は――」

「もう無関係ではないです」

スポーツバッグに手を入れ、拳銃を握って引き抜いて高見に見せた。弾が入っていないことを示すために、マガジンを抜いてまた戻した。

「あなたを脅したりしたくないんです。だからお願いしています」

エレベーターはすぐにホームに着いた。扉が開く前に拳銃はバッグにしまい直した。高見は黙っていた。

「ドゥアンならきっと、ついていきます」

自分の言葉に確信があった。ドゥアンならきっと。この人に会うために、命がけで日本に来たあいつならきっと。絶対についていく。

下りのホームには、強い陽射しが落ちていた。高見が眩しそうに目を細めた。

「止めても来るつもりだろうな」

「もちろん」

しがみついてでもついていくつもりだ。

「新下関で降りる」

思わず高見の顔を見た。眩しそうにしたまま、高見が微笑した。

「乗り過ごすなよ」

下関港に近いホテルで川西と落ちあった。祐一の姿を見ても、川西は何も言わなかった。まるで来るのがわかっていたようだ。

高見が予約していたホテルで、川西がやや不安げにいった。

「明石の船がこんなところに来ているので、目立っています」

漁に来ているのではない、船を売るつもりだと説明しているが、漁業権の問題も絡んでいるので、あまり長く港に停泊できない。

「それに、どうやらこちらの警察がこの船に目をつけているようです。船にはマイトを積んであるし、見つかるとまずい」

「心配はいらない。密輸に関わる船を押さえるのは、品物を積み込んで港に戻ってきた瞬間だ。どのみち明日の朝には公海に出て陳に会う。廃船は手に入ったのか」

「はい。手ごろなのがありました」

「陳国順と会うのは明日の夜ですか」

祐一が尋ねると、高見がうなずいた。

「そうだ。君は本当に来るつもりなのか」

「ふたりが行くつもりなら、僕もついていきます」

「君は船を動かせたな」

腕はいい、と川西が口を添えたので高見が意外そうな顔をした。

「では廃船を動かしてもらおう。泳げるか？」

「もちろん」

「わたしが陳の船に乗ったあと、廃船にダイナマイトを積み、陳の船につっこんでもらう。もちろん君は、船がある程度近づいたら海に飛びこんで逃げるんだ。〈あけぼの丸〉まで泳いだら、川西が引き上げる」

高見の計画は大胆というより無茶だった。まるででたらめで、いきあたりばったりだ。

「向こうの人数は」

「確かめるわけにもいかないが、向こうが乗ってくる船はいつもの漁船だと思う。十五トンの船だ。いつもはそれに船長と機関士が一人、あとは陳の部下がふたり乗ってくる。今回はそれに陳とその護衛が加わるはずだ。八人程度だと考えている」

「向こうは当然武装しているでしょう」

「陳たちは武装している可能性もあるが、船の乗組員はしていない」

「こちらは高見さんのショットガンと拳銃だけですか」

「それとダイナマイト」

心配するな、と高見が笑った。向こうだって人間だ。戦い慣れているだけがとりえだ。うまくやれば素人三人組でも隙を狙える。

高見の透き通るような笑顔はかえって不安だ。

「どうして急にそんな気になったんですか」

「そんな気とは」

「陳と手を切って自首するなんて」

そうだな、とまた高見が微笑する。今日、この男はよく笑う。笑うのは心の中を隠すためだ。

祐一は自分の目が尖っていると感じた。高見の目が真面目になった。

「二十年前を思いだした。二十年前の亡霊がタイから帰ってくるから」

川西がふたりの会話を聞きながら、綿巻の導火線にビニールテープを巻いている。ビニール被覆の導火線は手に入らなかったのだといっていた。耐水性が良いから今回の仕事にはうってつけだったのだがしかたがない。祐一も黙って手伝った。

明日の朝には出港だ。買い物がある、というので川西につきあって祐一も出かけた。水と缶詰を買いこんだ。丸二日以上、洋上に出ることになるはずだ。万一のために水は多めに買っておく。ガムテープと荷造り用のロープ。ホテルに帰る道すがら川西がいった。

「俺はお前を恨む。古賀を恨むよ。どうして社長をこんなに追いつめるのか」

「あんたが高見さんを止めるべきだったんだ」

以前真木が同じことを言っていた。高見を崇拝しきっているこの風変わりな男に、そんなことをいっても無駄だった。俺が、と絶句して川西はそんなこと考えたこともなかった、と呟いた。

「俺に止められる人じゃない」

古賀は何かのついでに、川西のことは嫌いじゃない、といっていた。こういう単純なところが古賀のお気に召したのだとしたら、何となくわかる。

「あんたも高見さんと一緒になって、悪さを楽しんでたくせに」

川西が初めてぎこちなく笑った。

「そうだ。よくわかったな。俺はあの人に会って初めて、世の中が楽しいと思ったんだ。お前には悪いが、ドゥアンが死んでタオが死んで、それでもまだやめられなかった。口をぬぐって自分の犯した罪に目をつぶり、社長と一緒に馬鹿げた悪さにふけっていたかった」

「変な人だな。あんた」

川西も変だが、いずれ上がる花火を楽しみに、導火線にテープを黙々と巻いている自分も普通じゃないことは確かだ。そう思ったからそれ以上何もいわなかった。

「フィリピン近海でうろうろしていた台風十四号が、こちらに進路を変えたようだ。明後日には四国に近づくかもしれない」

天気予報を聞いていた高見が言った。

「それまでには、片がつくだろう」

明日は夜まで快晴だそうだ。天気予報の後は、それぞれの部屋で眠ることにした。

野崎に痛めつけられた身体は、少しずつ痛みに慣れてきたようだった。それでも、とても眠れないだろうと思ったが、ベッドに入ると波の音が聞こえてきた。安らかで暖かい波だった。その音を聞きながらいつの間にか眠った。ドゥアンやタオも最後の瞬間に聞いていたのかもしれないと思った。

平成七年　九月二十二日（金）・七日目

5．

午前七時三十分。下関出港。

下関を出る時から、〈あけぼの丸〉は小型の漁船を曳航することになっている。川西がひと足早く下関までやってきて、探し回ったという廃船寸前の老朽船だ。アジやサバの引き網漁に使われていた船らしい。魚の臭いが、船全体にしっかりと染み付いている。〈第二栄光丸〉という船名が、傷と汚れで見苦しい舷側に、なぜか真新しい白いペンキではっきりと書かれているのが、かえって恥ずかしいような船だ。

〈栄光丸〉には、ブルーシートで覆われた木箱が数個積み上げられていた。

「これは？」

祐一の問いに、無口な川西は黙ってブルーシートをはがし、箱の蓋を開けて見せた。打ちつけていた釘は、船の中で抜き取った。湿気ぬように油紙で周囲をくるんだダイナマイトが、ぎっしり詰まっていた。

高見の会社はゴルフ場の開発や宅地の造成をやっているそうだ。そんな関係で、建築会社にも顔がきく。そちらから手に入れたのだろう。こいつを高見に渡すために、どこかで書類が改ざんされ、誰か複数の人間がケースごとダイナマイトを失敬したというわけだ。

ドゥアンがダイナマイトを手に入れたがっていたことを思いだし、妙な気分だった。ドゥアンがやりたかったことを、今自分が代わりに果たそうとしている。そんな気もした。

〈あけぼの丸〉には川西と高見が乗りこみ、祐一は〈栄光丸〉に乗りこむ計画だ。出港前に一応、舵ききとエンジンを確かめた。目的地点の近くまでは、〈あけぼの丸〉が曳航してくれる。その後のわずかな距離さえもてばいい。ただし、燃料はたっぷり積んである。陳の船に突っこんだ時に、よく燃えるようにだ。

出港準備に追われている時から、警察らしい監視の目が向けられていることに気づいていた。兵庫県の登録番号をつけた船が、下関の港に停泊していれば、不審な目で見られて当たり前だ。しかも下関で古い漁船を買って曳航していくとなれば、考えることはただひとつだ。密輸入か密入国。

出港時は、黙って見送るだろう。密輸品や密入国者を乗せて、入港してくる時を待つはずだ。その現場を押さえなければ、逮捕することができないからだ。一度港を出た船は、いつかはどこかの港に戻ってくる。

——追ってこい。

祐一はそっと唇の先で呟いた。俺たちが今から会うのは陳国順だ。お前たちが二十年以上も追い続けている相手だ。

陳国順は高見の要請で、香港から日本に向かうことにしたそうだ。北緯三十度、東経百二十六度。そのポイントが陳国順と高見が約束した地点だった。〈あけぼの丸〉には最新型のGPSを搭載している。軌道に打ち上げた二十四個の衛星から送られてくる電波を受信し、船位を把握するシステムである。軍事用に開発されたシステムだけに、精度は高い。陳の船も同じ装置をつけているはずだ。東シナ海でお互いを見つけられずに、迷うことはないだろう。

東シナ海で陳の船と合流し、陳を日本の領海に誘いこむ。あるいは力ずくで日本に連れてくる。日本の海上保安庁か警察に、自分とともに自首させる。そう高見は言っていた。会ったこともなく話でしか聞いたことがない、ひとり息子の鎮魂のために。

靴下と乾電池で作った即席のブラックジャックは、すぐ抜けるようにベルトの背中にさしこんだ。ライフジャケットを身につけ、ウインドブレーカーを羽織れば、上からはそれと見分けがつかない。ベレッタはシャツに巻いてビニール袋に入れたまま、ショルダーバッグにまだ隠してある。緊急事態ですぐ使えるように、弾は込めておいた。ひとり分の水と食料も積みこんだ。残りの積荷はダイナマイト。海水で濡れないように、元通りにブルーシートをかぶせてある。

「導火線に火を付けて、十分後に爆発する。火をつけるのは海に飛びこむ直前にしろ」

川西が使い捨てのライターをくれて指示した。

「ちゃんと〈あけぼの丸〉まで泳げるんだろうな」

川西の遠慮のない視線が左足を見ていることに気がついた。鼻先で笑って、しつけの悪い視線を一蹴した。自信のなさは意地で隠した。

「〈あけぼの丸〉が逃げなきゃな」

「ぬかせ」

川西が苦笑した。

絶対に負けたくない。あのやくざに。それから自分に。

皮膚の上に張り付いていた人当たりのよい柔らかな肉が、ぼろぼろとはげ落ちていくような気がする。肉がはげ皮膚が落ち、やがて白く硬い骨があぶり出されていくようだ。そうなってもやはり、間嶋祐一は間嶋祐一なのだろうか。あの時、百メートルの完走ラインで胸を張ってテープを切った若者と、今ここにいるひとりの男と、中身はこんなに違っていても同じ人物だということを、誰か信じてくれるだろうか。

「間嶋。昨夜、テープに昔のことを吹き込んでおいた」

高見が近づいてきて、小型のテープデッキを見せた。

「〈栄光丸〉は沈むから、〈あけぼの丸〉に置いておく。私に何かあれば、聞くといい」

川西が〈あけぼの丸〉のエンジンをかけた。低い腹に響くエンジン音が、〈栄光丸〉にも伝わってくる。いよいよ、出航だ。

高見が車椅子ごと〈あけぼの丸〉に乗りこみ、曳航されている祐一の船を見てうなずいた。手を振るかわりに握り拳を高く上げた。高見の口元がほころぶのが見えた。

6.

――陳に会うのは、久しぶりだ。

高見は船尾に固定された車椅子に腰掛けたまま、泡立つ波濤《はとう》を見つめて呟く。川西は聞こえないふりをしている。川西も不思議な男だった。どこまでもついてくる。今度こそは尻尾を巻いて逃げ出すだろう。そう思っていることに、平気で首をつっこんでくる。川西を試すような気分も、あったのだろうか。自分も川西も高見の飼い犬だと真木は言うが、あの男は半分やくざのくせに、やることは川西よりずっとまともだった。

もしかすると、川西は自分の後ならどこまでもついてくるつもりなのかもしれない。うすうすそう感づいたのは最近のことだ。

この前陳に会ったのは、去年の春だった。商用で香港の知人を訪ねた時だ。知人が香港で五指に入るという高級レストランに案内してくれた。同じテーブルに男がひとり先についていた。

（あの時の後遺症は残ったんですね）

椅子から立ち上がり、車椅子の高見の耳元でささやいた。一目で誰だかわかったが、逃げることもできなかった。

（高見さんが来るといったら、どうしても会いたいと聞かないものだから）

事情を知らない知人が言い訳するのも、ほとんど聞いていなかった。陳は香港で名前を変えて住んでいた。若いころは頬がそげるほど痩せた男だったが、四十代になって身についた適度な脂肪が、壮年の男の貫禄を匂わせていた。もうサングラスをかけてはいなかった。危ない色気のある目元で笑う男になっていた。

（クレーを嗜《たしな》まれるそうですね）

多少は、と微笑しながら警戒心を引き寄せた。この男は自分のことを調べたらしい。だとすれば何のためだろう。陳は香港を地盤に、バンコクや台湾にもその勢力を広げている流氓の親分になっているらしい。小勢力だがその威光はたいしたものよ、と知人が楽しげに教えた。

（わたしは日本に行くことができない。だからわたしの代わりが欲しいんです。わたしの代わりに日本にいて、ビジネスのブレインになってくれる人がね）

ビジネスね、と高見が嘲笑をこめて呟くのも、気にした様子はなかった。

（脅されてもごめんだな）

（あなたを脅したりはしませんよ）

陳の目が高見の目を覗きこんだ。

（あなたは、脅迫には膝を曲げない。殺されても）

その目と言葉にたらしこまれたのだ。高見は思いだして苦笑いした。そうだ。あの男は自分の弱点を見抜いていた。

今度会う時、陳は何というだろう。自分を仲間に引きこんだことを後悔するだろうか。あの男は高見の体の中に開いた空洞のことを知らないのだった。クレー射撃のクレーが射出される穴のような、暗く底のない空洞だ。冷たい風の絶えることがない穴だ。その穴を埋めたくて陳の口車にも乗ったのだ。二十年たってもついに埋まることはなかったが。陳のような男は、そんな空洞を作ったことはないのだろうか。

間嶋祐一は、あの若さで自分と同じ風の音を聞いているらしい。たぶん、足のせいだった。事故にあった時に、足だけでなく心の中の大事なものもなくしたのだ。一年前の国体で見た祐一は、汗に濡れた若い牡鹿だった。今はすっかり魂が冷えきっている。

——お前に熱をあげよう、と高見は呟いた。

風の音にも凍えずにいられるほどの熱を。ドゥアンという、見たこともない息子の代わりに。

——ドゥアン。

つい、呟きが唇からもれた。川西がこちらを振り向いた。低い声で静かにいった。

「ドゥアンが死んだ現場に、俺もいました」

高見はうなずいた。それには気がついていた。陳がよこした手先の若者には会ったことがなかったが、名前くらいは知っていた。一月以来、川西がドゥアンについて話さなくなった。岡田と高坂というふたり組と、川西との間がおかしくなったのもその頃だった。一月の積み荷を拾うことができなかった。その報告も受けていた。陳はドゥアンと連絡が取れないと言っていた。

タイからはるばる日本に来て、死んでしまった十九歳のドゥアン・ウォラチャット。わたしの息子だったなんて、知らなければよかった。

「岡田と高坂は、俺が殺りました」

川西が低く呟いた。

「ああ。そうだと思った」

高見はうなずいた。子分を殺されて面子を失った野崎が、今ごろ目の色を変えて川西を探しているはずだった。

「社長には決してご迷惑をおかけしません」

頑なな横顔。川西はそれきり黙ってまた前方を向き、ステアリングを握りしめた。

――まただ。あの風が吹いてくる。二十年前から、高見を捕らえて離さない風だ。川西はもう無理かもしれないが、間嶋祐一だけは、この風から遠くへ解き放してやろうと思った。それが無理なら、せめて風の冷たさに負けない熱を与えてやろう。古賀もそれを望んでいたはずだ。

ヘリコプターのプロペラ音が聞こえた。陽射しから目をかばい、手のひらをかざして低空を飛ぶヘリを見上げた。海上保安庁のヘリに違いない。船の針路と目的地を偵察しているのだ。こちらの正体も知っているはずだ。ヘリは十五分近く〈あけぼの丸〉の上空を飛び、また離れていった。後ろの〈栄光丸〉に目をやると、自分と同じように祐一がヘリを見つめているのが見えた。

＊

十八時五分、日没。

祐一は、〈あけぼの丸〉の灯火がともるのを見つめた。〈栄光丸〉は灯火をつけない。陳の船に存在を気取られてはならないからだ。日没前に海上保安庁のヘリが再び上空を通過した。五分ほどで飛び去った。

*

十九時二十五分、屋久島西端の永田岬を左に見て通過。針路を変更し東シナ海に向かう。目的地を隠すためのお遊びは終わりだ。

祐一はエンジンを切った〈栄光丸〉の舵を取る。〈あけぼの丸〉が曳航しやすいように、〈栄光丸〉の針路を調整する。船は黒潮に逆行して進んでいる。

*

午前二時。

祐一は防水の腕時計に懐中電灯の光を当てて確認した。いよいよだ。ポイントに近づいている。接触は午前二時三十分の予定。だがこの大きな海原の上で、小さな二つの点が出会おうというのだ。誤差は当然考えられる。

月はどこかに隠れていたが、夜の東シナ海は明るかった。

ステアリングに軽く手を当て、祐一は空を仰いだ。この空は神戸の街中で見る空より明るい。街灯も電飾もない広大な海の上に、星の輝きが惜しみなく降りそそいでいる。薄墨色の夜空を淡い雲の影が漂う。九月の夜空だ。

船の照明は消している。法律で定められた灯火も付けていない。赤いセロファンを張りつけて、光度を落とした小型の懐中電灯を首に下げ、ときおり計器を照らしてみる。その時だけ、あわあわとした赤色光が船にこもる。上空から見れば、ほのかな光をはらんだ蛍が波間に漂うように見えるだろうか。

〈あけぼの丸〉のエンジン音以外は、静かだった。

浮遊物が船の左舷に軽く触れ、また波とともに後方に去った。板きれのような軽い音だった。前方に注意を戻すと、先行の〈あけぼの丸〉から光の合図があった。懐中電灯の光で大きく円を描いたら、曳航索を解くという信号だ。そろそろ目的のポイントに近づいているらしい。

船首のクリートに結びつけたロープを引くと、自重と波の抵抗以上の手ごたえがなかった。ゆっくりロープを引き上げて巻き、船尾の木箱の横に投げる。ブルーシートに覆われた木箱の中には、桜ダイナマイトが詰まっている。七五十グラムのものが三十本。一箱で二十二・五キログラムの重量がある。それが三箱だ。船ひとつ吹き飛ばすのに、こんなに大量の爆薬がいるわけがない。祐一は箱から一本だけ抜き取って、ウインドブレーカーの幅広いポケットに隠した。ポケットのあたりから皮膚が熱いような気がする。ドゥアンが欲しがった〃オマモリ〃だ。〈あけぼの丸〉の白い船尾灯が遠ざかる。充分離れた頃合を見計らい、祐一は船のエンジンをかけた。廃船寸前の漁船だった。

「――行こうか」

つい独りごとが洩れたので驚いた。船の上では無口な男が饒舌になるそうだ。祐一は無口ではなかったが、独りごとをいう癖はない。ポケットに手を突っ込み、直径五センチのダイナマイトがそこにあることを確かめた。ショルダーバッグから、ビニール袋に入れた拳銃を取り出してそのままベルトに挟んだ。海水で濡らしたくない。

先に行く船尾灯を頼りに舵を切る。追いつかなくていい。ゆっくり、ゆっくり……

ついに〈栄光丸〉も自力で走る時が来た。この船にとっては、最期の航海になる予定だ。〈あけぼの丸〉の後を追いながら、自分が初めてひとりで公海に出たことに気がついた。すべてが終わったら小型船舶の免許を取ろう。今持っている四級免許ではなく、もっと遠くまで航海できる免許だ。自分の中で、少しずつ何かが動きはじめている。

ポイントに到着。〈あけぼの丸〉がアンカーを降ろして錨泊した。祐一も少し離れて〈栄光丸〉のエンジンを切り、アンカーを降ろす。相変わらず明かりはつけない。あとは陳の船が現れるのを待つだけだ。

ひとつだけ菓子パンが残っていた。パンをかじりながら、ペットボトルに残った飲料水を飲んだ。双眼鏡を覗いてときおり他船の位置を確認したが、陳のものらしい船は確認できなかった。

長崎に向からしい大型船がゆっくり行き過ぎていく。航路に近いらしい。

＊

午前二時三十分。

突然、〈あけぼの丸〉に動きがあった。船尾で懐中電灯の光が点滅した。どうやらアンカーを引き上げたらしい。〈あけぼの丸〉の灯火が動きはじめる。

(無線機を積んでおけば良かった)

何が起こったのかわからない。だがとにかく〈あけぼの丸〉を追うしかないだろう。急いで再びエンジンをかける。

おそらく陳が目的地の変更を通告してきたのだろう。〈あけぼの丸〉には国際ＶＨＦ無線を積んでいるから、陳と連絡を取ったのに違いない。目的地があまりに離れているなら、〈栄光丸〉のエンジンには不安がある。曳航索を解くのは早すぎたかもしれない。

＊

『ポイントを変更する。１２５－３１。１２５－３１』

陳国順の声で無線が入った時には驚いた。高見が〈あけぼの丸〉の無線機で返信した。

「了解。125－31に向かう」

当初の予定では、陳国順の船は和歌山の南端に錨泊し、ボートでブツを運びこむことになっていた。今回のブツは、安い中国製の拳銃だ。ボートを降ろした後は、陳国順の船はさっさと沖に逃げ出す。一方ボート側は和歌山県すさみ町の海岸をめざし、そこで待っているはずの暴力組織の人間にブツを渡す。そういう計画だった。船から船への受け渡しなど危険すぎるというのが陳の意見だ。ところが、岡田と高坂は殺され、高見からは直接会いたいと連絡があった。心ならずも危険な方法を取らざるを得なくなって、さぞかし内心は荒れているだろう。

こんなことになったのは、一月に受け取るはずだった荷物を、大阪湾で発見できなかったからだった。ブイをつけて海に沈めるアイデアは陳が考えたものだ。一度目はうまくいった。去年の十月だった。どの程度の重さまでなら、海から引き上げられるかわからなかったので、一度目は試しに十挺だけという話だった。約二十キロ。タイから送りこまれたという若者が海に潜って荷物を見つけ、〈あけぼの丸〉にウインチをつけて引き上げた。だが一月に届いた二度目の荷物は、発見できなかった。アイデアとしては面白かったが、多少実現性に欠けたようだ。

岡田や高坂とタイから来た若者たちの間にトラブルが発生し、和歌山上陸案は使えなくなった。今後の方針も含め、会って話したいと高見が言うと、陳は不承不承の態で公海まで出てくると答えた。陳が船に積んで来る荷物はその時に受け取る手はずだ。

ポイントの変更を通告してきたということは、陳は何か感づいたのだろうか。自分の取引相手が、二十年前には警察のために船を動かしていた男だと突然思い出したのだろうか。

「川西」

ＧＰＳの画面を睨みながら舵を取る川西を呼んだ。顔は見えなかったが神経がこちらに集中するのがわかった。

「万一の場合には、会社の後始末も含めて、後のことは真木に書面で頼んである。お前も真木を頼るといい。弁護士の手配も考えてあるから」

「弁護士なんか必要ありません」

川西が低く吐き捨てた。高く秀でた眉の影で暗い目が一瞬光る。直情な熱がほとばしる。

「そういうことは、もういいんです」

この男は、自分のために人生を棒に振るつもりだろうか、とふと思った。

あんたの責任ですよ、となじる真木の皮肉な声が耳元によみがえる。あんたが川西を巻きこんだ。自分の飢えを満たすために、川西を巻きこみ、陳を巻きこみ、ドゥアンを、タオを、古賀と祐一を巻きこんだ。あんたは気がついていますか。陳も結局はあんたに巻きこまれているだけなんだ。

高見は川西の背中から目をそらし、膝掛けの上に置いた自分の手のひらを見つめた。きれいな手だとよく言われる。柔らかい手、細くて繊細な指先だ。近ごろではクレーの銃しか握ったことのない指だ。男の手ではないようだ。

「このまま台湾まで行こうか。燃料を補給して南シナ海まで行くんだ。その後は潮にまかせてどこにでも――」

口調が皮肉なことは自分でもわかっていた。陳国順なんか知ったことか。古賀も知らない。祐一も知らない。ドゥアンという息子がいたことも知らない。そんなふうに自棄になれたら楽だろう。

川西が船尾に来て、双眼鏡を目に当てていた。祐一の〈栄光丸〉を捜しているらしい。懐中電灯をつけて円を描いた。後方で淡い赤色光が、波間の蛍のように一瞬ぼんやり浮かんで消えた。準備はできている。そう言いたげな祐一の合図だった。

もう一度円を描いて懐中電灯を消した。川西が高見の足元にしゃがみ、車椅子の内部に隠したダイナマイトが固定できているかどうか確かめた。ダイナマイトは高見のシャツの下にも隠している。そう知った時の陳の顔が見物だ。

＊

午前三時三十五分。

灯火が見えた。陳の船だ。ゆっくり近づいてくる。

高見は、二十トンクラスの漁船が一隻、〈あけぼの丸〉に接舷するのを見守った。陳の船だ。暗くて読めないが、船腹に〈エヴァーラスティング・ピース〉という船名が書かれているはずだ。拳銃密輸の船が〝恒久平和〟とは、洒落にしても笑わせる。

「そっちに板を渡します！　板を渡って、こちらに来てください」

波の音に消されないよう、誰かが大声で叫んでいる。

〈あけぼの丸〉との間に板を渡し、高見の車椅子を渡そうというのだ。

祐一には、川西が合図することになっている。〈あけぼの丸〉の後部白色灯を消したら、突撃だ。祐一は今ごろ〈栄光丸〉のエンジンをかけ、レバーを中立に入れたまま導火線の先を握りしめて待っていることだろう。

＊

「パスポートは持ってきたでしょうね」

陳が船の上で笑いながら言った。暗い海の上でも、上等な仕立てのダブルのスーツを慣れた様子で着こなしている。

「その板を渡るとこちらは香港ですよ」

なに、もうすぐあんたもパスポートなしで日本に来なきゃいけなくなる。

陳は厚さ三センチの合板を橋のようにかけ、高見が車椅子で渡ってくるのを待っている。接舷したとはいえ、船の間には一メートル近い間隔があり、暗く冷たい波が見えた。船が揺れるたびに板がきしむ。風も吹き付けてくる。川西が後ろから車椅子を支えてくれたが、渡りきるには精神力がいった。

「二十年前を思いだしますか」

陳が言った。高見が船から落ちて、瀕死の重傷を負った夜のことを言っているのだ。聞こえないふりをした。

〈エヴァーラスティング・ピース〉に降りると、川西が熱い手のひらを一瞬高見の肩に押しつけ、また〈あけぼの丸〉に戻っていった。

「あなたの、そういう無茶なところが好きですよ」

陳が笑う。複雑な目の表情だった。脅せば高見が〈あけぼの丸〉に残るとでも思ったのだろうか。

「さっきは突然ポイントを変更して申し訳なかった。航路に近過ぎたので変更しました」

「陳さん。大事な話がある。ふたりきりで話したい」

〈エヴァーラスティング・ピース〉に乗っている男の数は、最初に想像した通りだった。ふたりの乗組員。陳と彼の部下が二人。ビジネススーツを着て後ろに控えているのが陳の部下だ。見ようによっては、洗練された有能な秘書のように見える。

「その前に、高見さんに伺いたいことがある」

陳の目がもう笑っていなかった。

「わたしをここまで連れ出して何をするつもりです。先ほど日本のノザキさんから連絡が入った。〈あけぼの丸〉は日本の警察にマークされているそうじゃないですか」

陳の手は動かなかったが、部下たちが拳銃を握っていることに気がついた。

「陳さん、彼らに撃たないほうがいいと教えてやれ」

「なぜです」

「こういうことだからだ」

ジャケットの前を開け、シャツのボタンを開いて見せた。ダイナマイトが顔を覗かせた。

「車椅子の中にあと三十キロ近くのダイナマイトが入っている。撃つのはいいが、この船もあんたも吹き飛ぶだろう」

陳の顔色が白くなり、目が据わった。

「なるほど。先ほど渡し板を渡る時、あなたがためらったのはそのせいだ。重みで板が割れるかもしれないと思った」

「そうだ」

「高見さん。あなたのやることは我々台湾流氓に似ている。日本のやくざで今時そんな無茶をする人はいないでしょう」

「わたしはやくざじゃない」

「知ってます。だから余計にたちが悪いこともね。高見さんの望みは何ですか。何が目的でそんな馬鹿なまねをするんです」

「陳さん。わたしは手を引きたくなった」

陳が苦笑した。

「なんだ。いいでしょう。止めません。手を引いて下さい。日本のやくざは組織から抜けることを嫌って制裁を加えるそうですが、台湾や香港流氓の間ではそんなことはありません。高見さんが飽きたのなら手を引いて下さい」

「わたしだけではないんだ。あんたにも手を引いてほしい」

「あなたも面白い人だな」

陳が後ろを振り向き、部下の手の中からオートマチックのピストルをひとつ取りあげて握った。

「聞いてあげるから気をつけてものを言いなさい。頭にはダイナマイトを巻いていないでしょう。この距離なら船の上でもあなたの頭ひとつぶち抜くぐらい、わたしの腕でも造作もない」

試しにやってみればいい。川西が火炎瓶を投げて車椅子の下にあるダイナマイトに火をつけるだろう。〈あけぼの丸〉の船尾灯が消えた。祐一への合図だ。

「ドゥアン・ウォラチャットという青年を知っているだろう。タイの、バンコクで陳さんが知りあったはずの男の子だ」

ああ、と呟いて陳が目を細めた。

「日本で連絡係をやらせた子どもだ。岡田や高坂の様子に不審な点がないか探らせたんだ。日本人は信用できないから」

「彼が死んだことは知っていたのか」

「知っていた。ノザキさんから謝罪の連絡が入ったので。一月に積荷を取り損ねた時に、仲間割れがあったそうですね」

「そうだ。ドゥアンはわたしの息子だったんだ」

陳の驚愕は演技ではなかった。

「高見さんの息子？　やはりそうか。日本に父親がいるとは聞いていたが、父親の名前は彼も知らないといっていた。高見さんによく似ていたが、まさかと思った」

わたしに似ていた。高見は陳の言葉を反芻した。ドゥアンはわたしに似ていたのか。今まで誰一人としてそんなことを言った奴はいなかった。そうか。わたしに似ていたのか。

二十年前の海上で、置き忘れてきたはずの暖かいものが腹の底に残っていた。

「陳さん。わたしは何もかもが嫌になったんだ」

「高見さんの息子だと知っていたら——」

言いかけた陳の目が不意に宙を見つめた。遠くの音に耳を澄ましている。

「エンジン音だ。近づいて来る」

〈エヴァーラスティング・ピース〉の船長が双眼鏡を持って船尾に走る。

それらしい船はいない、とばかりに腕を振る。祐一の〈栄光丸〉は灯火を消している。そう簡単には見つからない。だが徐々に近づいてくるエンジン音が、誰の耳にもはっきり聞き分けられるほどになった。

「あれだ。あの灯を消した船だ！」

陳が怒鳴った。〈栄光丸〉はまっすぐこちらの左舷を目指して突っ込んでくる。

「高見さん。あんたの仕業か」

高見は黙って〈栄光丸〉を見つめた。祐一が舳先に立っている。火のついた導火線をまだ握っている。はらはらした。何をやってるんだ。さっさと飛び降りないか。〈栄光丸〉と心中するつもりか。

「船を動かせ。避けるんだ」

陳の指示で〈エヴァーラスティング・ピース〉のでかい図体がゆっくりと進みはじめる。〈あけぼの丸〉との橋に使った板が、揺れて波の間に落ちた。祐一が〈栄光丸〉の舵を切るのが見えた。〈エヴァーラスティング・ピース〉が必ず動き出すと踏んで、先に逃げなかったのか。度胸が良すぎる。

〈栄光丸〉の舳が〈エヴァーラスティング・ピース〉の左舷船尾近くに突っ込んだ。祐一が海に飛び込むのが見えた。泳いでいる。〈あけぼの丸〉は右舷に接舷していた。祐一は必死で〈栄光丸〉から離れようとしている。高見は衝撃に備えて、船の舷側にしがみついた。

〈栄光丸〉の船尾が吹き飛んだ。

爆発のエネルギーで、〈栄光丸〉の船首が〈エヴァーラスティング・ピース〉に叩きつけられる。燃えていた。くすぶる煙が船尾に立ちこめた。火のついた破片が雨のように降り注ぐ。二十トンの船が揺れている。高見の車椅子も一緒になって揺れる。倒れてしたたかに頭を打ちつけた陳が、よろめきながら船べりにつかまって立ち上がる。

今しかない。高見は膝のあいだからショットガンを抜き出した。膝掛けで隠している間も、いつ見つかるかと気が気でなかった。弾は二発。だが二発あれば――

陳を殺して船を爆破することはできる。

「陳さん。船の針路を日本に向けて下さい」

陳の頭に銃口を向けた。陳がまだふらつきながらこちらに顔を向けた。年相応の疲れた顔だった。

「あんたは信じられないことをする」

「そうらしい。たまに」

高見がしかたなく微笑んだ。

7.

「早く上がれ！」

川西の顔がひきつっていた。祐一は荒い息を吐きながら〈あけぼの丸〉の船尾を上った。ずぶ濡れのまま、どうにか〈あけぼの丸〉に這い上がる。

くそっ。荒っぽく言葉を吐き出す。

思ったより重労働だった。服を着たままだからだ。濡れた服の重さを考えていなかった。途中二度ほど水を飲んだ。油くさい海水だった。〈栄光丸〉のオイルが漏れたのかもしれない。

喉が痛い。吐き気がする。

「連中、とんでもない方向に向かってる」

「どこに」

受け取ったタオルで顔を拭きながら計器に飛びつく。コンパスが315度を指している。北西だ。まったくの逆方向だ。日本に帰るのにいったいどう間違ったらそんな正反対の方向を目指せるのだ。

「冗談じゃない。このまま行ったら中国の領海につっこんでしまう」

「高見さんも昔は船に乗ってたんだろう。気づいてないのか」

「操縦室に入れないんだ。あの車椅子はでかいから。あいつら社長がひとりなのをいいことに、うまく騙して逃げおおせるつもりだ。中国に入ってしまえば、向こうは言葉が通じるからなんとでも言い抜けできるが、社長は手も足も出なくなる」

追いつくぞ、と川西がレバーを全速に入れた。祐一を引き上げるために〈エヴァーラスティング・ピース〉から少し遅れたのだ。だがまだ取り戻せる距離だ。陸岸が視認できるほど近づいてはもう遅い。

「近づいたら俺が向こうの船に乗りこむ。さっき渡し板を海に落とした。飛び移れる距離になるまで接近しなければだめだ」

つまり、船がぶつかるほど接近しなければ川西が向こうに乗り込むのは無理だということだ。転覆の危険もある。

「川西さん、僕が運転を代わる。あんたは船首に行ってくれ。何か武器になるものは？」

「ない」

「持って行けよ」

腰に挟んだベレッタをビニール袋ごと渡した。タオとドゥアンの形見。手放すのが残念だったが、この局面ならタオたちも許してくれるだろうと思った。川西が厳重にビニール袋に包まれた銃を受け取り、呆れたように首を振った。

「キレてるな。お前」

「キレてるさ。俺たちみんな」

川西が笑い、銃を袋から出した。濡れていないことを確かめ、荷造り用のロープをジャンパーの内側に入れた。

乗員の数が少ない分だけ、〈あけぼの丸〉の足が早い。〈エヴァーラスティング・ピース〉に追いついた。じりじりと追いつき、右側に並んだまま追い越さないように速度を緩める。

「遠い！」

川西が船首で叫んだ。向こうの船で高見がこちらを見た。陳が両手を頭に上げて高見の前に立っている。あれが陳か、と祐一は呟いた。ドゥアン、あれがお前を日本に連れてきた男か。

高見の顔色が白い。

遠いといわれても困る。これ以上近づけるには、船をぶつけるしかない。ぐいと左に舵を切ると、〈あけぼの丸〉が抗議の声を上げながら〈エヴァーラスティング・ピース〉に頰をすり寄せた。船上ではまた倒れた男たちが大騒ぎしている。高見と陳だけが冷静にその騒ぎを見ていた。

「いいか、間嶋」

川西がまた叫んだ。

「何があっても、〈あけぼの丸〉は必ず神戸に連れて帰れ」

明石の船だぞ、といって跳躍した。体を丸めて転がるように向こうの船に落ちた。

「この船は俺が操縦する」

川西が怒鳴る声が聞こえた。抵抗しようとした陳の部下を、ベレッタの銃把で殴り倒すのが見えた。

十分後、〈エヴァーラスティング・ピース〉の船首がいかにも嫌そうに針路を変えた。祐一は〈あけぼの丸〉で先導しながら川西に手を振った。川西の照れくさそうな苦笑いが見えた。

8.

夜が明ける。高見はまっすぐ鹿児島の港に行くつもりだった。警察が待っているはずだ。こうして陳が脅され、部下たちがロープで両手両足を戒められている姿を見れば、彼らはいったいなんというだろう。

高見は汗で滑りはじめた手のひらを、膝掛けで拭った。もうすぐだ。陸岸が見えてくる。あと数時間で終わりだ。長い夜だった。

陳が海の向こうを透かすように見ながら口を開いた。

「高見さん。あんた、初めてわたしと会った時のことを覚えているかね」

高見は黙っていた。

初めて会った時、陳はまだ二十五歳になるかならぬかという若さだった。山口と名乗っていた。自分といくらも年齢の変わらぬ男の、堂々とした態度に、高見は圧倒された。背後に台湾流氓の組織力を持ち、思い通りにならないことなどないかのように振舞っていた。

「あんたはまだ学生だった」

陳の声は嘲るようでもあり、どこか懐かしむような響きもあった。

「昔から妙に正義感が強かった。正直に言って、鬱陶しい小僧だとわたしは思っていたよ」

「そうでしょうね」

「だが、教えてくれ。あんたにとって正義とは、それほど守るに値するものなのか。不自由な身体になり、その歳で名誉も金も何もかもなくしても、守るべきものなのか」

操舵席で川西がこちらを気にかけているのがわかった。心配するなと高見はうなずきかける。

「人それぞれです。陳さん」

「――そうだな」

陳が遠くを見るようなまなざしになった。

「二十年前のあの日――あんたが父親を止めるために、警察にわたしを売った時に、何もかも決まっていたのかもしれない」

「――」

「いつ気がついた？　わたしとあんたの父親が、麻薬の密輸で協力していると」

ためらった。

「父の電話を聞いていて」

「そうか」

父親と陳国順の取引を何とかして止めさせようと、警察に密告の電話をかけたのも高見だった。

「あなたの言う通りだ。何もかも、あの夜から始まったんです。あの二十年前の嵐の夜から――」

高見は身体が不自由になり、京子は海外に逃げ、古賀は警察を退職し。二十年たち、この夜を迎えたのはむしろ必然だった。

「なあ高見さん。わたしはやはり、日本に行くのはやめたよ」

ふいに陳が呟いた。

「わたしは、自分がしたことの責任を取るつもりだ。あんたもそうするべきじゃないのか」

「取るさ」

陳の両手が頭の上から降りた。微笑んでいた。

「二十年前から、嫌な予感はしていたんだ。あんたを見たときにな。わたしに似ていると思った。いつか足元をすくわれる。そんな気がしていた」

「あんたとわたしは、似ていない」

「いや、似ているよ。あんた生きてるような気がしないだろう。何をやっても満足できない、充実しない。心の中にそんな空洞を持った人間が、二人集まってくだらないことに手を染めても、結局はどちらかが先に飽きるだけだったんだ。そう思わないか」

「かもしれない」

高見も微笑んだ。自分も陳も弱かった。この先に待ち受けることには、おそらくふたりとも耐えられないだろう。本当は自分自身も、陳がその道を選んでくれることを期待したのかもしれない。

せめて、川西を〈あけぼの丸〉に帰してやりたかった。だがあの男は断るだろう。操舵席の川西を見た。こちらを向いてうなずいた。笑っているように見えた。あなたの好きなように、と言っていた。

陳がゆっくり船室に消えた。出てきた時には小型のオートマチックを握っていた。銃口を高見に向けた。高見はゆっくりショットガンの引き金を絞った。

9.

突然だった。一瞬、何が起きたのかわからなかった。

〈エヴァーラスティング・ピース〉の船上で、陳が急に動いて船室に入った。出てきたと思えば、船上で何かが光った。〈あけぼの丸〉は充分離れていたが、それでも爆風に煽られて、危険なほど左右に揺れた。爆発音は一度ではなく、数回聞こえた。武器や弾薬を積んでいたのだろう。明け方の花火のように、船が燃え、粉々に吹き飛んだ。水柱が立ち、波が泡立った。悲鳴は聞こえなかった。

祐一は〈あけぼの丸〉の舳先に駆け寄った。そんなはずがない。ここまでうまく行ったのに、そんなはずはない。みんな生きて帰るんだ。高見も川西も、目的を果たして、この後に何が待っているかはともかく、生きて帰る。そのつもりだったはずだ。

風に乗って火薬の匂いが漂ってきた。ただ呆然としているわけにはいかなかった。

誰か生き残っていないか。爆発音が収まるのを待ち、祐一は〈あけぼの丸〉を〈エヴァーラスティング・ピース〉の残骸に近づけた。無駄だった。黒焦げになった船の破片が、波間に浮かんでいるだけだった。誰かの腕らしいものが、破片の上に奇妙なオブジェのように乗っていた。日灼けしてごつごつと節くれだった手だった。漏れたオイルが海面に薄い虹色の膜を張っている。嫌な臭いだった。吐き気がする。

高見も川西も、陳も他の乗組員も、誰の姿もなかった。

「――高見さん」

恐る恐る、小さな声で呼んでみた。つい先ほどまで、この船に乗っていたのに。生きていたのに。会話したのに。

「川西さん！」

声を張り上げる。答えるものは誰もない。

あれは自殺だ、と祐一は額の汗を拭《ぬぐ》った。

結局、高見はそういう負の生き方しかできなかったのか。どうして生き抜いてくれなかったのか。古賀が望んだのは、こんな結末ではなかったはずだ。

あと少しで鹿児島県の甑島沖《こしきじま》だった。呆然とし、高見たちの死をゆっくり悼んでいる暇はない。土地の船が近づいてくる前に祐一は離れた。爆発音は、陸地でも聞こえたかもしれない。今捕まるわけにはいかない。

逃げるつもりはなかった。ただ自分にはやるべきことができた。川西との約束を果たすことだ。高見が死ぬ間際に心を残したことがあるとしたら、川西を死なせてしまうということだったに違いない。

甑島から薩摩半島を目指して船を走らせ、吹上浜に沿って半島を回る。四級免許では陸岸から五海里までしか船を出してはいけないことになっているが、いまさら規則を遵守するつもりはない。陸に近づけばそれだけ捕まる可能性も高くなる。

日は昇り、ヘリが絶え間なく上空を飛び回っている。船の爆発を調査しているのに違いない。テレビ局の取材かもしれない。

あけぼの丸は東に向かっていた。昇った太陽がじりじりと首筋をあぶる。おかげで濡れた衣服がすっかり乾いた。

祐一は飛び回るヘリには無関心だった。彼らはこの船の船位を確認しているのだ。港に入るまで手は出してこないはずだ。

雲の足が早い。風が強く波が異様に高い。ラジオは台風の接近を告げている。しばらくこちらには見向きもしなかった台風十四号が、急に進路を変えたと思えば、まるで〈あけぼの丸〉の後を追うように、東シナ海を抜けこちらに向かっているそうだ。台風ですら、何かを慕うのだろうか。

淡々と聞き、淡々と舵を取った。燃料は充分ある。初めから川西は行きと帰りの分の燃料をちゃんと用意していたのだ。神戸に帰らなければならないことは決定事項だ。自分は川西と約束をした。途中の港に避難することもできない。港に入れば必ず警察が待っている。

船室には高見が約束した通り、小型のカセットデッキが置かれていた。高見はこうなることを予見していたのだろうか。

ためらいがちに、祐一はテープの再牛スイッチを入れた。

＊

「二十年前、わたしは愚かな子どもだった。どんな金で自分の生活が支えられているのか、気づいていなかった。わたしの父は陳国順に協力していた。陳と野崎のコカイン密輸に手を貸し、その隠れ蓑として会社を利用していた。建築資材を輸入するという名目で、厳重に梱包されたコカインを輸入していたのだ」

川西の父親も〈あけぼの丸〉に乗っていたことを祐一は思い出した。二十年前にも事件に関係し、今またドゥアンやタオの事件にも関係しているあの船を見て、古賀は陳国順と取引していたのが、高見の父親だったことに気がついたのではないか。

「取引の夜、警察に密告の電話があった。偶然、古賀がその件を扱った。古賀はわたしに船を借りたいと言った。今でも、あの一連の偶然には、天の意志とでも言いたいような、恐ろしさを感じる。わたしは怖かった。本当は古賀が気づいているのではないかと疑った。あの夜、心底怯えていたわたしを見て、古賀はどう思っただろう。そして警察の船に、わたしが乗っているのを見て、陳国順がどれだけ驚愕したことか——。わたしが陳を売ったのだ。初めて陳と父の仕事内容を知り、驚愕した。どうしても許せなかった。密告者はわたしだ。あの夜わたしは警察に電話をかけ、取引を暴露し、止めさせようとした」

祐一は強い陽射しに輝く波を見つめた。

「京子。古賀。——ドゥアン。わたしがすべての元凶だ」

*

「陳は船上でわたしの姿を見て、自分を売ったのが誰なのか気がついた。逆上してわたしにつかみかかり、ふたりとも船から海に落ちた。わたしは船に挟まれて重傷を負い、陳は逃げた」

陳は逃げ、そして高見の父親は取引に協力し続けたのか。

「わたしを生かしておくために、たいへんな金が必要になった。父は陳との取引を続けた。車椅子。屋敷。父は陳との取引から大きな恩恵をこうむっていた」

父親の時代にはコカインを。高見の時代には拳銃を。陳国順は、取引相手には不自由していない。二十年前に、自分のせいで身体が不自由になった男に協力させて、商売をする厚かましさだ。

「京子は潔癖な女性だった。陳との取引を暴露することに賛成した。わたしがこんな身体になり、陳との取引なしで生活を支えることができないとわかると、おそらくわたしを自由にするためにわたしから逃げた。京子のために、わたしが進んで不自由な生活をすることを知っていたから。わたしは誤解していた。古賀が京子を連れて逃げたのだとばかり信じていた──」

祐一はテープを止めた。

一本の電話。父親の犯罪を阻止しようとした青年が、思いつめるあまり警察にかけた一本の電話。それが、その後の全てを変えてしまった。青年自身の身体の自由を奪い、子どもを奪い、やがてその子の命を奪い、親友と婚約者の人生をも狂わせた。

タオ。ドゥアン。ようやくわかったよ。ドゥアンの本当の両親が、どんな人たちだったのか
──

＊

海上保安庁の高速艇が現れたのは、大隅海峡に近づいた時だった。拡声器を持った職員がバウに立ち、〈あけぼの丸〉に枕崎に入港するよう呼びかけていた。

「この船は明石に帰る」

ステアリングから手を離さずに大声で叫ぶ。

『甑島沖で船の爆発がありました。目撃者を探しています』

拡声器越しに職員が呼びかける。〈エヴァーラスティング・ピース〉の爆発に、〈あけぼの丸〉が関与している証拠はない。警察も海上保安庁も、〈あけぼの丸〉が密輸に関係していると推測していたかもしれないが、爆破事件との直接の関連については不明なのだろう。

『枕崎に入港して、事情聴取に協力してください』

「爆発?」

祐一は首をかしげてとぼけてみせた。

「見てないよ。枕崎には行かない」

もう決めた。高見が残した証拠のテープを持ち、〈あけぼの丸〉と共に神戸に戻る。自分の手で、川西の〈あけぼの丸〉を明石の港に帰してやる。

近づいてくる高速艇の船上には、海上保安庁の職員が八人ほど乗っている。強硬手段に訴えるべきかどうか、迷っている。

ウインドブレーカーのポケットに片手を突っ込み、一本だけ残しておいたダイナマイトを握り締めた。もし彼らが、強制的に枕崎に入港させるつもりなら、これで脅しででも逃げるしかない。

『爆発した船のすぐ近くを走っていたのは、〈あけぼの丸〉だけだ』

海上保安庁の職員がしつこく食いさがってきた。こちらの乗員が、ひどく若いことに気づいたのかもしれない。

『君は何か見たはずだ』

祐一はちらりと高速艇に目をやり、首を振った。高速艇は、それ以上無理な接近はしなかった。声に怒りを感じた。

勝手なまねをしているのはわかっている。だが生きている人間にはいくらでも謝ることもできるが、死んでしまった人間にはわびのひとつも言うことができない。それなら優先順位は明確だ。

「急いでいるんだ。この船は明石に戻る。兵庫県警の松田さんになら全部話す。だから枕崎には入港しない」

松田がかんかんになって怒る顔が目に浮かぶ。古賀もお前も、頼みもしないのにふたりそろって面倒ばかりかけやがる。そう怒鳴る声まで聞こえてきそうだ。松田には、妙な連中と知りあったと思って、あきらめてもらおう。

『君の名前は』

「間嶋祐一」

海上保安庁の船はその後も一定の距離を保ったまま追尾していたが、大隅海峡を抜けるころには離れていった。兵庫県警と連絡が取れたのかもしれない。松田が口をきいてくれたのだとしたら、申し訳ないことをしたと思った。

『台風が接近している。充分注意しろ』

「了解」

去り際に言い残し、意外なほどあっさり引き上げていった。もしすると、台風の接近でこちらがあきらめて近くの港に入ると考えたのかもしれない。ヘリコプターはその後も燃料の補給を繰り返したらしく、豊後水道のあたりまでついてきたが、そこから姿が見えなくなった。〈あけぼの丸〉の巡航速力は、約二十ノット。甑島から豊後水道にさしかかるまで要した時間は約半日。また日が沈んでいく。最後のパンをかじって腹ごしらえをした。〈あけぼの丸〉にはもう食料は残っていない。ペットボトルに水が半分残っているだけだ。丸二日近く寝てもいない。それでも疲れを感じない。神経が張り詰めている。

川西が瀬戸内海をわたって下関に行った時の海図が残っていた。几帳面な書きこみの残る海図を見て、川西の意外な一面を見たような気がした。別府から神戸までが約四百キロ。約二百二十海里と考えると、単純計算してあと十一時間もあれば神戸に戻れるはずだ。額に冷たいものが当たった。海図の上に水滴が音を立てながら落ちてきた。雨だ。思わず空を見上げる。いよいよ台風が近いらしい。これは帰りが遅れそうだ。〈あけぼの丸〉にはシーアンカーが装備されていなかった。代わりに空のバケツにロープをくくりつけ、万一の場合に備えた。高見が残してくれたカセットテープは、何があっても無事に警察に渡せるように、袋に入れた上で船に作りつけの冷蔵庫にしまった。これで水が入ってテープがダメになることはない。

絶対に、明石に戻るまで他の港には入らない。その覚悟を決めた。

暴風。

ごうごうと吹き付ける強風の中で、息をするのも困難だった。ウインドブレーカーの前を止めていても、裾が風でばたばたとはためく。

操縦不能になった〈あけぼの丸〉のエンジンを切り、水をかぶって滑りやすくなっている床に注意しながら、這うように船首に向かう。風が強すぎて、移動するのも舷側にしがみつくようにしながら、じわじわと進むしかない。ようやく船首にたどりつくと、クリートにロープで結びつけたバケツを、シーアンカーの代わりに海に流した。即席のシーアンカーは、あまり役に立ちそうもない。すさまじい暴風雨と荒れ狂う海のせいで、〈あけぼの丸〉は洗濯機の中に落ちこんだおもちゃの船のように、上下左右に揺さぶられている。吐き気を催したが、ほとんど食べていないせいで吐くものすらなかった。

雨と海水が〈あけぼの丸〉を沈めるのを狙っているように、どんどん流れ込んでくる。祐一はビルジポンプにしがみつき、流れ込む海水をくみ出すのに必死になった。何としても、この船をここで沈めるわけにはいかない。川西との約束だ。

瀬戸内海の島々の間を通り抜け、高松沖にまで帰ってきていた。午前三時。あと少しだ。このまま暴風の中をつっきるつもりだったのについていない。

ウインドブレーカーの襟から、フードを引きずり出してかぶったが、あってもなくてもあまり変わらなかったようだ。吹きこむ雨と風ですぐに頭のてっぺんから足の先までずぶ濡れになる。

ビルジポンプと操舵席を行ったり来たりして、何とか舵を取るしかなかった。波の高さは六メートルを超えている。大しけだ。

操舵席に戻ろうとした時、ひときわ大きな波が来た。獰猛な波が、祐一を洗い流すように〈あけぼの丸〉の船上を舐めていく。波に流されかけ、舷側にタイヤを縛り付けたロープにかろうじてしがみついて、何とか持ちこたえた。危なかった。転覆するかと思った。

（祐一、この馬鹿！）

溝渕の怒鳴り声が聞こえるような気がする。

（あれほど、荒れた海には出るなと教えただろう！）

息が荒くなる。必ず、生きて帰る。ずぶ濡れになった顔を、手の甲でぐいと拭う。唇が塩辛い。海の味がする。

ポケットに納まったダイナマイトは、すっかりずぶ濡れになっていた。ウインドブレーカーの上からぎゅっと握った。そこだけぽかぽかと熱い気がする。ドゥアンの魂。タオの魂だ。こいつが必ず、自分を守ってくれる。

（必ず帰るから、ドゥアン――）

膝のことはすっかり忘れていた。濡れた足が滑るので、裸足になってジーンズの裾をまくり上げ、裂傷に気づいて初めて思いだしたが気にもとめなかった。二度と気にならないような気がした。間嶋祐一の柔らかい皮膚は、東シナ海で捨ててきたらしい。今の自分はむき出しの白い骨だった。叩くと澄んだ音のする硬い骨だ。

ただこの骨の中には、まだ熱く煮えたぎる臓腑が詰まっている。すっかり冷えて乾燥したと考えていたが、それは間違いだった。分厚い皮膚に隠れて自分でもわからなかっただけだ。

代用シーアンカーは、案の定役立たずだった。横波をまともに受ける。船がローリングしてふるい落とされそうになる。救命胴着はつけていないから、落ちたら間違いなくこの荒天で水死だろう。それは困る。高見の思い、ドゥアンの人生を古賀に伝える人間がいなくなってしまう。ステアリングにしがみついて必死で耐える。

船位をすっかり見失った。別の船がこの荒れた海に乗りだして、ぶつかってこないことを祈るだけだ。

寝不足と空腹と、吐き気とで目が回った。甲板を這うようにロープを取ってきて、ステアリングに自分の腰を縛りつけた。これでふるい落とされることだけはない。水をかぶって沈んだり、横波を受けてあけぼの丸が転覆すれば、運命を共にするだけだ。川西が高見に殉じたように。タオがドゥアンに殉じたように。

「ろくでもない！」

祐一はひとりで嵐に向かって吠え、笑った。自分はとんでもないろくでなしだ。だがろくでなしにもそれなりの熱が必要だ。嵐は何度でも襲ってくるが、この熱さえあれば自分は底の底まで冷えきることはない。腐ることはない。

自分には父親が三人いる。

一人は死んだ間嶋の父だ。もう一人は古賀だ。自分に酒を教えた男。そして川西をつれた高見だった。この嵐に遭わなければ、自分はいつまでも体の中でくすぶる火種に気がつかなかったかもしれない。

船上を洗い流す波に足をさらわれぬよう、しっかりと両足を踏まえて立った。

エピローグ

――ヘリのローター音が聞こえている。

目を開けると、どこかで見た覚えのある風景が飛びこんできた。意識を失っていたらしい。知らない間に夜が明けていた。まだ頭の芯がぼんやりしている。

どうやら、嵐はおさまった、ようだ。

それどころか、昨夜の嵐が嘘のようにからりと晴れ上がった良い天気だ。まだ波は多少高いようだが、昨夜の大しけを知る身には、穏やかな海と呼んでもいいほどだった。

足がふらついた。ステアリングに体を縛りつけていたロープを解くと、そのまま座りこんだ。

それから目を疑った。見覚えのある風景だと思ったはずだ。嵐の最中に小豆島を過ぎ、播磨灘まで流されていたらしい。ここから明石まではもうすぐだ。

思わずポケットのダイナマイトを握った。

(ありがとう――)

自分は何か大きなものに助けられた。そんな感覚だった。

ヘリがまた頭上を過ぎていった。見上げるとヘリの乗組員が窓からこちらの様子をうかがっているのが見えた。祐一がまぶしそうに腕を上げると、生きているとわかったらしく離れていった。県警のヘリらしい。自分の責務を思いだした。船を明石に入港させたら、松田に何もかもを話そう。松田の口から古賀の耳にも入るだろう。高見の最期、川西の最期が。

家島諸島の島々を見ながら明石に向かった。林崎の漁港に〈あけぼの丸〉を進ませた。いつかここで真木にだまされ、川西に殴られた。そんなことを思いだして、唇にほのかな笑みが浮かぶ。たった一週間。たった一週間の間に、何もかもが変わってしまった。

懐かしい。

台風が去った港は、どこかのどかだった。風で飛んだロープや木箱を拾い集め、船に積みなおす漁師の姿も見えた。祐一が〈あけぼの丸〉で港に入ると、川西の姿が見えないことをいぶかしむように、こちらをじっと見つめる者たちもいた。

港には一台のパトカーが駐まっていた。制服警官の隣に、松田の渋い表情が見えた。少し離れて真木が立っていた。表情を消し、ポケットに両手をつっこんでメンソールの煙草をくわえている。あいかわらず火は点けていない。真木が煙草に火を点けないのは、高見が煙草を嫌うからだと聞いていた。高見がいなくなった今、真木は二度と煙草に火を点けないつもりかもしれない。

「坊主のくせに、見かけによらず大胆なまねをしやがる」

〈あけぼの丸〉を係留し終わると、冷蔵庫からカセットテープを取り出し、松田のほうに歩いていった。松田がまた坊主、といいかけて祐一を黙って見つめ、目を光らせた。それから間嶋、と言いなおした。

「間嶋、何もかも俺に話すと言ったそうやな」

祐一は頷き、テープと濡れたダイナマイトをポケットから出して渡した。ダイナマイトをじっと見つめて、こんなものポッケに入れとくなよ、とあきれかえったように松田がつぶやいた。

「お守りです」

「はあ？」

松田が眉根を寄せる。物騒なお守りだと言いたそうだった。

「大丈夫です。湿ってるから」

「湿ってるなんてもんとちゃうで。びしょ濡れや」

「ポケットに入れたまま、東シナ海を泳いだので」

松田の唇がひきつる。

「お前の話は、えらい聞きがいがありそうやな」

祐一が微笑しながら頷くのを見て、松田がうんざりした表情でダイナマイトを制服警官に渡した。

「それで、このテープは？」

「二十年前に起きた事件の、真相を知る人の告白です。後でゆっくり聞いてください」

松田は手のひらに乗せたテープに視線を落とし、静かな溜め息をひとつついた。

「――そうか」

これでようやく、二十年越しの惑いに決着がつく。そう言いたげな声だった。

「それから間嶋、JR三宮駅のコインロッカーに拳銃入れたのはお前やろ。警察にかかってきた電話はすべて録音してある。テープを聞いて、一発でお前の声やとわかったで」

「陳国順の指紋は検出できましたか」

「いいや。ただし、陳と深いつながりがあると考えられている、台湾流氓の指紋が発見された。現在国際指名手配中の男や。あとで写真を見せるから、〈エヴァーラスティング・ピース〉に乗ってたかどうか確認してもらうで」

「楽祐会の野崎は」

松田が顔をしかめた。

「ただの学生の坊主が、なんでそんな名前まで知っとるんや」

「ひょんなことで知り合いになったんです」

陳国順は死んだが、取引相手の野崎がこれまで通りでは納得がいかない。

「ええか。その世界はお前が口を突っ込むところやない」

松田が物憂げに首を振る。

「ただし、約束する。わしらは今回の件で、奴さんの尻尾を摑んだ。お前に言われるまでもなく、必ずあいつを何とかする」

「よろしくお願いします」

祐一が頭を下げると、松田がしかたのない奴だと言わんばかりに苦笑した。

「さあ、行こか」

真木のほうを見たが、彼は〈あけぼの丸〉にじっと視線を注いでいるだけだった。パトカーの後部座席に乗りこもうとした。

「間嶋」

真木の声だった。この男はこんな時でも平静だった。低く殺していても彼の声は風に流されず届く。振り返ると真木と目があった。態度は平静を装っていたが、熱い目がそれを裏切っていた。真木の目はぎらぎら輝いていた。この男が心底高見に心酔していたことを思いだす。

「出てきたら俺と酒を飲め。いいな」

うなずいた。きっとだぞ、と真木がくりかえした。聞くからな。俺を連れていかなかったのを後悔するぐらい聞くからな。きっとだぞ——

後部座席の中央に、松田と制服警官にはさまれて座る。

「古賀さんは元気ですか」

尋ねると松田がしぶしぶうなずいた。

「お前さんと同じぐらい元気だよ。まったくよく似てやがる」

座ると眠気が襲ってきた。嵐の中で数時間だけ気を失っていた以外は、まる三日眠ってもいなければ、ろくに食べてもいなかった。目を閉じて眠りの淵に引きこまれる寸前、松田のささやき声が耳に届いた。

「こいつ、もう寝てやがる。ほんまにいい度胸してるで」

パトカーは生田署に向かっている。三宮駅の北側、神戸の中心地だ。建設現場の槌音が、街のあらゆるところから高らかに聞こえてくる。俺は生きてる、とその音が叫んでいた。一緒になって祐一も叫びだしたい気分だった。

夏は終わった。だが間嶋祐一は、自分がようやく人生の真夏に向かって足を踏み出したことを知った。

――了――

本書は書き下ろし作品です。

Hayakawa
Mystery World

〈ハヤカワ・ミステリワールド〉
黒《くろ》と赤《あか》の潮流《ちょうりゅう》

二〇〇九年二月二十日　初版印刷
二〇〇九年二月二十五日　初版発行

著　者　福田《ふくだ》　和代《かずよ》
発行者　早川　浩
発行所　株式会社　早川書房
郵便番号　一〇一 - 〇〇四六　東京都千代田区神田多町二 - 二
電話　〇三 - 三二五二 - 三一一一（大代表）
振替　〇〇一六〇 - 三 - 四七七九九
http://www.hayakawa-online.co.jp
印刷所　中央精版印刷株式会社
製本所　中央精版印刷株式会社

ISBN978-4-15-209005-3　C0093　定価はカバーに表示してあります。

ハヤカワ・ミステリワールド

堕天使拷問刑

飛鳥部勝則

46判上製

両親を事故で亡くし、母方の実家に引き取られた中学一年生如月タクマ。が、そこではかつて魔術崇拝者の祖父が密室で怪死した事件が起きていた。さらに数年前、祖父と対立していた一族の女三人を襲った斬首事件。二つの異常な死は、祖父が召喚した悪魔の仕業だと囁かれていた。そんな呪われた町でタクマは「月へ行きたい」と呟く少女に出会うが……

ハヤカワ・ミステリワールド

アルレッキーノの柩

真瀬もと

46判上製

ヴィクトリア朝ロンドン。金欠で途方に暮れる藤十郎はトラファルガー広場で十三回めのため息をついた。だが、そのため息が原因で赤眼鏡の公爵に連れられ、報酬と引き換えに《十二人の道化クラブ》で起きた怪事件の調査を引き受ける事に。クラブの奇妙な風習や魔女伝説に隠された真実とは？　古き良き探偵小説の香り漂う本格ミステリ